IN DEN FALSCHEN VERGUCKT

KYLIE GILMORE

Übersetzt von
KATRIN DOLLE

Übersetzt von
ANNA DRAGO

In den Falschen verguckt: © 2014 by Kylie Gilmore

First Edition January 2020

Covergestaltung The Killion Group

Veröffentlicht von: Extra Fancy Books

Übersetzung: Anna Drago und Katrin Dolle

ISBN-10: 1-947379-42-9

ISBN-13: 978-1-947379-42-8

1

Rachel Miller liebte Hochzeiten so sehr wie jede einunddreißig-jährige alleinstehende Frau mit einem Schrank voller dummer Brautjungfernkleider.

Oh ja. So sehr.

Wenigstens war sie dieses Mal keine Brautjungfer. Sie war als Shane O'Hares Begleitung da, damit tat sie ihrem Freund einen Gefallen. Und es war ganz hübsch, dass die Hochzeit am Strand stattfand. Es war das erste Mal in diesem ganzen Sommer, dass sie an den Strand gekommen war. Sie verließ den Hochzeitspavillon, in dem Shanes älterer Bruder Travis und seine Braut, Daisy, immer noch mit Familie und Freunden feierten. Shane war einer von Travs drei Trauzeugen und tanzte langsam mit der Braut-jungfer, die ihm zugeteilt worden war. Rachel entschied sich, nicht herumzusitzen und zuzusehen, wie alle Paare sich im lang-samen Tanz wiegten, und ging stattdessen am Strand spazieren.

Die Sonne stand bereits ganz tief am Himmel. Sie kickte ihre hautfarbenen Pumps von den Füßen, froh, dass sie auf eine Strumpfhose verzichtet hatte, und wackelte mit ihren Zehen im warmen Sand des Long Island Sound. Sie ging zu den sanft plät-schernden Wellen, wollte das Wasser an ihren Füßen spüren und trat hinein. *Ahhh.* So blieb sie ein paar Minuten stehen, genoss die Stille und das sanfte Spritzen des Wassers.

Shane tauchte an ihrer Seite auf, und sie zuckte zusammen.

Für einen einsdreiundachtzig großen Mann bewegte er sich so leise wie eine Katze.

„Amüsierst du dich?", fragte er.

Und wie! Ich liebe es, zuzusehen, wie alle anderen heiraten, während meine Eierstöcke fröhlich vor sich hin schrumpfen und ich auf die vierzig zugehe und es wahrscheinlicher ist, dass ich von einem Blitz getroffen werde, als dass ich heirate. Wie sonst könnte ich mich besser auf meine Zukunft als alte Jungfer mit zehn Katzen vorbereiten?

Doch es war nun mal die Hochzeit seines Bruders, deswegen raffte sie sich zu einem Lächeln auf. „Klar."

War ja nicht seine Schuld, dass sie so langsam verbittert und desillusioniert wurde. Sie war verflucht, wirklich.

Verflucht damit, sich immer in den Falschen zu vergucken.

Zum Beispiel war da Brandon. Sie hatte ein ganzes Jahr gebraucht, um zu bemerken, dass er schwul war. Jake, der die Medizin gegen seine bipolare Störung für Unfug hielt. Marc, ein Typ, der sie in einem Club abgeschleppt und nicht einmal erwähnt hatte, dass er verheiratet war. Das Blind Date, das sich für Superman hielt und darauf bestand, dass sie sich als Lois Lane verkleidete. Justin, der nette jüdische Junge von JDate mit der unvorteilhaft hohen Stimme. (Sie wusste, dass sie ihm das nicht zum Vorwurf machen konnte, doch im Dunkeln klang Justin wie eine Frau, die ihr süße Nettigkeiten ins Ohr flüsterte.) Und der schlimmste war Drew, der ihr noch zwei Monate lang hinterher gelaufen war, nachdem sie mit ihm Schluss gemacht hatte.

„Wie ist das Wasser?", fragte Shane.

„Ein bisschen kühl, aber gut. Komm rein."

Ihr niedliches, türkisfarbenes Kleid mit den Spaghettiträgern reichte ihr bis knapp über die Knie, deswegen konnte sie ein Stück tiefer hinein waten, ohne nass zu werden. Auf Zehenspitzen ging sie über die glitschigen Steine und zerbrochenen Muscheln.

„Ich habe kein Handtuch, und meine Schuhe sind aus Leder", sagte Shane.

Shane war so ein Weichei. Ha! Das war vermutlich noch ein Kompliment für ihn, den Gourmeteishersteller. Sie drehte sich zu ihm um, an den Strand, wo er in seinem Smoking stand. Der Wind wurde stärker und zerzauste sein rotes Haar. Er glättete es wieder.

„Mach mal einen drauf", neckte sie ihn.

Er verschränkte die Arme. „Ich mache hier im Sand einen drauf."

Sie verdrehte die Augen und bückte sich, um mit ihren Fingern durchs kühle Wasser zu streichen. Ihre Brille rutschte an ihrer Nase herunter und sie schob sie wieder hoch. Sie trug Kontaktlinsen nur, wenn sie auf Männerfang ging. Doch heute war sie mit Shane hier, also kein Bedarf. Wenn sie mit ihm zusammen war, machte sie sich nicht die Mühe, sich zu schminken, Kontaktlinsen zu tragen oder ihr Haar anders als zu ihrem üblichen Zopf zu binden. Sie war einfach nur sie – locker, schlagfertig, entspannt. Nur, dass sie ihre Haare heute zu einer Banane hochgesteckt hatte. Ein Pferdeschwanz schien ihr für eine Hochzeit nicht passend.

Sie sah, wie er im Sand auf Nummer sicher ging, die Arme gegen den Spaß verschränkt. „Sei nicht so ein —"

„Rachel, pass auf!"

Sie sah hinter sich, als eine mächtig aussehende Welle sich näherte und schnell und hoch auf sie zukam. Sie war dem Ufer nur einen Schritt nähergekommen, als sie sie schon hinten an den Beinen traf. Ihr Fußgelenk verdrehte sich auf einem glitschigen Stein, doch sie schaffte es, aufrecht stehenzubleiben. Die Welle zog sich zurück und die Unterströmung zog sie mit. Ein Schmerz schoss durch ihren rechten Knöchel. *Mist.*

Sie humpelte zurück ans Ufer, zuckte bei jedem Schritt zusammen. „Ich habe mir den Knöchel verdreht."

Shane bot ihr seinen Arm an. „Halt dich fest. Ich helfe dir zurück zu einem Stuhl. Lass uns Eis draufpacken."

Rachel war kein Mimöschen. „Ich komm schon klar. Mir geht's gut."

Sie ging einen weiteren Schritt und sackte im Sand ein, wodurch ihr Knöchel sich nur noch mehr verdrehte. „Ah!", schrie sie, als ihr Bein nachgab. Sie fiel in den Sand. „Uff."

Sie hielt sich ihr armes Fußgelenk. Es sah normal aus, aber es schmerzte wie verrückt.

„Komm, ich trage dich", sagte Shane, bückte sich zu ihr herunter und schob bereits einen Arm unter ihre Beine, den anderen um ihre Schultern.

„Das ist nicht …" Die Worte erstarben in ihrer Kehle, als er sie hochhob und sie durch den Sand trug. Dieses eine Mal hatte sie keine schnippische Antwort parat. Sie war noch nie von einem Mann auf Händen getragen worden. Sie hatte davon in Romanen gelesen, hatte es in zahlreichen Frauenfilmen gesehen und immer gedacht, *was ist da schon dabei?* Doch jetzt lag sie sicher in Shanes starken Armen und musste zugeben, dass sie sich beinahe … winzig fühlte. Ein wenig verehrt.

Ein wenig … angetörnt.

Nun krieg dich mal wieder ein. Wir sprechen hier von Shane. Deinem guten Freund.

Während er sie zum Pavillon zurücktrug, nutzte sie die Zeit, um all die Arbeit zu würdigen, die er beim Gewichtheben in den letzten Monaten im Studio investiert hatte. Beiläufig legte sie ihre Hand an seinen harten Bizeps. Sie spürte, wie sie errötete, und nahm rasch ihre Hand wieder weg. Sie hatte ihn schon reichlich wegen seiner neuen muskulösen Statur aufgezogen. Sie hatte ihn Fitnessfanatiker genannt, Arnold und Popeye, doch bis jetzt hatte sie seine Muskeln noch nicht wirklich berührt. Zumindest musste sie sich keine Sorgen machen, dass er sie fallen lassen könnte.

Ihre beste Freundin, Liz Garner, kam zu ihnen geeilt, als sie sich dem Pavillon näherten. „Was ist passiert?"

Liz trug ein blassblaues Brautjungfernkleid. Ihre Schwester Daisy war die Braut. Ryan, der seit einem Monat Liz' Ehemann war und zugleich Shanes ältester Bruder, stand an ihrer Seite und begutachtete die Situation – ganz der coole Cop. (Konnte diese Familie noch enger verbunden sein? Zwei Brüder, die zwei Schwestern heiraten. Himmel.)

„Brauchen wir einen Krankenwagen?", fragte Ryan und holte bereits sein Handy aus der Smokingtasche.

„Nein!", protestierte Rachel lautstark.

Shane setzte sie vorsichtig auf einen Stuhl. „Doch."

„Das ist nur ein verdrehtes Fußgelenk!", protestierte Rachel. „Ich brauche nur Eis. Bitte. Ich hasse Krankenhäuser."

„Ich werde Eis holen", sagte Liz und eilte davon.

Shane brachte einen zweiten Stuhl und legte ihr Bein darauf. Sie unterdrückte einen Schmerzensschrei, und sie begann zu schwitzen.

„Fass mein Bein nicht wieder an", knurrte Rachel. Sie scheuchte alle aus ihrer Komfortzone. „Bleibt alle weg."

Shane und Ryan tauschten einen Blick aus.

„Rachel, du solltest das wirklich untersuchen lassen", sagte Shane. „Du kannst es ja nicht einmal belasten."

„Doch, kann ich", sagte Rachel, obwohl sie bereits sehen konnte, wie ihr Knöchel anschwoll. „Ich brauche nur ein wenig Ruhe und Eis."

„Du wirst gehen", sagte Shane. Er drehte sich zu Ryan um. „Ich werde mit ihr in die Notaufnahme fahren."

Ryan nickte kurz und ging davon.

„Ich werde nicht in die Notaufnahme fahren", sagte Rachel. Im Krankenhaus wurde man immer mit Nadeln malträtiert. Sie hasste Nadeln. Und sie wollte nicht in die unangenehme Situation kommen, dass sie vor Shane ohnmächtig wurde.

„Ich werde die ganze Zeit bei dir bleiben", sagte Shane in tröstendem Ton.

Liz kam mit einem Beutel Eis zurück und legte ihn vorsichtig auf Rachels Knöchel. Rachel holte scharf Luft.

„Tut mir leid!", sagte Liz und blickte zu Shane hinüber. „Meinst du, er ist gebrochen?"

„Entweder gebrochen oder eine sehr schmerzhafte Verstauchung", erwiderte Shane. „Eine Welle hat sie getroffen, und sie ist auf den Steinen ausgerutscht."

Rachel zischte durch zusammengebissene Zähne: „Hört auf, über mich zu reden, als wäre ich gar nicht da."

„Möchtest du, dass ich mitkomme?", fragte Liz.

„Ich werde nirgendwohin gehen", beharrte Rachel. „Außerdem ist das die Hochzeit deiner Schwester." Sie wandte sich an Shane. „Und die deines Bruders. Ich werde mich ausruhen und dann nach Hause fahren. Geht! Amüsiert euch. Mir geht's gut, solange ich hier sitzen kann."

Lasst mich einfach nur leiden und ohne Zeugen vor Schmerzen ohnmächtig werden.

Liz nahm ihre Hand und drückte sie. „Bist du dir sicher?"

„Definitiv."

„Ich werde gleich wieder nach dir sehen." Liz gesellte sich wieder zu ihrem Mann, der sie gleich ganz dicht an seine Seite zog.

Shane hatte sich nicht gerührt. Er hatte einfach nur dagestanden und sie gemustert.

„Du musst für mich nicht den Babysitter spielen. Geh und tanz mit jemandem."

„Leg dich nicht mit mir an, sonst tust du dir am Ende noch weh", sagte Shane und drückte ihr den Beutel mit Eis in die Hand.

„Was soll ich — Shane!" Er trug sie wieder, nur diesmal aus dem Pavillon hinaus, über den Parkplatz, zu seinem Chevy Tahoe SUV. Dort öffnete er die Tür und setzte sie auf den Beifahrersitz.

„Pack das Eis wieder auf deinen Knöchel", sagte er mit autoritärer Stimme, die sie in den letzten sieben Monaten, die sie nun Zeit mit ihm verbracht hatte, noch nicht ein einziges Mal gehört hatte. Sie bekam doch tatsächlich eine Gänsehaut. Shane war ein wenig schüchtern, doch als er erst einmal mit ihr warm geworden war, war er immer ganz freundlich gewesen.

Einen Moment später setzte er sich auf den Fahrersitz. „Ich werde dich zum Krankenhaus nach Eastman fahren, von da ist es nicht so weit zu dir nach Hause."

Sie hatte keine Wahl. Ihr Knöchel pochte. „Eastman ist gut", sagte sie zwischen zusammengebissenen Zähnen hindurch.

„Also abgemacht." Er ließ den Motor an und schälte sich aus dem Parkplatz.

Sie fuhren schweigend. Rachel wusste, dass das vollkommene Zeitverschwendung war. Und wenn sich ihr irgendwer mit einer Nadel nähern würde, war sie aus dem Spiel. Sie würde zur Tür hinaus hoppeln, falls das nötig werden sollte.

Vier Stunden später hatte Rachel eine Aircast-Schiene an ihrem Knöchel, und Shane schob sie im Rollstuhl aus dem Krankenhaus. Sie hatte sich den Knöchel böse verstaucht und hatte Krücken und die strikte Anweisung bekommen, ihn achtundvierzig Stunden nicht zu belasten. Außerdem musste sie in den nächsten vier bis sechs Wochen zu Hause täglich Krankengymnastik machen. Perfekt. Sie musste sich nicht nur um ein Geschäft kümmern, den unabhängigen und immer um seine Existenz kämpfenden Buchladen *Book It*, sie half außerdem beim Clover Park Straßenfest, dem größten Verkaufstag für alle Geschäfte des Ortes außerhalb der Weihnachtssaison. Und mit ihrem rechten Knöchel in einer Schiene konnte sie unmöglich fahren.

Auf der Fahrt zurück vom Krankenhaus beschwerte Rachel sich bei Shane darüber, dass sie keine Zeit für ein verstauchtes Gelenk hatte.

„Der Arzt meinte sechs Wochen, und du bist so gut wie neu", sagte Shane.

„In der Zwischenzeit wird mein Geschäft pleitegehen, und das Straßenfest wird erst gar nicht stattfinden."

Er sah zu ihr hinüber. „Ich werde dir bei der Arbeit helfen. Und Barry kümmert sich dieses Jahr um das Straßenfest. Mach dir keine Sorgen."

Shane war so süß. Rachel nicht.

„Barry ist erst seit ein paar Monaten in der Handelskammer", sagte sie. „Er wird Hilfe brauchen. Und du hast dein eigenes Geschäft, um das du dich kümmern musst." Sie starrte aus dem Fenster auf die vorüberziehende Landschaft. „Ich lasse mir etwas einfallen."

Shane leitete das Shane's Scoops, eine Eisdiele und zugleich Café und Süßwarenladen auf der anderen Straßenseite, nicht weit von ihrem Laden. Das war das eine, das sie gemeinsam hatten: Ihnen beiden gehörte jeweils ein eigenes Geschäft im Ort. Das andere, das sie gemeinsam hatten, und das aus flüchtigen Bekannten Freunde gemacht hatte, waren Liz und Ryan. Rachel und Shane trafen ihretwegen oft aufeinander – bei Partys, Familiengrillen, Stadtfesten. Liz bezog Rachel in ihr neues Gesellschaftsleben um die O'Hares mit ein, und Ryan, ihr Ehemann, lud natürlich seine Brüder Trav und Shane immer mit ein. Sie kannte Shane schon seit der Mittelstufe, hatte ihm damals jedoch wenig Beachtung geschenkt. Er war ein großer, stiller Junge gewesen und nicht annähernd so interessant wie die Bücher, in denen sie sich so gerne verloren hatte.

„Du musst dir nichts einfallen lassen, weil ich dir doch helfen werde", sagte Shane. „Genauso wird es gehen."

Sie verzog das Gesicht. Diese neue, herumkommandierende Seite an Shane gefiel ihr gar nicht. Trotzdem brauchte sie Hilfe, und niemand würde besser wissen, wie man beide Geschäfte am Laufen hielt und zugleich noch das Straßenfest auf die Beine stellte als er.

„Ich werde dich bezahlen", sagte sie.

Er schnaubte. „Du musst mich nicht bezahlen. Ich helfe einer Freundin."

Sie wusste nicht, warum sie das gesagt hatte. Aus Stolz vielleicht. Sie hatte kaum genug Geld, um die Teilzeitkassiererin zu bezahlen, die sie eingestellt hatte. Das war der Grund, warum ihr

Plan, noch ein Café im Raum nebenan einzurichten, einfach funktionieren musste. Sie musste dafür sorgen, dass das *Book It* noch mehr zu einem Ort wurde, der die Leute nicht nur aus Clover Park anzog, sondern auch aus den Nachbarorten. Als sie Shane von der Idee mit dem Café erzählt hatte, hatte er zugestimmt, ihr Essens- und Getränkelieferant zu werden. Er wollte sein Angebot erweitern, hatte jedoch in seiner Eisdiele keinen Platz dafür, deswegen war das Café für beide eine gute Idee.

„Okay", sagte sie endlich. „Danke."

Shane blieb an einer Ampel stehen und lächelte sie an. Zwei anbetungswürdige Grübchen kamen zum Vorschein. „Gern geschehen."

Rachel blickte wieder nach vorn. Warum fielen ihr plötzlich diese Grübchen auf? Er hatte schon immer mit Grübchen gelächelt. Ihre Laune ging gegen den Gefrierpunkt. Es war spät, und sie war von einem langen und schmerzvollen Tag erschöpft.

Kurze Zeit später fuhren sie auf den kleinen Parkplatz hinter ihrem Laden. Ihr Apartment war im ersten Obergeschoss. Shane holte ihre Krücken vom Rücksitz und ging um den Wagen herum, um ihr die Tür zu öffnen. Sie klemmte sich die Krücken unter die Arme und machte sich ungeschickt auf den Weg zum Hintereingang.

„Danke nochmal", sagte sie. „Von hier aus komme ich schon klar."

Er atmete vernehmbar aus. „Gib mir die Schlüssel. Ich lass dich jetzt doch nicht allein."

Sie zog die Schlüssel aus ihrer Handtasche. „Mir geht's gut. Du hast schon genug geholfen. Danke und gute Nacht."

Er nahm ihr die Schlüssel ab und öffnete die Tür. Dann zog er ihr eine Krücke unter dem Arm weg und stützte sie mit seinem Körper. Seine Stimme drang leise an ihr Ohr. „Entspann dich."

Sie unterdrückte ein Erschauern. Das wäre ihr bei jedem passiert, der aus einer solchen Nähe mit ihr sprach. Schallwellen, Physik und neurologische Funken. Sie sah ihn an. Er war so nah. Seine Augen waren blau mit goldenen Flecken. Die goldenen Flecken waren ihr nie zuvor aufgefallen. Sie starrte ihn geschockt an, als er die andere Krücke an die Wand lehnte und sie auf seine Arme hob.

„Pass auf meinen Knöchel auf!", kreischte sie.

Er brummte, stieß die Tür auf und trug sie hinauf in ihr

Apartment. Wenn ihr Puls raste, dann nur, weil Gefahr bestand, einen ganzen Treppenlauf hinunterzufallen. Er trug sie in ihre Wohnung und setzte sie behutsam aufs Bett.

„Wirklich, Shane, es gibt einfachere Wege, mich ins Bett zu kriegen."

Seine Stimme wurde ganz tief und rau. „Wenn ich dich ins Bett kriegen will, lasse ich es dich wissen."

Sie wurde rot. Sie öffnete ihren Mund, um etwas Schlagfertiges zu erwidern, doch es kam nichts heraus. Versuchte er gerade zu flirten oder sie zu beleidigen?

Er schmunzelte. „Ich bringe dir noch deine Krücken."

Er ging, und sie schob die Kissen hinter sich, damit sie sich im Bett aufsetzen konnte. Er kam zurück und stellte die Krücken neben das Bett.

„Ich nehme das Sofa", sagte Shane. „Dann kann ich dich morgen früh wieder runter tragen."

„Das ist doch albern. Ich habe Krücken. Ich schaff das schon."

„Wenn du nicht möchtest, dass ich bleibe, dann ruf mich an, wenn du wach wirst, dann komme ich. Aber ich lasse dich nicht die Treppe runterstolpern."

„Du wirst nicht auf meinem Sofa schlafen."

„Dann ruf mich an."

„Okay", sagte sie, nur, um ihn loszuwerden.

Er kniff die Augen zusammen. „Ich geh aufs Sofa."

„Nein!" Sie dachte schnell nach. Wie konnte sie ihn aus ihrer Wohnung bekommen? „Schlaf in meinem Bett", bot sie an und hob die Decke.

Seine Augen blitzten auf. „Ich dachte schon, du fragst nie."

Und zu ihrer absoluten Überraschung kroch er neben sie ins Bett.

2

Bei Rachels überraschtem Gesichtsausdruck musste Shane ein Lachen unterdrücken. Schon seit Monaten hatte er mehr als nur *ein* Freund sein wollen, doch Rachel war solch eine Kratzbürste, dass er geduldig gewartet hatte. Es gab eine ganze Liste schlechter Eigenschaften oder Angewohnheiten, mit denen sich der eine oder andere Mann bei ihr ganz schnell in Ungnade katapultiert hatte – er hatte eine zu hohe Stimme; er wurde aufdringlich, nur weil er ihr Essen bezahlt hatte; er war geizig und bot es erst gar nicht an; er benutzte zu viel Haargel; er schmatzte beim Kauen. Natürlich war sie bei einigen Typen besser dran, wenn sie nichts mit ihnen zu tun hatte – zum Beispiel mit diesem Stalker. Als ihr Freund verbrachte Shane viel Zeit mit ihr und lernte, wie sie tickte. Bis jetzt konnte er sich rühmen, zu dieser Liste unverzeihlicher schlechter Angewohnheiten nichts beigetragen zu haben.

Und jetzt waren sie hier.

Im Bett.

Sie hatte diese Einladung vielleicht als Scherz gemeint, doch er verdammt nochmal nicht.

Er zog die Schuhe aus, stopfte sich ein paar Kissen hinter den Kopf und nahm die Fernbedienung vom Nachttisch. Er würde es langsam angehen lassen. Ihr Zeit geben, sich daran zu gewöhnen, dass er ihr so nahe war. „Was möchtest du gerne sehen?"

„Wie bitte?" Rachels Stimme erhob sich zu einem schmerzhaft

hohen Ton. „Das war ein Scherz." Sie stieß ihn mit beiden Händen an, doch er rührte sich nicht. „Steh auf!"

Er legte sich auf die Seite und stützte sich auf einen Ellbogen. „Rachel?"

Sie blinzelte mehrmals. Er machte sie nervös. Gut, dann waren sie schon zu zweit. Wenn es jemals eine Zeit gab, in der man die Grenzen der Freundschaft überschreiten konnte, dann, wenn man im Bett war.

„Was?", fragte sie mit einer viel leiseren Stimme als gewöhnlich.

Er atmete einmal tief ein. „Hast du jemals daran gedacht, dass wir mehr sein könnten als nur Freunde?"

Sie betrachtete die Tagesdecke und schien über die Frage nachzudenken. Sein Herz donnerte in seiner Brust. Jetzt hatte er sich geoutet. Diesen Hammer konnte er nicht zurücknehmen. Er war ein Risiko eingegangen, und er hoffte verdammt nochmal, dass es sich auszahlen würde.

Sie sah ihn mit ihren schokobraunen Augen an. „Ich will dich nicht verlieren, Shane. Lass uns diese gute Sache nicht ruinieren. Okay?"

Seine Ohren und Wangen brannten. Diese verdammten irischen Gene. Er wünschte, er würde nicht ständig rot werden. Er konnte nie cool tun, so sehr er es auch wollte. „Wie du meinst, aber du verpasst was", murmelte er.

Er schaltete den Fernseher ein und machte es sich vor dem History Channel bequem. Das war eine weitere ihrer Gemeinsamkeiten. Es gefiel ihnen beiden auch, ihr eigenes Geschäft zu betreiben, sie mochten guten Kaffee und britische Komödien. Sie passten in so vielen Bereichen zueinander, doch wenn sie nicht *so* für ihn empfand, würde er es nicht überstrapazieren. *Verdammt.* Er fasste es nicht, dass er ihre Signale so missverstanden hatte. Er hatte gedacht, dass da etwas wäre.

„Du musst nicht bleiben", sagte Rachel.

„Doch, muss ich." Er konnte sie nicht ansehen, darum hielt er seinen Blick fest auf den kleinen Fernseher gerichtet. „Nur eine Weile. Morgen früh komme ich wieder."

„In Ordnung. Danke."

„Jupp." Er versuchte, sich auf die Sendung zu konzentrieren, irgendetwas über Lewis und Clark. Sie so in seiner Nähe zu haben, während ihr Blumenduft ihn einhüllte, machte es ihm sehr, sehr schwer, sie nicht zu berühren. Warum quälte er sich so? Er sollte einfach gehen. Es ging ihr gut. Dennoch hielt ihn etwas fest.

Er sollte wirklich gehen. Es war nur … Er fühlte sich mit Rachel verbunden. Etwas, das ihm nicht oft geschah. Seit der Silvesterparty im Garner's, als sie sich fast die ganze Zeit in einer ruhigen Ecke unterhalten hatten. Rachel war allein gewesen, da Liz die ganze Party über fest um Ryan geschlungen gewesen war. Shane mochte Partys nicht allzu sehr, doch er war hingegangen, da seine Brüder und Gran da waren, doch noch mehr, als er Partys hasste, hasste er es, allein zu sein. Er war sehr froh gewesen, dass er hingegangen war. Klar, er hatte Rachel schon als Kind gekannt, doch damals hatte er sich nie mit ihr unterhalten. Ihre Nase hatte ständig in einem Buch gesteckt, und bei Mädchen hatte er sowieso immer einen Knoten in der Zunge gehabt.

Vielleicht war sein Timing einfach schlecht. Es ging ihr nicht gut.

Nach einer halben Stunde riskierte er endlich einen Blick auf Rachel. Sie war eingeschlafen. Er nahm ihr die Brille mit dem schwarzen Gestell ab und legte sie auf den Nachttisch. Er gönnte sich einen Moment, sie einfach nur anzusehen. Etwas, das er niemals hätte tun können, wenn sie wach gewesen wäre. Dunkelbraune Locken fielen ihr ums Gesicht und aus dem Knoten, in den sie es für die Hochzeit gesteckt hatte. Nur zu gerne hätte er ihr Haar geöffnet und mit seinen Fingern hindurch gestreichelt. Ihre Lippen waren leicht geöffnet. Der sanfte Schwung ihrer Unterlippe zog ihn an. Wenn er ihr einen Gutenachtkuss geben würde, würde sie dann aufwachen?

Langsam beugte er sich vor. Sein Herz begann zu rasen. So nahe. Er ließ sich darauf ein. Fast da.

Sie seufzte, warf einen Arm über ihren Kopf und traf ihn ins Gesicht.

Autsch! Das hast du davon, weil du dir einen Kuss stehlen wolltest.

Er richtete sich auf und deckte sie zu. Dann stand er aus dem Bett auf und ging und fühlte sich dabei wie ein absoluter Idiot.

∼

Rachel erwachte am nächsten Morgen, nahm ihre Brille vom Nachttisch und versuchte aufzustehen, da sie für einen Moment

ihren Knöchel vergessen hatte. *Au-au-au!* Ihr Bein war steif. Mist.
Was hatte der Arzt nochmal gesagt, was sie tun sollte? Sie hatten
ihr doch Anweisungen gegeben. Sie nahm sich den Zettel aus
ihrem Geldbeutel auf dem Nachttisch. Sie sollte den Knöchel
zweimal am Tag kühlen und hoch lagern, damit die Schwellung
zurückging. Sie seufzte. Sie wollte eigentlich nur eine heiße
Dusche und Kaffee. Sollte sie Shane anrufen, damit er ihr half,
wie er es angeboten hatte?

Nee, das würde sie schon hinbekommen.

Sie nahm sich die Krücken und machte sich auf den Weg in
die Küche, stellte die Kaffeemaschine an und nahm sich einen
Müsliriegel. Ihr Knöchel pochte und erinnerte sie daran, dass sie
ihn kühlen musste. Sie warf den Müsliriegel auf den Küchentisch, holte einen Beutel mit Eiswürfeln aus dem Gefrierschrank
und warf auch ihn auf den Tisch.

Zuerst der Kaffee. Sie hüpfte zur Arbeitsfläche, um sich den
Kaffee zu holen, und kehrte an den Tisch zurück. Sie legte ihren
Fuß auf einen Stuhl, öffnete den Verschluss der Schiene und legte
die Eispackung auf ihren Knöchel. Immer noch geschwollen. So
blieb sie eine Weile sitzen, trank ihren Kaffee, kühlte ihren
Knöchel und zog ihr Buch aus dem großen, flachen Korb, der
sowohl als Obstschale als auch als Buchhalter fungierte. Der
Ratgeber *Cafés führen für Dummies* war erstaunlich gründlich. Mit
seiner Hilfe hatte sie einen Geschäftsplan erstellt.

Sie hatte bereits mit dem Hausbesitzer darüber gesprochen,
ob sie noch in Richtung des leerstehenden Lokals neben dem
Book It expandieren könne, und er war sogar damit einver-
standen gewesen, neunzig Tage lang auf die Miete zu verzichten,
damit sie Gelegenheit hatte, das Café erst einmal in Schwung zu
bringen. Jetzt wartete sie noch auf die Reaktion der Bank zu
ihrem Kreditantrag. Das Darlehen brauchte sie. Das *Book It*
schrieb rote Zahlen, und sie war bereits an dem Punkt angelangt,
an dem sie entweder ihre Wohnung aufgeben und zu ihren
Eltern zurückziehen musste (bitte, nein. Ihre Eltern waren nette
Menschen, aber sie strahlten die verkrampfte Disziplin einer Ehe
aus, die schon lange nicht mehr funktionierte) oder ihre Kassie-
rerin entlassen musste.

Es klingelte an der Tür. Mist. Das war vermutlich Shane. Wie
genau sollte sie die Treppe herunterkommen, um ihn herein-
zulassen?

Sie hörte es an der Tür klappern, dann öffnete sie sich quietschend. „Ich bin's nur!", rief Shane.

Sie machte große Augen. Er hatte einen Schlüssel?

„Ähmm ... komm rein?"

Er betrat die Küche und lächelte sie verlegen an. „Ich hab mir gestern deine Schlüssel genommen, als ich gegangen bin."

Sie war hin- und hergerissen zwischen tiefer Irritation und Dankbarkeit. Sie streckte ihre Hand nach den Schlüsseln aus. Er ließ sie in ihre Hand fallen.

„Mach das nicht nochmal", sagte sie.

„Es war ein Notfall." Er zog sich einen Stuhl heran. „Wie geht's deinem Knöchel?"

„Tut höllisch weh", gestand sie.

„Der Arzt meinte, du solltest Ibuprofen nehmen. Hast du das getan?"

„Ich habe ja kaum meinen Kaffee getrunken. Darum nein, ich habe keine Medikamente genommen."

Er stand auf. „Wo hast du sie?"

Im Medizinschrank im Badezimmer, wo auch ihre Tampons waren, Enthaarungswachs, eine Schachtel Kondome – mehr aus Hoffnung, als dass sie wirklich einen praktischen Sinn gehabt hätten – und wer weiß, was sonst noch alles da drin war. Nichts, was für Shanes Augen bestimmt war, so viel war sicher.

„Ich werde sie holen", sagte sie und beugte sich vor, um die Schiene wieder anzulegen.

„Ruh dich doch einfach aus", sagte er. „Ich kann sie holen."

„Ich kann das selbst!"

Er hob beschwichtigend die Hände. „Okay, okay." Er schob ihre Hände beiseite und legte ihr rasch die Schiene wieder an.

„Danke", sagte sie mit verkrampftem Kiefer, genervt von all diesem Getue um sie. Es gefiel ihr gar nicht, hilfsbedürftig zu sein. Sie nahm ihre Krücken und machte sich auf den Weg zum Badezimmer. Ihr blieb der Mund offen stehen, als sie sich im Spiegel sah. Ihre Mascara war zu schwarzen Klecksen unter ihren Augen zusammengelaufen. Ihre Haare waren halb aus der Banane zu einem zerzausten Knoten verrutscht. Ihr Kleid war zerknautscht. Himmel, es war nett von Shane, so zu tun, als wäre das überhaupt nicht merkwürdig.

Sie öffnete den Schrank. Es war sogar noch schlimmer, als sie es in Erinnerung gehabt hatte – sie hatte auch künstliche Fingernägel (sie hatte nie Lust darauf, ihre Nägel zu lackieren) und ein Kirschmassage-Öl von Maggies Junggesellenparty. Maggie, Shanes Großmutter, war ein Kracher, und Shane ... er war wie Apfelkuchen. Warm, tröstend, süß. Wenigstens waren die anderen unangemessenen Partygeschenke – essbare Unterwäsche und ein Vibrator – nicht da. Die Unterwäsche hatte sie weggeworfen, und der Vibrator lag versteckt in der Schublade ihres Nachttischs, damit ... ja.

Sie warf sich ein paar Ibuprofen in den Mund, wusch sich das Gesicht, bürstete ihre Haare und band sie zu ihrem gewöhnlichen, ordentlichen Zopf, bevor sie zurück in die Küche ging.

Shane durchsuchte gerade den Kühlschrank. Er richtete sich auf. „Möchtest du, dass ich dir irgendwas zum Frühstück mache?"

Er war ausgebildeter Koch, doch sie wollte nicht, dass er für sie kochte und aus dieser Knöchelsache so ein großes Ding machte.

„Ich habe Müsliriegel." Sie ging zurück zum Tisch und ließ sich auf den Stuhl sinken. Kaffee. Sie würde viel umgänglicher sein, wenn sie erst mal eine Tasse Kaffee in sich hatte.

„Diese Müsliriegel schmecken wie Pappe", sagte er und sah sie mit gerümpfter Nase an.

„Die perfekte Mischung aus Ballaststoffen und Proteinen", sagte sie und deutete auf das Etikett. „Außerdem bin ich kein großer Fan von Frühstück. Was ich wirklich bräuchte, ist eine Dusche."

„Brauchst du Hilfe?"

Sie warf ihm einen argwöhnischen Blick zu.

Seine Lippen zuckten. „Ich werd schon nicht linsen."

Ja, klar.

„Ich schaffe das schon. Warum kommst du nicht in einer halben Stunde wieder und hilfst mir die Treppe runter?"

„Ich werde hier warten, falls du Hilfe brauchst." Er setzte sich an den Tisch und nahm ihr Buch in die Hand. „Im Ernst, Rachel? *Cafés führen für Dummies*?"

„Das ist ein gutes Buch", sagte sie defensiv. „Ich habe einen Geschäftsplan danach erstellt."

„Ich kann dir bei der Planung für das Café helfen. Ich kenne mich in der Essensbranche aus."

„Klingt gut. Darüber können wir uns unterhalten, sobald ich

von der Bank was wegen meines Kredits höre." Sie trank ihren Kaffee aus und aß den Müsliriegel, während sie durch das Buch blätterte. Dann griff sie nach den Krücken und stand auf. Dabei fiel ihr der Reißverschluss hinten an ihrem Kleid ein. „Könntest du mir bitte den Reißverschluss öffnen?"

Er stand auf und ein Mundwinkel hob sich. „Liebend gern."

Sie wandte ihm den Rücken zu. „Mal ganz locker bleiben, Don Juan."

Er schmunzelte und seine warme Hand strich über ihren Nacken, als er ihr Haar zur Seite schob. Sie konzentrierte sich auf den Schmerz in ihrem Knöchel, um nicht darüber nachzudenken, was er gerade tat. Sie hätte ihre Schwester gebeten, das zu tun, wenn sie hier gewesen wäre. War praktisch das Gleiche.

Seine warmen Finger berührten ihre Wirbelsäule, als er den Reißverschluss hinunterzog. Ein Schauer durchfuhr sie. Der Knöchel pochte. Schrecklicher Schmerz. Oh mein Gott, ging das noch langsamer?

Sie hörte, wie er nach Luft schnappte. Sie blickte über ihre Schulter. „Was ist?"

Mit erhitztem Blick sah er ihr in die Augen. „Du trägst ja keinen BH."

Sie wandte den Blick ab. „Und?"

Wegen der Spaghettiträger hatte sie diese Anklebedinger getragen. Nicht, dass sie vorhatte, ihm das zu erklären. Sie wartete erst gar nicht auf eine Erwiderung; stattdessen ging sie Richtung Badezimmer. „Bin gleich wieder da."

Zu ihrer Erleichterung hörte sie, wie er sich wieder an den Tisch setzte. Sie wollte wirklich nicht, dass er ihr ins Badezimmer folgte. Sie ging ins Bad, zog das Kleid aus, die Klebedinger und ihre Unterhose ebenfalls, nahm die Schiene ab und hüpfte hinüber zur Dusche. Fünfzehn Minuten später war sie sauber und erschöpft. Sie schlang sich ein Handtuch um den Körper und ging in Richtung Bett, da sie sich eine Weile hinsetzen musste.

Shane saß bereits da.

„Shane! Verschwinde hier!"

„Betrachte mich einfach als deine Krankenschwester, die hier ist, um dir zu helfen. Nackte Körper sehe ich den ganzen Tag. Uaah!" Er tat so, als müsste er gähnen.

Sie setzte sich neben ihn aufs Bett. Ihr war warm und der

Schweiß lief ihr einfach so den Rücken hinab, nur, weil sie sich fertig machen musste.

„Dann geh und hol mir ein Handtuch für die Haare." Sie schob ihn in Richtung Badezimmer. „Bitte."

Er ging, um es zu holen.

Sie nutzte die Zeit, um zu ihrer Kommode hinüber zu humpeln, und betrachtete sich in dem großen Spiegel darüber. Ihre Haare waren vollkommen zerzaust, und sie trug kein Make-up. *Was soll's! Ist doch nur Shane.* Das Handtuch rutschte etwas, und sie schlang es enger um sich. Sie nahm einen BH aus der Schublade und zog ihn an. Eine Krücke rutschte ihr unter dem Arm weg und fiel zu Boden. *Verdammt.* Sie schlang das Handtuch um ihre Taille und zog ihr Lieblings T-Shirt über den Kopf, auf dem in Glitzersteinen „Leseratte" stand. Das war eines einer ganzen Reihe von T-Shirts zum Thema Lesen, die sie selbst entworfen hatte. Dann zog sie eine Unterhose und Shorts aus der Kommode. Okay. Für diesen nächsten Teil musste sie sich hinsetzen.

Sie dachte an den Fußboden und stellte fest, dass es ein weiter Weg da runter war und dass sie ihr verletztes Bein ausstrecken müsste, um überhaupt hinunterzukommen. Besser nicht.

Sie überlegte, wie sie mit einer Krücke zum Bett kommen sollte. Sie konnte hüpfen. Ja. Mit einer Hand nahm sie ihr Höschen und die Shorts, die andere hielt die Krücke, und so hüpfte sie in einem kleinen Halbkreis bis zum Bett.

Shane warf das zweite Handtuch aufs Bett und eilte zu ihr. „Warte. Ich bringe dir deine Krücke."

„Du bleibst genau dastehen", warnte sie ihn und hüpfte weiter. „Ich schaff das schon." Er kam weiter auf sie zu. „Zurück!"

Hüpf, hüpf. O mein Gott!

Das Handtuch war ins Rutschen geraten und zu Boden gefallen.

Rachel schloss die Augen. Shane sah es. Sie wusste, dass er es sah. Sie wäre vor Scham beinahe gestorben. Hier und jetzt.

Sie spürte, wie ihr das Handtuch wieder fest um die Taille gelegt wurde. Seine warmen Hände steckten es fest.

„Du bist so ein stures Weib", sagte Shane.

Sie öffnete die Augen und erwartete zu sehen, wie er ein Lachen auf ihre Kosten unterdrückte, doch er sah verdammt

ernst aus. Seine Augen brannten sich in ihre, und ein unange-
nehmes Bewusstsein ihrer selbst strömte durch ihren Körper. Die
Luft zwischen ihnen fühlte sich plötzlich geladen an. Ihr Mund
wurde trocken, weil ihrem Gehirn keine bissige Antwort einzu-
fallen schien.

Rasch wandte sie den Blick ab und hüpfte den Rest des Weges
zum Bett. „Dreh dich um", sagte sie. „Keine Peepshow mehr."

Er drehte sich um und wandte ihr den Rücken zu. Seine
Stimme klang rau. „Ich habe nicht geschaut. Das Handtuch ist
einfach nur–"

„Sprich nie wieder davon." Sie zog sich ihre Unterhose und
die Shorts an und lehnte sich auf dem Bett zurück, um sie über
ihre Hüfte zu ziehen. „Ich meine das so."

„Niemals", stimmte er zu. „Ich gehe in die Küche. Ruf mich,
wenn du was brauchst."

Rasch ging er davon, und Rachel starrte an die Decke, unsicher, wie sie ihrem Freund jemals wieder in die Augen blicken
sollte.

3

Shane goss sich ein Glas eiskaltes Wasser ein und hielt es sich an die Stirn. Das Bild von Rachels üppigen Kurven brannte sich in sein Gehirn. Wie sollte er jetzt noch so tun, als wollte er sie nur als gute Freundin, wenn er sie doch am liebsten ganz ausgezogen und jeden Zentimeter dieses köstlichen Körpers abgeleckt hätte? Er hielt seinen Kopf in den Gefrierschrank.

Als Rachel zurück in die Küche kam, angezogen, ihre Haare in einem ordentlichen Zopf, hatte er es geschafft, sich wieder einzukriegen.

„Bereit, runterzugehen?", fragte er und blickte auf einen Punkt über ihrem Ohr. Sie übernahm immer die Sonntagsschicht in ihrem Geschäft.

„Bereit", sagte sie leise.

Er versuchte, nichts in diesen sanften Tonfall hineinzuinterpretieren. Sie hatte ihm gestern Abend schon einen Korb gegeben. „Ich werde erst die Krücken runterbringen. Setz dich."

Sie setzte sich auf einen Küchenstuhl und reichte ihm ohne etwas zu sagen die Krücken. Sie sahen einander in die Augen, und er spürte es wie einen elektrischen Strom in der Luft. Da *war* etwas. Diese Anziehung war nicht nur einseitig. Hoffnung wallte in ihm auf. Er brachte die Krücken die Treppe hinunter und überlegte, was er als nächstes tun sollte.

Er kehrte zu ihr zurück. „Komm, Prinzessin. Auf geht's."

Sie errötete, etwas, das ihr sonst nie passierte, doch heute war es bereits das zweite Mal. Vielleicht konnte er sie noch einmal dazu bringen, rot zu werden. Er unterdrückte ein Lächeln.

Sie stand auf. „Der Arzt hat gesagt, dass ich den Knöchel nach achtundvierzig Stunden wieder belasten darf."

„Jupp." Er hob sie hoch und überlegte kurz, ob er sie direkt ins Schlafzimmer tragen sollte. Sie fühlte sich wunderbar in seinen Armen an, warm und weich. Stattdessen jedoch trug er sie hinunter, wie er es versprochen hatte, und setzte sie bei den Krücken ab.

„Danke", murmelte sie und schob sich die Krücken unter die Arme.

„Dann komme ich morgen früh wieder vorbei", sagte er.

Sie sah ihm in die Augen, und er bemerkte kurz das Bedauern, das dort aufflackerte, als wollte sie ihm erneut einen Korb geben. „Shane–"

Er bewegte sich ganz schnell, bevor er noch die Nerven verlor. Seine Lippen berührten ihre in einem sanften Kuss. Er löste sich von ihr, um zu sehen, wie sie reagierte.

Sie machte große Augen, ganz offensichtlich überrascht. Dann wurde ihr Gesichtsausdruck finster, und sie zog die Brauen zusammen. „Das ist nie passiert. Das darf nicht sein. Ich schätze unsere Freundschaft viel zu sehr, um sie mit einem Techtelmechtel zu ruinieren."

„Wer sagt denn, dass das nur ein Techtelmechtel ist?" Er streichelte ihre Wange. „Mir liegt etwas an dir."

Er war tatsächlich auf dumme Weise hoffnungslos und heftig in sie verliebt. Doch er wusste, dass er das nicht sagen durfte. Sie würde kreischend davonlaufen.

Sie wandte den Blick ab. „Ich empfinde nur nicht so für dich, okay?"

Bei dem Schlag zog sich sein Herz schmerzhaft zusammen. Sie ging in Richtung Laden.

„Bis dann!", rief sie über ihre Schulter.

„Bis dann", murmelte Shane.

Schlurfend ging er über die Straße zurück zu seinem Apartment. Sein eigenes Geschäft öffnete sonntags erst am Mittag, deswegen hatte er noch reichlich Zeit, um über Rachels Zurückweisung nachzudenken. Zwei schmerzhafte Zurückweisungen in zwei Tagen. *Noch ein dritter Strike, und du bist raus.*

Er konnte sein leeres Apartment jetzt nicht ertragen und

dachte kurz darüber nach, in der Küche seines Geschäfts etwas zu kochen, gab die Idee jedoch rasch auf. Er wusste, dass Sam da sein würde, um wie jeden Morgen die Eiscremebasis vorzubereiten, und ihm war gar nicht nach Small Talk zumute. Langsam ging er die Catoonah Street entlang, an der die Häuser – einige davon schöne alte viktorianische – auf beiden Seiten die Allee säumten. Wohin? Er kam an Grans Haus vorbei. Sie war jetzt ganz von Jorge eingenommen, seit September frisch verheiratet. Das Haus seines älteren Bruders Trav war direkt gegenüber von Gran. Der war seit gestern frisch verheiratet. Das Haus seines ältesten Bruders Ryan war ein paar Blocks entfernt. Auch er war seit letztem Monat frisch verheiratet. Alle um ihn herum heirateten.

So langsam bekam er das Gefühl, das schwarze Schaf der Familie zu sein. Das war lustig, denn von seinen drei Brüdern war Shane der einzige gewesen, der bis dahin eine lange Beziehung gehabt hatte. Zwei, um genau zu sein. Wenn er sich auf jemanden einließ, was nicht oft vorkam, dann gab er alles. In der Highschool hatte er eine dreijährige Beziehung gehabt, bis Kerri an die Uni gegangen war, und eine fünfjährige Beziehung mit Laura in der Kochschule. Nach Laura hatte er ein paar Beziehungen gehabt, die jeweils ein paar Monate gehalten hatten. Seit ein paar Jahren jedoch schon nicht mehr, nicht, seit dem Rachel zurück in die Stadt gezogen war.

Geduldig hatte er gewartet, während Rachel einen Verlierer nach dem anderen gedatet hatte, und hatte sich endlich damit abgefunden, ihr guter Freund zu sein. Jetzt wusste er wenigstens, woran er war. Aus welchem Grund auch immer, trotz der Tatsache, dass er eine erstklassige Chemie zwischen ihnen prickeln spürte, wollte sie diese Grenze nicht überschreiten.

Er fuhr mit einer Hand durch seine Haare. Verdammt, er wollte diese Grenze überschreiten. Genug mit diesem geduldigen Wartescheiß. Er wollte sie, und es war höchste Zeit, dass er etwas deswegen unternahm. Er kannte sie gut, sehr gut. Sie erzählte ihm alles – jedes Detail ihres Tages, von jedem schlechten Date, jeden Traum über ihre Zukunft – und er hörte zu, nahm alles auf, wollte alles über sie wissen. Dieses Wissen sollte ihm dabei helfen, ihre Mauern zu umgehen, die sie so geschickt errichtete, und mit denen sie jeden Typen auf Distanz hielt. Er musste sich nur noch einfallen lassen wie.

Es würde nicht einfach werden, das war sicher. Rachel war keine einfache Frau. Sie war stark, tough und sarkastisch, doch genau das gefiel ihm an ihr. Seine anderen Freundinnen waren süß und freundlich gewesen, und er hatte einen Großteil seiner Zeit damit verbracht, ihre Gefühle zu schützen und dafür zu sorgen, dass sie glücklich waren. Bei Rachel musste er all das nicht tun. Bei ihr konnte er sich entspannen.

Was auch immer nötig war. Er würde alles tun.

Er ging weiter und wünschte sich, er wäre der Typ Mann, der sich auch auf bedeutungslose Beziehungen einlassen konnte. Es war peinlich lange her, seit er das letzte Mal eine gehabt hatte. Das war mit ein Grund dafür, dass er angefangen hatte, im Studio Gewichte zu heben. Er wollte für Rachel gut aussehen, hoffte, sie würde ihn nie mehr als nur einen guten Freund sehen. Nicht, dass es ihm etwas gebracht hätte. Der andere Grund, weswegen er angefangen hatte zu trainieren, war, dass er von seinem Bruder Ry gnadenlos aufgezogen worden war, weil er von all dem Eiskosten einen Bauch bekommen hatte. Damit hatte Ry recht gehabt. Er fühlte sich tatsächlich besser, jetzt, da er das Gewicht wieder los war. Als hätte er ihn durch seine Gedanken herbeibeschworen, rief Ry ihm hinterher.

„Hey, Kumpel."

Shane drehte sich um und sah, dass sein Bruder zum Joggen draußen war. Ry war vier Jahre älter und für Shane mehr wie ein Vater als ein Bruder gewesen. Ihr Vater war ein unberechenbarer Alkoholiker gewesen, und ihre Mutter hatte schreckliche Depressionen gehabt. Ihre Mom hatte immer so zerbrechlich gewirkt, als würde alles sie zum Weinen bringen. Sie hatte Selbstmord begangen, als Shane dreizehn gewesen war. Ry war so verlässlich wie ein Felsen gewesen, hatte ihm und Trav durch diese furchtbare Zeit geholfen.

„Lauf mit mir", sagte Ry und joggte auf der Stelle. Er grinste. „Ich werde auch ganz langsam laufen, damit du nicht außer Atem kommst."

Shane hasste Joggen, doch er sah Ry so selten, ohne dass Liz an seiner Seite klebte, dass er langsam neben ihm her lief. Nicht, dass er Liz nicht mochte. Nur, dass er sich nicht immer wie der Typ fühlen wollte, der nicht ins Liebesland gelassen wurde.

„Wie geht's Rachel?", fragte Ry und lief schneller.

„Sie hat sich den Knöchel verstaucht", sagte Shane. „In ein

paar Tagen kann sie einen Stützverband tragen und Sneakers. Dann muss sie zu Hause Krankengymnastik machen."

Ry nickte. Ein paar Minuten liefen sie schweigend weiter.

„Wie weit läufst du?", fragte Shane. Er hoffte, dass Ry schon auf dem Nachhauseweg war.

„Nur noch ein paar Meilen. Ich laufe im Kreis, zur Highschool und zurück."

Shane ächzte innerlich. Die Highschool lag auf einem Hügel. Doch was hätte er sonst zu tun? Er wollte nicht nach Hause gehen und sich in dem Selbstmitleid suhlen, das die Zurückweisung ausgelöst hatte. Rachel war auch so verdammt stur. Er würde die richtige Balance finden müssen zwischen dem Umgehen mit ihrer Sturheit und dem Hindurchbrechen. Warum konnte sie nicht einfach sehen, wie gut sie zueinander passten? Für ihn war das so verdammt offensichtlich.

„Geht's dir gut?", fragte Ry.

„Klar."

Ry sagte nichts weiter. Das war so seine Art. Er war für einen da: solide, stark, schweigend.

Gedanken an Rachel kreisten in seinem Kopf. Ihr überraschter Gesichtsausdruck, als er sie geküsst hatte; als das Handtuch abgerutscht war und er einen Blick auf das Paradies erhascht hatte; ihre schmerzhafte Zurückweisung. *Ich schätze unsere Freundschaft … Freundschaft … Freundschaft.* Shane konnte diese ständig wiederkehrenden Gedanken nicht mehr ertragen.

„Hast du gehört, dass ein neues Lokal aufgemacht hat?", fragte Shane, nur, um überhaupt etwas zu sagen, *irgendetwas*, das ihn von Rachel ablenkte.

„Ja, *The Dancing Cow* hat im April eröffnet."

Shane grunzte. Es war bereits Juli. Doch sein Zorn auf Barry Furnukle war eine gute Ablenkung.

„Ich habe gehört, dass Barry jetzt Scherzbrillen verteilt", spie Shane aus. „Bastard."

Ry sah zu ihm hinüber. „Und?"

„Und er stiehlt mir mein Geschäft. Die Kinder sind ganz verrückt auf diese blöden Scherzbrillen und wollen Frozen Yoghurt anstelle von Eis. Das ist nicht das Gleiche! Die Probiotika sind bereits tot, wenn er ihn portioniert. Das ist nicht einmal gesund! Ich wette, er stellt ihn nicht einmal frisch her!"

Rys Brauen schossen in die Höhe. Shane wurde nie laut. Doch

Rachel war ihm unter die Haut gegangen, und jetzt, als er so darüber nachdachte, war auch Barry eine Nervensäge.

„Lauf ein bisschen schneller", sagte Ry. „Du musst deine Endorphine fließen lassen, dann geht's dir besser."

Shane beschleunigte. Seine Füße waren schon ganz taub, und der Schweiß lief ihm übers Gesicht. Er bekam nicht mehr genug Luft, um sich zu unterhalten. Endlich kamen sie am Hügel an. Er beugte sich in der Hüfte vor und keuchte. „Ich warte hier auf dich."

Ry zog ihn am Arm. „Komm schon, Schlaffi. Ist doch nur ein Hügel. Du schaffst das schon, und wenn wir oben sind, werde ich dich auch nicht quälen, damit du ausspuckst, welche Laus dir wirklich über die Leber gelaufen ist." Dann hustete er: „Rachel."

Vorher wusste Ry das?

„Wer zuerst oben ist", sagte Ry und lief los.

Shane blickte seinem Bruder hinterher. Himmel, laufen war was für Spinner. Ihm brachte das nie mehr als Erschöpfung. Irgendwie hatte er wohl nichts von dem, was diese Endorphine produzierte, abbekommen. Ry lief den Hügel hinauf und vorsichtig wieder hinunter.

„Nun komm schon, lauf mit", sagte Ryan stieß ihn mit dem Ellbogen an.

Widerwillig begann Shane, wieder in Richtung von Rys Haus zu laufen.

„Lass mich raten", sagte Ry und war nicht einmal außer Atem. „Sie möchte, dass ihr nur Freunde bleibt."

Shane stolperte, und Rys Arm schoss hervor, um ihn aufzufangen. „Woher weißt du das?"

Ry hob eine Braue. „Wenn sie mehr als das wollte, würdest du dich nicht über irgendwelche Scherzbrillen aufregen."

„Was soll ich denn machen?", fragte Shane.

Ry schüttelte den Kopf. „Du kannst nur ihr Freund sein, es sei denn, sie sendet dir ein anderes Signal."

„Genau das ist ja so frustrierend. Ich schwöre, dass es nicht einseitig ist, doch sie will es nicht wahrhaben."

„Sie wird es dich schon wissen lassen, wenn sie mehr will." Der Anflug eines Lächelns huschte über das Gesicht seines Bruders. Vermutlich dachte er wieder an Liz.

Shane holte tief Luft. Wo waren bloß diese verdammten Endorphine?

„Weißt du, wie du dich besser fühlen könntest?", fragte Ry.

Shane keuchte. „Wie?"

„Wenn du täglich laufen würdest. Dann hättest du etwas, auf das du dich konzentrieren könntest, und es ist außerdem gut für deine Stimmung."

„Scheiß drauf", schaffte Shane gerade noch hervorzupressen.

Ry lachte. „Achte auf deine Wortwahl, mein Lieber."

Shane beugte sich vornüber, als er einen Krampf bekam. Sie waren fast in der Main Street, wo er in einem Apartment über seinem Laden wohnte. „Argh ..." *Keuch. Keuch.* „Ich werde ..." *Keuch.* „... nach Hause gehen." Er winkte ihn weg. „Lauf du nur weiter."

„Bis morgen, Punkt sieben für unseren Lauf", sagte Ry mit einem teuflischen Lächeln, bevor er dann Richtung Haus lief. Er wusste, dass sein Bruder das durchziehen und an seine Tür klopfen würde, bis er aufstand und sich ihm anschloss.

Shane ächzte. Diese scheiß älteren Brüder mit ihren scheiß Ratschlägen. Ry hatte ihm geraten, cool zu bleiben, aber Trav hätte ihm vermutlich gesagt, er solle das Gegenteil tun. Er hatte Daisy fast sechs Monate lang den Hof gemacht, bevor er sie eingefangen hatte. Jetzt waren sie in den Flitterwochen auf den Bermudas.

Langsam ging er weiter und versuchte den Schmerz in seiner Seite wegzuatmen. Er kam an Rachels Laden an und sah, dass sie vorne an der Kasse saß, den Kopf über irgendwelche Unterlagen gebeugt.

Er begann zu joggen. Zumindest würde sie ihn, wenn sie mal aufblickte, laufen sehen, nicht schleppend dahinschleichen wie ein alter Mann. Er lief über die Straße und die Treppe hinauf in sein Apartment.

Er brach am Boden zusammen und entschloss sich, dort die nahe Zukunft zu verbringen.

4

Rachel wurde ihre Krücken gerade rechtzeitig zu ihrem Treffen mit der Bank los. Shane war, ähm, sehr hilfreich gewesen mit seiner Galanterie, wie er sie die Treppe hinauf- und hinunterge- tragen hatte, doch sie war eine unabhängige Geschäftsfrau, die sich diesem nächsten Schritt allein stellen musste. Ihre Gedanken wanderten zu Damon, oder, wie sie ihn gerne nannte – Dämon, ihrem ehemaligen Boss in der Buchhaltungsfirma. In den ersten beiden Jahren hatte sie sich bei seinen nicht gerade kleinen Anforderungen an ihre Zeit den Hintern aufgerissen, hatte die harschen Tiraden wegen der kleinsten Fehler ertragen, genauso wie seine Vorgaben, die kein Detail ausgelassen hatten. Bis es ihr am späten Abend eines langen Tages endlich gereicht und sie ihm gesagt hatte, was sie von ihm hielt.

Anstatt sie zu feuern oder sie anzubrüllen, war er aufgestan- den, um seinen Schreibtisch herumgegangen und hatte sich sehr nah vor sie gestellt, während sie sich an dem Ordner eines Klienten festhielt. Er hatte mit einem Finger über ihre Wange gestrichen. „Ich hatte mich schon gefragt, wann ich dich brechen würde", hatte er mit dem Lächeln eines Jägers gesagt. „Du hast länger durchgehalten als die meisten. Komm mit mir nach Hause. Ich werde dir zeigen, was du brauchst."

„Ich werde ganz sicher nicht mit Ihnen nach Hause gehen." Sie hatte sich zu seiner Bürotür zurückgezogen.

„Ich will dich. Und wenn ich nicht bekomme, was ich will,

dann rächt sich das." Er legte eine Hand an die Tür über ihrem Kopf und versperrte ihr so den Ausgang. „Du meinst, ich sei bislang streng zu dir gewesen?" Er schüttelte den Kopf, ein böses Lächeln umspielte seine Lippen. „Triff die richtige Entscheidung, dann wirst du reich belohnt werden."

„Okay." Sie rammte ihm ihr Knie in den Schritt, und er sackte wie ein Fels zu Boden. Sie entkam und zeigte ihn am nächsten Tag wegen sexueller Belästigung an. Der Dämon verlor seinen Job.

Danach war die Arbeit kein Picknick mehr. Das sich größtenteils aus Männern zusammensetzende Management ignorierte sie und ganz egal, wie hart sie arbeitete, sie wurde wieder und wieder übergangen, wenn es um wichtigere Klienten ging. Sie konnte es nicht abwarten, ihr eigenes Geschäft zu besitzen und für sich selbst zu arbeiten. Aus der Not heraus nahm sie einen anderen Job bei einer Konkurrenzfirma an und verbrachte die nächsten Jahre damit, Geld für ihren Traum, ihren eigenen Buchladen zu besitzen, beiseite zu legen. Endlich hatte sie sich befreit. Das *Book It* gehörte ihr allein, und sie musste niemandem mehr Rechenschaft ablegen.

Sie atmete einmal tief die immer noch kühle frühe Morgenluft ein und fühlte sich optimistisch, als sie den kurzen Weg die Straße hinunter zur Bank ging. Sie hatte sich ein wenig schick gemacht, einen schwarzen Bleistiftrock und eine weiße Bluse mit kurzen Ärmeln angezogen, dazu einen lila geblümten Schal. Unglücklicherweise war das Outfit nicht gerade der Hit, da sie, um ihren Knöchel zu stützen, Wanderstiefel tragen musste.

Der Ansprechpartner für kleine Geschäftskunden, Zach Cukor, kannte sie bereits sehr gut, seit sie vor zwei Jahren einen Kredit beantragt hatte, um das *Book It* zu eröffnen. Das letzte Mal, als sie sich für den Kredit beworben hatte, war er freundlich und hilfreich gewesen. Die meisten unabhängigen Bauchläden hatten zu kämpfen, weil es einfach bequem war, online zu shoppen, doch er war mit ihr einer Meinung gewesen, dass Clover Park ein Buchladen brauchte. Außerdem gab es in einem Umkreis von dreißig Meilen keine Konkurrenz zu ihrem Geschäft.

Sie betrat die klimatisierte Lobby und humpelte langsam zu Zachs Büro. „Hi, Zach, wie geht es Ihnen?"

In seinem gepflegten marineblauen Anzug stand er auf und schüttete ihr die Hand. „Gut. Aber was ist denn mit Ihnen?"

Sie schaffte es irgendwie auf einen Stuhl und seufzte. „Hab mir den Knöchel verstaucht, als mich am Strand eine Welle umgeworfen hat. In sechs Wochen sollte das wieder vergessen sein."

Er setzte sich ihr gegenüber. „Das tut mir leid."

„Danke."

Zach verschob ein paar Papiere auf seinem Schreibtisch, dann faltete er seine Hände darüber. „Rachel, ich fürchte, ich habe schlechte Nachrichten."

Ihr Herz begann zu pochen. „Gab es Probleme mit meinen Unterlagen? Ich dachte, ich hätte alles beisammen, wonach Sie gefragt hatten. Den Geschäftsplan, die Finanzen des Geschäfts, meine alte Steuererklärung–"

„Die Unterlagen sind in Ordnung." Sein Mund verzog sich zu einer flachen Linie. „Tut mir leid, aber die Bank hat Ihren Kreditantrag abgelehnt. Die Finanzen des *Book It* sind nicht gut. Seit zwei Monaten haben Sie keinen Profit gemacht. Banken mögen kein Risiko."

In ihrem Kopf drehte sich alles. Sie brauchte das. Das *Book It* brauchte dieses Extra, um Kunden anzulocken. Etwas, das sie nicht bekamen, wenn sie online kauften. Sie wusste, dass Kaffee, Snacks und Tische, an denen man sich aufhalten konnte, dafür sorgen würden, dass die Leute länger blieben. Sie selbst hatte das gerne im Borders in Eastman getan, bevor sie den Laden dicht gemacht hatten.

„Was ist denn mit den Dispokrediten, von denen Sie mir erzählt haben, als ich das *Book It* eröffnet habe?", fragte sie. „Kann ich einen davon bekommen?"

Zachs Blick erhellte sich. „Das können Sie immer noch. Aber ich fürchte, der wäre wegen Ihrer derzeitigen finanziellen Situation auf fünfundzwanzigtausend Dollar beschränkt."

Sie brauchte mehr als das, um das Café zu eröffnen. Sie hatte einen Kredit in Höhe von hunderttausend Dollar beantragt. Sie würde Geräte brauchen, Deko, eine Einrichtung und Angestellte. Was sollte sie nur tun?

„Das ist nicht annähernd genug Geld", sagte sie. „Gibt es irgendwelche anderen Möglichkeiten?"

„Sie könnten Investoren suchen."

Investoren. Ha! Sie kannte niemanden, der so viel Geld besaß. Naja, da war ihr Dad, aber sie wusste schon, dass seine Antwort Nein lauten würde. Er hatte vom ersten Tag an ihren Buchladen für einen schlechten finanziellen Zug gehalten, und er würde sie das nie vergessen lassen. Ihr Kopf pochte. All ihre Pläne, ihr Traum für das *Book It*, alles dahin. Unsicher erhob sie sich von dem Stuhl. „Ich schätze, das war's dann."

Zach hob seine Hände. „Es tut mir leid, dass wir nicht mehr tun können."

Rachel winkte ab und machte sich mit steifem Bein humpelnd auf den Weg zur Tür. Verfickte Scheiße. Sie war am Ende. Das *Book It* war am Ende. Jetzt würde sie wieder bei ihren Eltern wohnen müssen. Sie musste ihr Geschäft aufgeben und daraus würde ein Nagelstudio werden oder ein Sandwichladen oder irgendetwas ähnlich Grässliches, in dem man nicht nach dem perfekten Buch suchen konnte.

Tränen brannten in ihren Augen. Sie blinzelte sie rasch beiseite, während sie zu ihrem Laden zurückging. Sie war niemand, der nah am Wasser gebaut war. Sie öffnete die Tür, und die Glocke darüber klingelte fröhlich.

Ihre einzige Angestellte, Janelle Wilcox, blickte von ihrem Buch auf, das sie an der Kasse las, wo niemand Bücher kaufte. „Wie ist es gelaufen?"

„Nicht gut", erwiderte Rachel. „Ich habe den Kredit nicht bekommen."

„Das tut mir so leid, Rachel."

„Ja. Ich bin in meinem Büro."

„Mach dir keine Sorgen!", rief Janelle über ihre Schulter. „Ich habe gehört, dass ein paar Senioren gerade einen neuen Bücherclub gegründet haben. Ich bin mir sicher, dass sie jeden Monat was bei uns bestellen werden."

„Großartig", brachte Rachel heraus. Sie betrat ihr kleines Büro und setzte sich an den Schreibtisch. Sie atmete ein paarmal tief durch, um sich zu beruhigend, bevor sie ihren Laptop aufklappte und das Buchhaltungssystem öffnete. Sie sah sich die nächsten drei Monate an. Die Situation war schlimm. Sie würde ihr Apartment kündigen müssen. Eher würde sie im Lagerraum ihres Geschäftes schlafen, als in den kalten Krieg der Höflichkeiten ihrer Eltern zurückzukehren.

Oder sie würde Janelle entlassen müssen. Ihre Freundin. Ihre loyale Angestellte, die von Anfang an bei ihr gewesen war.

Sie ließ ihren Kopf in die Hände sinken und seufzte. Warum nur hatte sie einen Buchladen eröffnet? Sie hatte einen respektablen Job aufgegeben, in dem sie die Schriftstücke für Pensionspläne verwaltet hatte. Doch er hatte ihr die Seele aus dem Leib gezogen. Ihre ältere Schwester Sarah hatte ihr den Job damals besorgt. Gott sei Dank hatte Sarah Damon nicht als Boss gehabt. Wem versuchte sie etwas vorzumachen? Ihre Karriere als Buchhalterin war lachhaft, wenn man ihren Abschluss in Literatur bedachte. Lehrerin wollte sie nicht werden, doch mit diesem Abschluss konnte sie nicht viel mehr anfangen. Was sie immer gewollt hatte, war einfach nur, Bücher zu leben und zu atmen.

Irgendwie überstand Rachel den Rest des Tages, begrüßte jeden der fünf Kunden mit Begeisterung, bemühte sich jedoch, nicht verzweifelt zu klingen. *Bitte kaufen sie einen ganzen Stapel Bücher. Vielleicht nur eins?*

Sie schickte Janelle früher nach Hause und schloss den Laden selbst. Sie musste gründlich nachdenken. Sie hatte schwierige Entscheidungen zu treffen. Dafür brauchte sie Schokolade. Sie ging auf die andere Straßenseite zum Shane's Scoops, um sich einen Karamell-Brownie-Eisbecher zu gönnen.

Shanes Geschäft boomte. Die Leute kamen von überall her, um sein hausgemachtes Gourmeteis zu kosten. Und es war die richtige Saison dafür. Sie wartete in einer langen Schlange und betrachtete die Tafel mit den Geschmäckern des Tages – Kirsch-Vanille, Schokolade, Vanille, Salz-Karamell, Cookies und Sahne, Blaubeersorbet und Zitronensorbet. Ihr lief das Wasser im Mund zusammen. Sie wusste, dass Shane frische Zutaten der Saison benutzte, jeder Geschmack eine intensive Explosion auf ihrer Zunge. Alles war hausgemacht, das Eis, die Waffeln, die Schlagsahne, selbst die Cookies und die Sahne, in der frisch gemachte Schokoladencookies waren. Heute war ein Schokoladentag, deswegen mussten die anderen Sorten wohl warten.

„Hey, Rachel, das Übliche?", fragte Shane, als sie an die Theke kam. Normalerweise nahm sie Cookies und Sahne.

„Nein. Heute brauche ich einen Karamell-Brownie-Eisbecher mit Schokoladeneis."

Besorgt zog er die Brauen zusammen, bevor er sich an die Arbeit machte. „Sollst du haben."

So gut kannte er sie — Karamell-Brownie-Eisbecher hieß, dass sie einen wirklichen Scheißtag hinter sich hatte.

Ein paar Minuten später setzte sie sich auf einen gepolsterten Barhocker an einen Tisch an der Wand des Geschäfts mit einer Orgie von Schokolade in einem großen Becher. Schokoladeneis über einem selbstgebackenen Brownie, alles mit heißer Karamell-sauce, Sahne und Schokostreuseln bedeckt. Shane hatte ihr ohne Aufpreis eine Extraportion heißer Karamellsauce spendiert. Sie schloss die Augen und ließ den ersten Löffel voll in ihrem Mund schmelzen. Himmlisch. Die vollmundige Schokolade brachte sie für einen Moment aus der Finsternis, die sie zu Boden drückte.

Als sie die Augen öffnete, saß Shane auf dem Hocker neben ihr. Sie zuckte zusammen. Dieser Mann schlich sich immer an sie heran.

„Was ist passiert?", fragte er.

Allein bei dem Mitgefühl, das sie in seiner Stimme hörte, schnürte sich ihr die Kehle zu. Wenn sie es ausspuckte, würde sie vermutlich mitten in seinem Laden, in dem es vor unschuldigen Kindern nur so wimmelte, zusammenbrechen.

„Musst du denn nicht arbeiten?", fragte sie. „In deinem Laden ist verdammt viel los."

Sie spürte einen Anflug von Neid, dass ihr Geschäft leer war, während bei ihm so viel los war. Offensichtlich war sie in der falschen Branche. Sie stieß ihren Löffel in das Eis.

„Ich kann eine kurze Pause machen", sagte Shane. „Lass uns nach oben gehen."

Es sagte viel darüber, wie schlecht sie sich fühlte, dass sie ihren Eisbecher nahm und ihm, ohne weiter darüber nachzuden-ken, zur Tür hinaus folgte. Das letzte Mal, als er sie gesehen hatte, hatte er sie die Treppe ihrer Wohnung hinuntergetragen, während sie sich unbehaglich bemüht hatten, so zu tun, als wäre der Kuss am vorigen Tag gar nicht passiert. Aber er hätte nicht passieren dürfen. Sie hatte es so gemeint, als sie gesagt hatte, dass sie ihn nicht verlieren wollte. Seine Freundschaft bedeutete ihr alles. Er war der einzige Mann, den sie jemals gekannt hatte, der wirklich für sie da war, Tag ein, Tag aus. Sie konnte ihm alles erzählen, absolut alles, und er verurteilte sie nie. Er war ihr Fels.

Als sie zu der Treppe kamen, die zu seinem Apartment hinaufführte, nahm er ihr den Eisbecher ab und stellte ihn auf die Stufe. Er bückte sich und bot ihr seinen Rücken an. „Steig auf."

Sie starrte das T-Shirt an, das sich über seinen breiten Schultern und seinem Bizeps spannte, und spürte, wie sie rot wurde. Außerdem trug sie einen Rock. Sie wollte nicht auf seinen Rücken springen. Freunde ließen Freunde nicht auf sich reiten.

„Sei nicht albern", sagte sie. „Ich komme die Treppe schon rauf. Ich mach das zu Hause doch auch."

„Nicht, wenn ich dabei bin. Steig auf." Er sah sie über seine Schulter an. „Oder soll ich dich tragen?"

Wollte sie sich schon wieder wie eine Prinzessin fühlen, die auf Händen getragen wurde? Niemals. Sie. Waren. Freunde.

Sie legte ihm die Arme um den Hals, hob ihren Rock und sprang hinauf. Er richtete sich auf, griff unter ihre nackten Beine und schob sie noch ein wenig höher. O mein Gott, das hier war ein großer Fehler. Seine großen warmen Hände an ihren nackten Schenkeln, die Hitze seines Rückens, die sich durch den dünnen Stoff ihres Höschens brannte. Sollte sie wirklich auf seinem Rücken reiten, um eine ganze Treppe hinauf einem Orgasmus immer näher zu kommen? Sie wollte ihm gerade schon auf den Rücken klopfen und verlangen, dass er sie wieder abstellte, als er ihren Eisbecher nahm und begann, die Treppe hinaufzugehen.

Sie hielt sich fest und unterdrückte ein Stöhnen, als die Reibung seines Rückens sie feucht werden ließ. Sie musste wohl mehr Zeit mit ihrem Vibrator verbringen, wenn sie schon beim Huckepacktragen abging. Grundgütiger, bevor sie sich den Knöchel verstaucht hatte, hatte sie ihn nie auch nur umarmt. Sie betete, dass er es nicht bemerken würde. Wenigstens berührte er sie nur mit einer Hand an der Rückseite ihres Oberschenkels – in der anderen Hand hielt er ihren Eisbecher – obwohl diese eine Hand für maximalen Hautkontakt weit gespreizt zu sein schien.

Er trug sie in sein Apartment und stellte sie an der Kücheninsel neben einen bordeauxrot gepolsterten Barhocker, der zu denen in seinem Geschäft passte.

Sie zog ihren Rock hinunter und hoffte, ihm würde nicht auffallen, dass sie am ganzen Körper rot war. „Danke", murmelte sie.

„War mir ein Vergnügen."

Ihr Blick huschte zu seinen Augen, und er lächelte sie an. Hatte er das Wort Vergnügen besonders betont? Wie er es gesagt hatte durchfuhr sie wie warme Schokolade. Beschämt setzte sie sich und konzentrierte sich auf ihren Eisbecher.

Er ging auf die andere Seite der Kücheninsel und goss ihnen beiden ein Glas eiskaltes Wasser ein. Sie trank es gierig, denn sie sehnte sich verzweifelt danach, sich abzukühlen.

„Dann erzähl mal, warum du heute einen Karamell-Brownie-Eisbecher brauchst", sagte er mit diesem süßen, bedächtigen Tonfall, bei dem sie ihm immer am liebsten ein Ohr abkauen würde. Sie hatte viele Stunden damit zugebracht, ihm von all ihren grässlichen Dates zu erzählen und ihm ihre Perspektive zu erklären. Sie atmete tief durch. Sie musste ihm von dem Knick in ihrer Karriere erzählen, der Vernichtung ihres Traums und ihrem bevorstehenden Versagen als Geschäftsfrau.

Sie legte ihren Löffel ab. „Die Bank hat den Kredit für mein Café abgelehnt. Ich weiß ja, dass es mit meinen Finanzen nicht großartig aussieht, doch sie schienen eigentlich verständnisvoll, was die Nöte eines unabhängigen Buchladens anging." Sie atmete hörbar aus und betrachtete den großen Holzlöffel, der über der Spüle hing. „Ich dachte wirklich, das Café würde das *Book It* retten."

„Wirst du das Geschäft schließen müssen?"

„Ich hoffe nicht. Wir sind ein bisschen in den roten Zahlen, aber nicht zu schlimm. Ich werde entweder Janelle entlassen müssen oder mein Apartment aufgeben und mietfrei bei meinen Eltern unterkommen müssen. Ich bin einunddreißig und ziehe wieder nach Hause." Sie legte ihren Kopf in die Hände, der Appetit war ihr vergangen.

„Erzähl mir mehr über deinen Plan mit dem Café."

Sie sah zu ihm auf. „Was spielt das jetzt noch für eine Rolle? Es wird nicht passieren."

Sein Kiefer verkrampfte sich. „Erzähl es mir einfach."

Sie rieb sich die Stirn. „Ich wollte die Wand zwischen dem Buchladen und dem Laden daneben durchbrechen, um es zu einem großen Raum zu machen. Dann würde ich deinen großartigen Kaffee und Gebäck anbieten. So hätte man, wenn man sich nach Büchern umsieht, dieses köstliche Aroma, das von der Theke aus den ganzen Laden durchströmt, man isst einen Snack, sucht weiter und kauft hoffentlich ein paar Bücher. Ich wollte, dass es ein Ort wird, an dem man sich aufhält. Ein Ort, an dem nicht nur Leute von hier, sondern auch aus den nahegelegenen Städten vorbeischauen." Sie spielte mit dem Ende ihres Zopfes. „Ich kann Janelle nicht entlassen. Sie ist von Anfang an bei mir."

Shane nickte, voller Sorge und Mitgefühl.

Rachel beugte sich vor und legte ihre Stirn auf die Küchenin-sel. „Mommy, bereite schon mal mein Kinderzimmer vor."

Ihr Leben war nun wirklich ätzend. Wäre sie in einem Jane Austen Roman gewesen, wäre dies der perfekte Zeitpunkt für einen anonymen Wohltäter.

„Die Bank hat vorgeschlagen, dass ich mir Investoren suchen soll", erzählte sie der Arbeitsfläche.

Eine warme Hand streichelte ihren Rücken. Sie richtete sich auf. Sie hätte schwören können, der Mann sei zur Hälfte eine Katze, denn sie hatte ihn sich nicht nähern hören.

Die Hand an ihrem Rücken fühlte sich wunderbar an. *Rücken-streicheln zwischen Freunden war in Ordnung. Der Rücken ist eine neutrale Zone.*

Sie schloss die Augen, als die Wärme durch sie hindurch-drang. „Wer würde schon in das Café investieren, wenn er wüsste, dass das *Book It* auf dem absteigenden Ast ist?"

„Ich."

Sie drehte sich um. „Du?"

„Ja."

Sie schüttelte den Kopf. „Du hast nur Mitleid mit mir. Außerdem hast du nicht so viel Geld."

Seine Hand hörte auf, sich zu bewegen, blieb unten an ihrem Rücken liegen. „Wie viel?"

„Ich hatte einen Kredit über hunderttausend Dollar beantragt."

Er stieß einen Pfiff aus. „Wow."

„Oh ja."

Sollte sie ihn bitten, sie weiter zu streicheln? Jetzt fühlte es sich irgendwie so an, als hätte er den Arm um sie gelegt.

„Ich müsste erst einmal deinen Businessplan sehen, bevor ich mich darauf einlasse", sagte er.

Ihr fiel die Kinnlade herunter, und sie vergaß vollkommen seine Hand. „Ist das dein Ernst?"

Er lächelte. „Jupp."

Sie stand auf und ging in seinem Wohnzimmer auf und ab. Sie konnte es einfach nicht glauben. War das irgend so eine durchgeknallte Opfergeste seinerseits, um sie davon zu überzeu-gen, dass sie mehr als Freunde sein sollten? Mit Shane ein Geschäft eingehen? Würde das ihre Freundschaft ruinieren?

Würde er mehr von ihr erwarten als Freundschaft? Warum sollte er das tun?

Sie hörte auf, auf und ab zu gehen, und ging zurück zu dem Barhocker ihm gegenüber. „Warum?"

„Mir gefällt die Idee mit dem Café. Mir gefällt sogar der Name. *Something's Brewing* klingt gut." Er nickte zustimmend. „Wenn ich in das Café investiere, hilft es mir dabei zu expandieren. Ich spüre schon den Druck des neuen Frozen Yoghurt Ladens."

„Ist Barry Konkurrenz für dich?"

„Er verschenkt Scherzbrillen. Die Kinder lieben sie. Ich habe nie daran gedacht, billige Partygeschenke herauszugeben. Ich dachte, Qualität reicht, um Kundenbindung zu generieren."

„Barry mit seinen Prob-jotika?" Sie kicherte. Barry konnte Probiotika nicht einmal richtig aussprechen, dennoch sprach er die ganze Zeit davon. Für sie und Shane war es ein Running Gag zu sehen, wie oft sie ihn dazu bringen konnten, das Wort auszusprechen.

Shane schnaubte und äffte Barry nach. „Frozen Yoghurt ist so viel gesünder als Eis, wegen der –" er hob seine Nase in die Höhe „– Prob-jotika."

Sie lachte. Shane war wirklich witzig. Dann dachte sie über sein Angebot nach. „Wie würde das funktionieren? Du würdest einen Kredit aufnehmen und ihn in das Café investieren?"

„Wir wären Partner, fifty-fifty. Ich gebe dir deine Hälfte, und du kannst es mir zurückzahlen, sobald dein Café Profit macht."

„Du besitzt im Ernst hundert Riesen?"

Er hob eine Schulter und senkte sie wieder. „Ich kann drankommen."

Seinem Geschäft ging es wirklich gut. Außerdem versorgte er eine Reihe von Restaurants mit Eis, hatte seinen eigenen Lieferwagen und eine ganze Mannschaft von Angestellten. Vielleicht konnte er es sich leisten. Nur, weil er sich entschieden hatte, in einer Wohnung über dem Laden zu wohnen, hieß das nicht, dass er kein Geld hatte. Vielleicht sparte er das Geld nur einfach.

Es war großzügig. Es war zu viel. Doch was, wenn es funktionierte? Was, wenn das Café erfolgreich war, das *Book It* retten würde *und* sie es ihm zurückzahlen konnte? Dann würde ihr Traum wahr werden.

Sie spielte erneut mit dem Ende ihres Zopfes. „Ich weiß nicht."

Er neigte seinen Kopf. „Denk darüber nach. Ich will dich nicht hetzen, aber ich muss zurück."

Sie sah auf ihren halb geschmolzenen Eisbecher hinab. Ihre Laune hatte sich nun ohnehin mehr durch Shane als durch die Schokolade gehoben. Den Rest warf sie in den Müll.

Er ging vor ihr in die Hocke. „Und auf geht's."

Sie starrte auf seinen Rücken. Um nichts in aller Welt würde sie diesen Ritt noch einmal wollen. Nicht, wenn sie vielleicht gemeinsam Geschäfte machen würden. „Ich kann laufen."

Er richtete sich auf und drehte sich um, ein kleines Lächeln umspielte seine Lippen. Wusste er, was dieser Ritt mit ihr anstellte? Sie spürte, wie sie rot wurde.

„Was ist denn schon dabei?", fragte er. „Bei dem Ritt nach oben bist du mir ganz glücklich vorgekommen."

Verdammt! Er wusste es!

„Ich war nicht glücklich."

„Nein?"

„Absolut nicht." Sie hob ihr Kinn. „Es war mir genau genommen unangenehm." Sie nickte, um den Punkt zu betonen. „Und ich fand's langweilig", fügte sie hinzu. „Im Grunde genommen ist diese ganze Unterhaltung langweilig."

„A-ha."

Sie verkniff sich einen Fluch, denn sie wollte ihn nicht sehen lassen, dass er einen wunden Punkt getroffen hatte, und eilte zu Tür.

„Rachel, komm schon, du hast deine Krücken erst seit gestern nicht mehr."

„Es geht mir gut!", rief sie über ihre Schulter. Sie öffnete die Tür und flog nach hinten, als er seine Arme um ihre Taille legte und sie hochhob. „Shane!"

Sie wand sich, um sich zu befreien.

„Hör auf, dich zu wehren. Am Ende tust du dir nur noch mehr weh."

Sie hielt inne, denn, wie auch immer – ob sie nun auf seinem Rücken ritt oder auf seinen Arm getragen wurde –, es gefiel ihr viel zu gut. Das *konnte* ein Problem werden. Hätte sie sich bloß nicht ihren Knöchel verstaucht, dann wären sie nicht in dieser lächerlichen, verwirrenden Situation.

Er stellte sie wieder auf den Boden, und sie starrten einander an.

Shane blinzelte als erster und trat einen Schritt weiter vor. „Okay?"

„Okay, schön! Aber diese ganze Herumtragenummer ist mittlerweile sehr —"

Er hob sie hoch und nahm sie in seine Arme. Sie bekam das merkwürdige Gefühl, dass er sie vielleicht zu seinem Bett tragen könnte. Ihr stockte der Atem, und ihr ganzer Körper wurde heiß.

„Sehr was?", hakte er nach.

„Langweilig", hauchte sie.

Er schmunzelte und trug sie zur Tür hinaus. „Da bin ich ganz deiner Meinung. Ich kann es nicht abwarten, bis du anfängst, dich zu revanchieren und mich herumzutragen."

Sie kicherte.

Ich nehme bloß einen Aufzug nach unten. Mehr nicht. Einen warmen, muskulösen Aufzug.

In seinem Geschäft stellte er sie wieder ab und grinste. „Möchtest du noch einen Eisbecher?"

„Ich hatte genug, danke."

Er nickte kurz und machte sich wieder an die Arbeit.

Sie drängte sich durch die vielen Menschen in seinem Laden und dachte wieder an die Zukunft des *Book It*, ihres Babys, ihres leidenschaftlichen Projekts. Sie musste bei Shane klare Grenzen setzen. Das war alles. Geschäft wäre Geschäft, Freundschaft nach Feierabend und nichts mehr. Das konnte funktionieren. Es konnte wirklich funktionieren. Es *musste* funktionieren.

Sie lächelte vor sich hin und trat hinaus ins Sonnenlicht.

Shane fuhr nach Feierabend zum Haus seines Vaters in Fieldridge. Für gewöhnlich fuhr er dort sonntags vorbei, doch er meinte, sein Dad hätte sicherlich nichts gegen einen Besuch mitten in der Woche. Shane war der einzige seiner Brüder, der bereit war, Zeit mit ihrem Dad zu verbringen. Es war nun schon ein Jahr her, seitdem Jack O'Hare Kontakt zu Shane aufgenommen hatte, damit sie einander wieder kennenlernten. Davor hatte Shane seinen Dad zum letzten Mal gesehen, als er dreizehn gewesen war. Jack hatte ihn und seine Brüder kurz nach dem Tod ihrer Mom verlassen. Jack hatte erklärt, dass die Alkoholabhängigkeit zusammen mit der Trauer über den Verlust seiner Frau für ihn damals zu viel gewesen war, um sich um sie zu kümmern. Er hatte Shane um Vergebung gebeten und ihn wissen lassen, dass er nun seit dreieinhalb Jahren trocken war.

Shane war nicht der Typ, der der Familie den Rücken zukehrte. Er hatte bereits seine Mom verloren, wenn sein Dad ihn also wieder in seinem Leben haben wollte, wäre er bereit, ihm diese Chance zu geben.

Sie hatten angefangen, jeden Sonntag Zeit miteinander zu verbringen, hatten an einem 1967er Shelby Mustang GT 500 gearbeitet, den sein Dad von seinem Dad geerbt hatte. Shane kannte sich mit Autos und Werkzeugen aus, das hatte er seinem Dad zu verdanken, deswegen war es nur natürlich, an dem Wagen zu arbeiten. Bevor seine Mom gestorben war, hatte sein Dad nur abends getrunken, deswegen wussten die Jungs, wenn sie ihn am Wochenende nachmittags erwischten, würde er Ball mit ihnen spielen, doch anders als seine Brüder war Shane nicht sonderlich sportlich gewesen und hatte sich zurückgehalten. Er hatte von seinem Dad nicht viel Aufmerksamkeit bekommen, bis er neun gewesen war und sich zu Weihnachten einen Easy-Bake Oven gewünscht hatte.

Stattdessen hatte er eine Werkzeugkiste mit echtem Werkzeug bekommen. Jack hatte sich hingebungsvoll darum gekümmert, Shane alles über Werkzeuge und Autos beizubringen und darüber, wie man im Haus Dinge reparierte. Alles, wovon Jack meinte, ein Mann solle sich damit auskennen. Irgendwie fiel es Shane leichter, mit seinen Händen zu arbeiten, als einen Ball zu fangen. Vielleicht, weil er so keine Angst haben musste, dass etwas durch die Luft auf ihn zuflog.

Am Ende war Shane trotz der Bemühungen seines Dads auf die Kochschule gegangen. Aber es war dennoch gut zu wissen, wie man Dinge reparierte.

Er klingelte an dem bescheidenen Ranchhaus, das sein Dad gemietet hatte. Die Tür wurde geöffnet, und Shane war wieder einmal überwältigt, wie ähnlich Ryan ihrem Dad sah. Sein Dad lächelte, und Lachfältchen tanzten dabei um seine Augen. „Shane! Was für eine nette Überraschung. Komm rein."

Shane trat ein. Das Haus war ordentlich und sparsam dekoriert mit alten Möbeln, die sein Dad bei Goodwill gekauft hatte. „Hast du Lust auf eine kleine Ausfahrt?"

„Absolut. Lass mich die Schlüssel holen." Sein Dad ging in die Küche, um die Schlüssel des Shelby aus ihrem Versteck hinter dem Gewürzregal zu holen. Jetzt, seit der Shelby wieder funktionierte, waren sie in den letzten Monaten öfter damit losgefahren.

Sie gingen zu der separaten Garage, und sein Dad gab den Code ein. Der Shelby war wertvoll und ein Liebhaberstück, da es nicht mehr viele wie diese Schönheiten aus dem Jahr 1967 gab, die am Armaturenbrett sogar von Carroll Shelby selbst signiert waren. Als sie den Wagen erst einmal zum Laufen gebracht hatten, hatte sein Dad ihn ihm als Dankeschön dafür gegeben, dass er Zeit mit ihm verbracht hatte. Shane hatte seinen Brüdern nie von dem Geschenk erzählt. Er wollte nicht, dass es zu weiteren Unstimmigkeiten zwischen ihnen und seinem Dad kam. Ryan und Trav waren bei den Familienfeiern, zu denen Gran ihn einlud, höflich, mehr aber auch nicht. Shane hielt den Wagen in der Garage seines Dads versteckt und fuhr damit nie nach Clover Park.

Sein Dad öffnet die Garage, und beide nahmen sich einen Moment, um die Schönheit des Wagens zu bewundern.

„Dieser Wachs hat das Rot wirklich gut herausgebracht, findest du nicht?", fragte sein Dad.

Das originale Paradiesapfelrot. Shane widerstand dem Drang, den Wagen berühren zu wollen, um keine Fingerabdrücke zu hinterlassen. „Wunderschön."

Shane setzte sich auf das glatte, schwarze Vinyl des Fahrersitzes und ergriff das originale Holzlenkrad. Er bewunderte die Akzente aus gebürstetem Aluminium und den altmodischen Tempomat. In diesem Auto waren keine Computer am Werk. Einfach nur Gangschaltung, Metall und pure Pferdestärke. Sein Dad stieg ein und schloss die Tür.

Shane drehte den Zündschlüssel, und der Motor erwachte brüllend zum Leben. Er sah seinen Dad an, und sie tauschten ein Lächeln aus.

Er fuhr aus der Garage und über die offenen Straßen außerhalb des Ortes, an denen Pferdefarmen in der Landschaft verstreut lagen. Die Straßen waren kurvig, größtenteils verlassen und mit Bäumen und Steinmauern gesäumt. Er trat aufs Gas, genoss den gutturalen Sound der rohen Kraft, die er so sehr spürte, wie er sie hörte. Die Lenkung war stramm, die Bremsen waren fest, die Bewegungen direkt und wunderschön. Sie hatten großartige Arbeit darin geleistet, diesen Wagen wieder zu seiner Höchstform zu bringen.

Sie kurbelten die Fenster hinunter und ließen die warme Brise hindurchwehen. Shane sog über mehrere Meilen alles tief in sich ein, bevor er seinem Dad endlich sagte, woran er dachte.

„Dad, du weißt schon, wie viel mir an diesem Wagen liegt, nicht wahr?"

„Genau deswegen habe ich ihn dir ja geschenkt. Ich wusste, dass du dich gut um sie kümmern würdest."

„Aber weißt du, was mir noch mehr bedeutet?" Er sah zu ihm hinüber. „Einfach nur Zeit mit dir zu verbringen."

Die Stimme seines Dads klang ganz heiser. „Mir auch, mein Sohn."

Shane schmerzte die Brust. Ein paar Minuten lang fuhren sie schweigend. Er wollte die Gefühle seines Dads wirklich nicht verletzen. Der Wagen hatte sie zusammengebracht. Er hatte ihnen etwas gegeben, auf das sie sich konzentrieren konnten, als es bei seinen frühen Besuchen noch schwierig gewesen war, sich miteinander zu unterhalten. Es hatte ihnen etwas gegeben, worauf sie sich freuen konnten, und letzten Endes etwas, womit sie sich verbinden konnten. Doch das Wichtigste war jetzt, dass sie eine Bindung hatten. Eine Gute.

„Dad, ich möchte den Wagen verkaufen."

„Was? Ich dachte, du liebst diesen Wagen! Ich liebe diesen Wagen. Als ich ihn dir geschenkt habe, hatte ich mir vorgestellt, du würdest ihn eines Tages deinem Sohn schenken."

Shanes Brust zog sich zusammen und sein Herz fühlte sich an, als säße es in einem Schraubstock. Himmel, das war schwierig. Doch wenn er einen eigenen Sohn haben wollte, würde er erst Rachel umhauen müssen. In das Café investieren, ihr Geschäftspartner werden und noch viel mehr, all das hing davon ab, dass er diesen Wagen verkaufte, sein einziges wirkliches Vermögen. Er hoffte, wenigstens hundert Riesen dafür zu bekommen. Er konnte nicht noch einen Kredit aufnehmen, er bezahlte immer noch den einen ab, den er für die Eröffnung des Geschäfts aufgenommen hatte. Und den Großteil seines Profits hatte er gleich wieder in sein Geschäft investiert, als er weitere Geräte angeschafft, eine Mannschaft eingestellt und einen Lieferwagen gekauft hatte, den er brauchte, um die Restaurants mit Eis zu beliefern.

Was immer nötig war.

Shane fuhr ein wenig langsamer, um sich leichter, mit weniger Wind, der durch die Fenster peitschte, unterhalten zu können. „Du weißt, ich liebe den Shelby, aber es hat sich etwas ergeben. Eine Investitionsgelegenheit. Ich brauche das Geld, um da reinzukommen."

Er beglückwünschte sich dazu, dass er so vernünftig und geschäftstüchtig klang.

Als sein Dad schwieg, sah er zu ihm hinüber. Er hatte seine Lippen zu einer Linie zusammengepresst. Endlich sprach sein Dad. „Es geht um eine Frau, stimmt's? Diese Rachel, von der du ständig sprichst."

Shane wollte nicht wie ein total liebeskranker Idiot klingen, auch wenn er das war. „Nein, hier geht's ums Geschäft."

Er drückte aufs Gas, und das Brüllen des Motors zusammen mit dem Wind erschwerte weitere Unterhaltungen. Endlich, ein paar Meilen weiter musste er an einem Stoppschild anhalten.

„Rachels Geschäft?", fragte sein Dad.

Shane seufzte. „Ja."

Sein Dad schüttelte den Kopf. „Du willst einfach so Tausende von Dollar zum Fenster hinauswerfen, um eine Frau zu beeindrucken."

„Ich sagte doch, es geht ums Geschäft." Shanes Wangen glühten. „Lust auf eine Fahrt zum Strand?"

„Verdammt, ja."

„Eine letzte Fahrt."

„Eine letzte Fahrt, mein Sohn."

Shane fuhr Richtung Osten. Der Strand war ungefähr vierzig Minuten entfernt. Eben jener Strand, an dem er Rachel zum ersten Mal in seinen Armen gehalten hatte. Sie hatte sich dort so richtig angefühlt. Seitdem sie Zeit miteinander verbrachten, konnte er nur noch an Rachel denken. Er hatte kurze Blicke auf ein zartes Herz unter ihrer rauen Schale entdeckt. Er war entschlossen, ihr Herz zu gewinnen. Das war nur fair. Denn sie hatte ja schließlich schon seins.

„Dad, ich hoffe, du bist nicht wütend. Ich weiß, der Shelby war irgendwie unsere Sache."

Sein Dad atmete vernehmlich aus und streichelte das Armaturenbrett. „Es wird mir leidtun, ihn gehen zu sehen, aber wir werden eine neue Sache finden. Außerdem war ich auch schon mal verliebt. Um dir die Wahrheit zu sagen, ich liebe deine Mom immer noch. Nicht einmal der Tod kann derartige Gefühle beenden."

Shane schluckte den Kloß in seiner Kehle hinunter. „Ich liebe sie auch noch immer."

„Sie, ähm, wäre so stolz auf dich gewesen."

„Danke", brachte Shane erstickt hervor.

„In Ordnung, genug davon. Zeig mal, was der Wagen kann."

Shane drückte aufs Gas, und die Sommerbrise rauschte durch ihr Haar bei ihrer letzten glorreichen Fahrt. Gott, er würde diesen Wagen vermissen.

Doch Rachel wollte er mehr.

5

Rachel klingelte am nächsten Morgen an Liz' und Ryans Haus und wäre beinahe aus der Haut gefahren, als sie auf der anderen Seite der Tür ein wildes Bellen hörte. Was zum Teufel?

Liz öffnete die Tür, hielt einen zerrenden, bellenden, riesigen schwarzweißen Welpen am Halsband fest. „Warte kurz, ich bringe ihn erst weg."

Das sonst so perfekt glatte blonde Haar ihrer Freundin steckte in einem losen Pferdeschwanz, und einzelne Strähnen fielen ihr ständig ins Gesicht. „Sitz, Hagar. Sitz." Hagar sprang an Liz hoch und leckte sie. Liz kicherte. „Danke für die Küsse. Und jetzt sitz. Sitz, sitz, sitz."

Hagar setzte sich nicht. Stattdessen begann er, auch Rachel anzuspringen. „Mein Knöchel. Pass auf meinen Knöchel auf!"

Liz zog Hagar mit sich ins Wohnzimmer. „Setz dich. Er wird sich gleich beruhigen."

Rachel ging ins Wohnzimmer. Liz setzte sich aufs Sofa, und Hagar stellte gleich seine Vorderpfoten auf ihren Schoß, saß halb auf ihr.

„Bist du hierher gelaufen?", fragte Liz um den riesigen Schoß-hund herum.

Rachel lehnte sich von der Bestie zurück. „Ja, ich kann noch nicht fahren."

„Rachel! Du hättest anrufen sollen. Lass mich dich wenigstens nachher nach Hause fahren."

Rachel wollte dem nicht widersprechen. „Klar, danke." Sie starrte die sabbernde Kreatur an, deren Zunge heraushing. „Ihr habt also endlich einen Hund gekauft."

Liz lächelte und schüttelte den Kopf. „Du weißt, dass ich schon ganz lange einen Hund haben wollte, der nicht haart, und ich habe Ryan erzählt, dass wir darüber nachdenken sollten, uns einen Welpen anzuschaffen. Du weißt schon, mal sehen, wie wir uns darum kümmern können, als eine kleine Vorübung, bevor wir Kinder bekommen."

Rachel verdrehte die Augen. Als wäre ein Welpe das Gleiche. Ihre Schwester hatte vier Kinder, das älteste war erst sieben. Ein Kind konnte man nicht einfach in ein Körbchen stecken und das Haus verlassen. „Du erinnerst dich schon noch daran, wie Bryce als Neugeborener war, oder?"

Bryce war Daisys Sohn. Liz hatte ihrer Schwester dabei geholfen, sich um das Baby zu kümmern, bevor Liz zu Ryan gezogen war und ihn dann geheiratet hatte. Ihre Freundin war durch das Baby, das die ganze Nacht wach war und Koliken hatte, ein Wrack gewesen.

Liz wischte sich Hundesabber von der Wange. „Natürlich erinnere ich mich an Bryce. Genau deswegen wollte ich ja Übung."

„Du weißt aber schon, dass das kein Hund ist, der nicht haart. Sieht aus, als wäre da was von einem Labrador drin."

Liz schob Hagar beiseite und zupfte an ihrer rosa Bluse, die bereits mit schwarz-weißen Haaren bedeckt war. „Ich weiß! Ich wollte eigentlich einen niedlichen kleinen Bichon Frisé oder einen Zwergpudel, aber Ryan hat Hagar ausgesetzt am Spielfeld der Little League gefunden und ihn mit nach Hause gebracht. Hagar war so glücklich hier zu sein, dass ich ihn nicht fortschicken konnte."

Hagar ergriff, als er seinen Namen hörte, gleich die Gelegenheit und leckte erneut Liz' Gesicht ab. Liz schloss die Augen und lächelte mit geschlossenen Lippen.

Igitt. Wusste Liz eigentlich, wo diese Hundezunge schon überall gewesen war?

„Der Tierarzt meint, dass er acht Monate alt ist", sagte Liz. „Da ist vielleicht etwas von einer Deutschen Dogge in ihm." Sie hob eine riesige Pfote. „Siehst du diese Pfoten?"

„Er wird euer Haus verwüsten."

Liz umarmte ihn. Hagar knabberte an ihrem Haarband und zog ihr noch mehr Haare aus dem Pferdeschwanz. „Hagar! Sie setzte ihn auf den Boden, und er drehte sich auf den Rücken, präsentierte seinen Bauch. Sie kraulte ihn. „Er hat schon das Ladekabel von Ryans Handy durchgebissen und eine Fernbedienung gefressen. Deswegen hat Ryan seinen Namen in Hagar der Schreckliche geändert. Kurz, Hagar. Ich hätte ihn Klößchen genannt."

Rachel schnaubte. Klößchen? Diesen riesigen Kerl?

„Also, was ist los?", fragte Liz. „Erzähl mir alles, was neu bei dir ist."

„Naja, du weißt ja, dass ich gerne ein Café neben dem *Book It* eröffnen würde?"

Liz' Augen begannen zu strahlen. „Hast du den Kredit bekommen?"

„Nein."

„Ach, das tut mir so leid. Vielleicht solltest du's bei einer anderen Bank versuchen?"

„Ich glaube nicht, dass ich von einer Bank, die mich nicht von der ersten Stunde an kennt, eine andere Antwort bekomme. Meine Finanzen sind eben nicht großartig. Jedenfalls hat Shane angeboten, zu investieren. Er meinte, wir könnten Partner sein. Er würde mir für meine Hälfte einen Kredit geben."

Liz' Brauen schossen in die Höhe. „Wirklich?"

„Ja. Das ist ein großzügiges Angebot."

„Ei?"

Der alte Spitzname bezog sich darauf, dass Liz Rachel für einen Eierkopf hielt, der immer in Gedanken war und das Leben um sich herum gar nicht wahrnahm. Rachel nannte Liz „Hühnchen", weil sie sich nie ernsthaft um das bemüht hatte, was sie wirklich wollte, doch man sehe sich Liz heute an – verheiratet mit dem Mann, für den sie als Teenager geschwärmt hatte, sie wohnte in einem Haus mit einem Garten und hatte obendrein noch einen Hund. Alles, wovon Liz immer geträumt hatte. Die beiden Kinder, die dazu gehörten, würden wahrscheinlich auch bald folgen.

Rachel seufzte. Sie konnte Liz nicht mehr Hühnchen nennen. „Was?"

„Was Shane angeht. Ich glaube, er könnte Gefühle für dich haben, und vielleicht waren es diese Gefühle, die ihn dazu gebracht haben, dass er dir seine finanzielle Hilfe angeboten hat."

Rachel wusste das. Das hieß aber nicht, dass sie nicht gemeinsam etwas Geschäftliches anfangen konnten. „Ich habe ihm gesagt, dass wir nur Freunde sein sollten." Triumphierend hob sie einen Finger. „Genau genommen habe ich ihm das sogar gesagt, bevor er mir dieses Geschäftsangebot unterbreitet hat, also wusste er es definitiv."

Liz sah sie mitfühlend an. „Niemand stellt seine Gefühle einfach ab und dann auch noch so schnell."

Rachel spürte einen schuldbewussten Stich. Es musste einfach funktionieren. Sie durfte das *Book It* nicht verlieren.

„Kann ich das irgendwie hinbekommen, ohne ein vollkommener Idiot zu sein?", fragte Rachel.

Liz dachte darüber nach, zog ihren Pferdeschwanz wieder ordentlich zurück. „Du musst sehr deutlich sein. Sprich es aus. Sag ihm, dass es ein Geschäftsabkommen ist, und dass du Geschäft und Vergnügen nicht miteinander vermischen willst."

„Streng geschäftlich. Feste Grenzen. Genau daran habe ich gedacht."

„Absolut. Du bist doch professionell. Tu so, als hättest du einfach irgendeinen vermögenden Investor gefunden. Dann würdest du einen Vertrag aufsetzen lassen, einen Anwalt engagieren, der ihn sich ansieht, und müsstest nicht einmal deine Klamotten ausziehen."

„Naja, wenn er reich ist ..."

Sie brachen in Gelächter aus.

„Du schaffst das", sagte Liz. „Nur ... sei vorsichtig bei Shane. Er ist auch für mich etwas Besonderes. Ich möchte nicht, dass er verletzt wird."

Shane war jetzt Liz' Schwager. Himmel, Rachel war von O'Hares umzingelt. Und jetzt fühlte es sich so an, als wäre Liz auf deren Seite und nicht auf ihrer.

„Ich dachte, du wärst auf meiner Seite", sagte Rachel.

Hagar sprang hoch und bellte etwas an, das vor dem Fenster war. Liz setzte sich zu ihr. „Vogel", sagte sie über die Schulter. Sie lockte Hagar mit einem großen Knochen zurück. „Natürlich bin ich auf deiner Seite. Ich liebe euch beide sehr. Jetzt sei die professionelle Geschäftsfrau, die du eigentlich bist, und mach das Café zu der aufregendsten Sache, die seit den O'Hares in Clover Park je passiert ist." Liz schmunzelte.

„Jetzt bist du auf einmal so cool. Ich erinnere mich noch daran, wie du es nicht ertragen konntest, Ryan anzusehen. Du könntest nur an *Die Demütigung* denken."

Die Demütigung nannten sie einen peinlichen Vorfall am Grand Lake in dem Sommer, als Liz erst dreizehn gewesen war und riesig für Ryan, den siebzehnjährigen Rettungsschwimmer, geschwärmt hatte.

Liz lächelte geheimnisvoll. „Man weiß nie, wann sich die Liebe anschleicht."

Oh bitte. So etwas konnte nur eine Frischverheiratete sagen. Rachel stand auf. „Ich sollte jetzt besser zurückgehen."

Liz sprang auf. „Ich bringe nur Hagar in sein Körbchen, dann werde ich dich fahren."

Hagar sprang bei seinem Namen auf, sein Schwanz wedelte wie verrückt. Liz brachte ihn zurück in die Küche. Ein paar Minuten später gingen Rachel und Liz zur Haustür hinaus.

„Komm doch am Sonntag zum Grillen", sagte Liz, während sie den Wagen öffnete. „Um eins."

Ein O'Hare Familiengrillen. Rachel war bei so vielen gewesen. Sie waren schon eine nette Gruppe, doch Liz hatte recht, sie musste aufpassen, dass sie bei Shane feste Grenzen zog, persönlich und sozial, wenn diese Geschäftsbeziehung funktionieren sollte.

„Kann ich Janelle mitbringen?", fragte Rachel.

Liz ließ den Motor an. „Auf jeden Fall. Wir hätten sie gerne da."

Rachel dachte über die Veränderungen an Liz nach, während sie die kurze Strecke zum *Book It* fuhren. Die Liz, die sie früher gekannt hatte, hätte niemals einen gigantischen, sabbernden, haarenden Hund in ihr perfekt sauberes Haus gelassen. Und doch war es jetzt so, sie war ein glückliches Chaos. Was war mit ihrer coolen, ruhigen und gesammelten Freundin passiert? Liz hatte sich, seitdem sie mit Ryan letztes Jahr zusammengekommen war, so sehr verändert. Sie hatte sich verliebt und geheiratet. Machte die Liebe das mit einem? Machte sie einen zu einem völlig anderen Menschen?

Rachel war noch nie verliebt gewesen, und dafür war sie dankbar. Sie mochte ihr Leben, so wie es war, umgeben von

Büchern, ihr eigener Boss zu sein, zu kommen und zu gehen, wie es ihr gefiel. Nur hinter sich selbst herzuräumen.

„Brauchst du Hilfe beim Straßenfest?", fragte Liz. „Diesen Sommer habe ich Zeit. Ich muss mich nur um ein paar Kinder kümmern." Ihre Freundin unterrichtete die dritte Klasse in der Clover Park Elementary.

„Das wäre großartig!", sagte Rachel begeistert. Warum hatte sie nicht daran gedacht, ihre beste Freundin seit dem sechsten Schuljahr zu fragen? Liz war immer für sie da gewesen. Sie stellte überrascht fest, dass jetzt, wo Liz mehr Zeit mit Ryan verbrachte, Shane die Lücke füllte, die ihre beste Freundin hinterlassen hatte. Shane war ihr engster, bester Freund geworden.

Ein weiterer Grund, alles streng geschäftlich zu belassen. Sie konnte es sich nicht leisten, noch einen besten Freund zu verlieren.

~

Ich bin eine professionelle Geschäftsfrau, erinnerte Rachel sich, während sie darauf wartete, dass Shane am nächsten Abend für ihre geplante Geschäftsbesprechung zu ihrem Apartment kam. Sie hatte ihn gestern nach ihrem Gespräch mit Liz angerufen und war dann direkt zu ihrem Anwalt gegangen. Sie hatte für Shane einen Businessplan ausgedruckt und gebunden, außerdem die Unterlagen für eine Partnerschaft und einen Kreditvertrag, in dem die Bedingungen des Kredits standen, vorbereitet. Sie setzte die Zinsen auf das gleiche Niveau, das die Bank ihr gegeben hätte (wenn sie tatsächlich einen Kredit bekommen hätte), damit alles zu den marktüblichen Konditionen ablief.

Sie hatte sich jedoch nicht für eine geschäftliche Situation gekleidet, da sie der Meinung war, dass das vielleicht ein wenig zu weit gegangen wäre; stattdessen trug sie das *Readers Rock* T-Shirt, das sie selbst entworfen hatte, dazu Shorts. Sie saß am Küchentisch, die Papiere vor sich ausgebreitet. Sie hatte die Tür offengelassen, damit sie nicht wieder diese unbehagliche *Ein Offizier und Gentleman*-Routine über sich ergehen lassen musste. Sie konnte dieses Gefühl, winzig zu sein in seinen starken, muskulösen … professionellen Armen, nicht ertragen. Nein, keine professionellen Arme. Himmel. Wer hat schon mal etwas von professionellen Armen gehört?

Wenn sie gemeinsam ein Geschäft eingehen wollten, durfte es keine unbehaglichen Situationen zwischen ihnen gehen. Der Erfolg des *Book It* bedeutete ihr alles. Nachdem sie zwei Jahre lang dieses Geschäft betrieben hatte, war sie nicht bereit, es aufzugeben. Clover Park brauchte einen Buchladen. Sonst gäbe es hier nur Essen, Antiquitäten, Ärzte und Zahnärzte, nichts, was die Seele befriedigte, wie nur ein gutes Buch das konnte.

Es klingelte an der Tür.

„Es ist offen!", rief Rachel.

Sie hörte Shanes Schritte auf der Treppe, und dann stand er in ihrer Küche, lächelte sie mit seinem Grübchenlächeln an. „Ich habe das Geld."

Sie konnte es nicht fassen. „Woher hast du das so schnell bekommen? Mein Kreditantrag bei der Bank hat zwei Wochen gebraucht."

Shane grinste. „Ich hatte was für schlechte Zeiten beiseitegelegt, und das ist ganz gut gelaufen. Was ist das denn alles?", fragte er, zog sich einen Stuhl heran und deutete auf die Unterlagen auf dem Tisch.

Sie schob den gebundenen Businessplan in seine Richtung. „Das ist alles, was du wissen musst, um Partner im *Something's Brewing Café* zu werden. Businessplan, Papiere für die Partnerschaft, Kreditvertrag."

Er nahm sich den Businessplan und blätterte ihn durch. „Da steht aber nicht viel zum Kaffee oder dem Essen, das du da anbieten willst."

„Über den Teil denke ich noch nach."

Er schloss den Businessplan. „Dafür habe ich reichlich Ideen. Ich werde einen Speiseplan erstellen."

„Willst du das nicht durchlesen?"

„Später."

„O-kay." Sie gab ihm einen Stift und schob ihm die Papiere für die Partnerschaft zu.

Er überflog sie. Der Anwalt hatte eine fifty-fifty Aufteilung ausformuliert, in der Shane das Essen und den Kaffee lieferte und auch die Baristas ausbildete, während Rachel sich um die Geschäftsleitung kümmerte.

„Soll ich Gabe bitten, sich das anzusehen?", fragte Shane, womit er einen befreundeten Anwalt meinte. Gabe Reynolds war in ihrem Alter und vor Kurzem erst in die Stadt zurückgezogen.

„Gabe hat das alles für mich aufgesetzt."

Shanes Brauen schossen in die Höhe. „Was hat er dazu gesagt?"

Rachel spielte mit ihrem Zopf. „Nur, dass er es für interessant hält, dass wir Geschäftspartner werden."

„Inwiefern interessant?"

Gabe hatte ihr einen wissenden Blick zugeworfen und seine genauen Worte waren gewesen: „Du und Shane also, wie? Wurde auch Zeit." Doch das wollte Rachel Shane nicht erzählen. Das wäre unprofessionell.

„Ich weiß nicht", sagte Rachel beiläufig. „Ich dachte, er meint, dass es interessant ist, weil es etwas Neues ist, da wir noch nie Partner waren." Sie schob ihm die Kreditunterlagen zu. „Ich habe auch einen Tilgungsplan für den Kredit erstellt." Sie deutete auf den Zinssatz. „Der Gleiche wie bei der Bank."

Shane rieb sich die Schläfe. „Du musst mir keine Zinsen zahlen."

„Doch, muss ich."

Er atmete hörbar Luft aus und überflog die Zahlen. „Meinst du wirklich, dass wir all das brauchen? Können wir nicht einfach darauf einschlagen?"

„Das ist ein Geschäft. Wir müssen es richtig angehen."

„Ein Kredit über zehn Jahre? Wir können zwanzig draus machen, wenn du möchtest."

„Zehn", sagte sie fest.

Er sah sie an. Sie würde nicht davon abrücken. Sie wollte keine Sonderbehandlung, nur weil sie Freunde waren. Wenn sie wollte, dass alles streng geschäftlich blieb, mussten die Papiere stimmen. Sie wollte keine unangenehmen Gefühle und ganz sicher keine Missverständnisse darüber, worauf sie sich hier tatsächlich einließen.

Shane nahm den Stift und unterschrieb alles bereitwillig. „Fertig." Er warf ihr ein Lächeln zu. „Partner." Er streckte ihr seine Hand entgegen.

Sie schüttelte sie. Seine Hand fühlte sich erstaunlich warm in ihrer an. Sie sahen einander in die Augen, und der Moment hing zwischen ihnen, während sie einander nur anstarrten.

„Rachel, ich …"

Sie riss ihre Hand weg. „Janelle würde gerne mit dir ausgehen", platzte es aus ihr heraus.

Das stimmte nicht. Janelle hatte niemals irgendein Interesse an Shane bekundet, doch Rachel brauchte einen Ausweg, und zwar schnell.

Shanes Brauen zogen sich verwirrt zusammen. „Janelle aus deinem Geschäft?"

Rachel nickte. „Sie steht auf dich. Sie hat mich gebeten, dich zu fragen, ob du nicht mit ihr ausgehen willst."

Shanes Augen verengten sich. „Warum klingt das ein bisschen arg nach Junior Highschool?"

„Sie ist schüchtern."

Janelle war noch nie schüchtern gewesen. Rachel nahm eine Serviette aus der Obstschale und kritzelte Janelles Nummer darauf. „Ruf sie an, okay?"

Shane starrte die Serviette an. „Rachel—"

„Mach's einfach!" Sie schob ihm die Serviette in die Hand. „Du musst. Ich habe ihr schon gesagt, dass du sie anrufen würdest."

„Warum das denn?"

„Ich dachte, dass du sonst ewig brauchen würdest, um sie einzuladen, und ich war es leid, sie von dir schwärmen zu hören."

„Es hätte nicht ewig gedauert, wenn ich wirklich ..." Er stand abrupt auf, schob die Serviette in seine Tasche. „Ich seh mir heute Abend den Businessplan an. Die Details können wir morgen besprechen. Bei mir zu Hause."

„Eigentlich habe ich freitags abends das Sabbat-Abendessen mit meiner Familie. Da darf ich nicht fehlen." Das Sabbat-Abendessen war die einzige Zeit, zu der ihre Eltern eine Art Burgfrieden schlossen, was es für sie zu ihrer Lieblingsbesuchszeit machte. Außerdem würde sie dann ihre Schwester und ihre Nichten und Neffen sehen. Sie liebte die Kleinen wie verrückt.

„Ach ja, das hatte ich vergessen", sagte Shane. „Dann Samstagabend."

Sie konnte nicht allein in Shanes Wohnung sein. Er würde vermutlich für sie kochen, und es wäre so intim mit dieser merkwürdigen, knisternden Spannung zwischen ihnen. Die Dinge waren jetzt viel ernster, seitdem sie ein Geschäft aufzubauen hatten. Es war einfach keine kluge Entscheidung. Nicht, bis er sicher mit jemand anderem zusammen war. Ihre weiteren Besprechungen würden alle an öffentlichen Orten stattfinden.

„Wie wäre es, wenn wir uns nach Ladenschluss in meinem Geschäft treffen?", fragte Rachel.

Ihr Geschäft hatte große Schaufenster zur Main Street hin. Definitiv nicht privat.

Er starrte sie an. „Was stimmt denn nicht mit meinem Apartment?"

„Nichts. Ich fühle mich nur im Geschäft wohler."

„Okay", sagte er langsam. „Ich werde Pizza mitbringen."

Sie strahlte. „Klingt nach einem Plan."

Er sah zu Boden und seufzte. „Bis dann."

Er klang enttäuscht. Definitiv nicht, wie sie ihre Geschäftsbeziehung hatte beginnen lassen wollen.

„Lächeln, Shane. Mit deinem guten Essen und meinem wirtschaftlichen Geschick machen wir in ein paar Monaten Profit." Sie versuchte einen britischen Akzent, spielte damit auf ihre Lieblingskomödien an. „Das wird ein wunderbarer Erfolg werden!"

Als Erwiderung darauf hob er kaum merklich eine Hand und ging die Treppe hinunter. Sie fühlte sich ein bisschen schuldig, weil sie ihn an Janelle abgedrückt hatte, doch je mehr sie darüber nachdachte, desto eher fand sie, dass sie ein hübsches Paar abgeben würden. Sie hatte ohnehin geplant, ihre Freundin mit zum Grillen zu nehmen, doch sie als Shanes Date zu präsentieren, war sogar noch besser. Tatsächlich tat sie ihnen beiden einen Gefallen. Sie waren beide nette, gutaussehende, alleinstehende Erwachsene. Sie sollten ihr dankbar sein. Vielleicht würden sie ihr Erstgeborenes nach der Frau benennen, die all das möglich gemacht hatte.

Als sie daran dachte, rief sie Janelle an. „Shane möchte gerne mit dir ausgehen. Geh bitte, nur ein Date. Ich habe ihm gesagt, dass du das gern tun würdest."

Zu Rachels Überraschung war Janelle höchst erfreut. „Oh, erst ein Familiengrillen, dann ein Date. Ich würde liebend gern mit ihm ausgehen. Er ist wirklich appetitlich. Ich meine, so schlank und muskulös wie er neuerdings ist … Wie ein Panther, miau! Danke, Rachel, dass du das eingefädelt hast. Ich wollte nie was sagen, weil ich dachte, dass du vielleicht auf ihn stehst, aber das ist *perfekt*! Ich werde dafür sorgen, dass er seine Schüchternheit ablegt, mit meinem patentierten Janelle-Verführungszauber."

Rachel fühlte sich plötzlich unbehaglich. „Verführungszauber?"

„Top Secret, Liebes. Dann rufe ich gleich an. Danke dir!"

„Moment mal! Du hast seine Nummer?"

„Klar doch. Ich habe sie oft genug auf dem Telefondisplay im Laden gesehen. Bye!"

„Oh. Bye." Rachel legte auf und goss sich ein großes Glas Chardonnay ein. „Ich bin so eine gute Freundin", murmelte sie.

6

Shane erwachte noch vor Morgengrauen. Er konnte nicht schlafen, da er dauernd an Rachel und seinen spektakulären Reinfall denken musste. Er würde Frauen nie verstehen. Soviel zu dem Thema, dass er Rachel mit seiner Retter-in-der-Not-Masche umhauen würde, als edler Ritter, der ihr Geschäft rettete. Statt in seine Arme zu fallen, hatte sie ihn mit einer anderen Frau verkuppelt. Er verstand immer noch nicht, wie das so schnell hatte passieren können.

Er ging hinunter in die Küche seines Ladens. Sam war noch nicht da, um seine Eisbasis herzustellen. Ihm war nach Backen zumute. Er würde die frischen Blaubeeren nehmen und Muffins machen. Er wusste bereits, dass Muffins auf die Speisekarte des Cafés sollten. Er konnte die Zutaten je nach Saison anpassen – Kirschen, Zitronen, Cranberrys, Kürbis, Zimt. Doch als erstes Blaubeeren, da gerade Blaubeersaison war.

Er stellte einen Lautsprecher an, den er in der Küche aufgestellt hatte, und öffnete seine Lieblings-Playlist. Beyoncés „Drunk in Love" kam als erstes. Ob es ihm nun gefiel oder nicht, er kannte den Text. Er sang mit, während er die Zutaten zusammensuchte. Er wusch die Blaubeeren und probierte eine. Die Beere explodierte in seinem Mund, war säuerlich und süß zugleich. Perfekt. Es ging doch nichts über frisch gepflückte Blaubeeren.

Dann suchte er die trockenen Zutaten zusammen, holte die Butter, Eier und Milch aus dem Kühlschrank. Er betrachtete den

Korb, in dem er Zitronen und Limetten aufbewahrte, und entschied sich, etwas Zitronenschale und Saft in den Teig zu mischen, um den Geschmack der Blaubeeren noch zu betonen. Jetzt war er in seinem Element, und mischte aus dem Gedächtnis die richtigen Mengen von Mehl, Zucker und Backpulver zusammen. Er bereitete einen Teelöffel frisch geriebenen Zimt vor und nahm sich einen Moment, um tief einzuatmen und das Aroma zu genießen. Er mixte die trockenen Zutaten zusammen und arbeitete in seinen Gedanken gerade mit seiner Gran in der Küche, als er gerade erst nach Clover Park gezogen war.

Der Kollaps seiner Familie und der Verlust seiner Mutter hatten ihn in seinen Grundfesten erschüttert. In seiner neuen Schule sagte er kein Wort, schaffte es einfach nicht, sich als Siebtklässler auf Jungs einzulassen, die nur an Sport dachten, und Mädchen, die ihm merkwürdige Fragen stellten (magst du vierblättrige Kleeblätter? Wie groß bist du? Hast du eine Freundin?) und dann über seine Antworten kicherten (ja, eins achtundsiebzig, nein), obwohl daran nichts lustig war. Grans Küche war eine fröhliche Oase. Jeden Abend, während sie ihnen ein köstliches Abendessen zubereitete, spielte sie Musik aus den Top Fünfzig, so ganz anders als das Essen, mit dem er aufgewachsen war – angebrannte Fischstäbchen, Hot Dogs und Pizza. Plötzlich gab es Lasagne, würzige Chinapfanne und Grillhähnchen. Und das Gemüse war immer frisch, geröstete Paprika, scharfer Mangold und perfekt gedämpfter Brokkoli.

Zuerst hatte er nur am Küchentisch gesessen und zugesehen, daran gewöhnt, irgendwie mit dem Hintergrund zu verschmelzen. So verging eine Woche, bis Gran ihn plötzlich ansprach.

„Junge, jetzt bist du lange genug ein Möbelstück gewesen. Du musst jetzt mein Sous Chef werden."

„Ich?", fragte er, und seine Stimme brach vor Aufregung. Niemand hatte ihn je zuvor für irgendetwas *gebraucht*. Und was zum Teufel war ein Su-chef?

„Siehst du sonst noch jemanden hier?"

Ryan war immer bei irgendeinem Training oder Spiel und kam meistens erst spät nach Hause. Trav war draußen und machte weiß Gott was oder brachte sich in Schwierigkeiten. Nur er war da. Er stand auf, ging zu ihr hinüber, als sie gerade eine Schublade öffnete und eine blau-weiß gestreifte Schürze herausnahm. Die legte sie ihm um.

„Passt perfekt", sagte Gran. „Dreh dich um."

Er drehte sich um, und sie knotete sie auf dem Rücken zu. „Die hat mal deinem Opa gehört. Ich weiß nicht, ob du dich daran erinnerst, aber er war beim Grillen ein Genie."

„Cool." Sein Opa war gestorben, als er zehn war, und Shane hatte immer nur Burger gegessen, wenn er zu Besuch war, doch er glaubte ihr. „Was ist ein Su-chef? Ist das so eine Mädchensache?"

„Das ist ein französischer Begriff. Sous - s-o-u-s. Das ist der Assistent des Chefkochs. Und du wirst alles waschen und schneiden, während ich koche. Wenn ich glaube, dass du bereit bist, lasse ich dich auch alles andere machen. Aber eins nach dem anderen, jeder Koch wäscht sich die Hände, bevor er Essen zubereitet."

Er eilte zur Spüle und schrubbte seine Hände.

„Als erstes wirst du diese Karotten und Kartoffeln putzen, dann zeige ich dir, wie man das Hühnchen häutet und kleinschneidet, das ich machen will."

Er war rasch in den Rang eines richtigen Kochs aufgestiegen. Seine Hände waren stark und sicher, weil er so viele Jahre mit Werkzeugen gearbeitet hatte. Als Gran ihm erst einmal die richtige Technik gezeigt hatte, häutete und schnitt er effizient. Es gefiel ihm, mit frischen Kräutern und Gemüse zu arbeiten, viele davon pflückte er am gleichen Tag in ihrem Garten. Die frischen Düfte und Geschmäcker waren eine Erweckung aus seinem gefühlt-schwarz-weißen in ein vollfarbiges Leben.

Gran ließ ihn, wenn er von der Schule kam, allein machen, was er wollte, nur die Abendstunde war für ihre gemeinsame Arbeit reserviert. Er machte sich daran, Vorspeisen und Desserts zuzubereiten, die Hauptspeisen machten sie gemeinsam. Es war einfach erstaunlich gewesen, den Alltagstrott der Schule, wo er sich wie ein Außenseiter fühlte, für die absolute Freiheit der totalen Kontrolle in der Küche zurückzulassen. Seine Familie liebte seine Kochkünste, und er wusste, dass er seinen Lebenssinn gefunden hatte.

Jetzt wischte er sich das Mehl von den Händen an eben jener blau-weiß gestreiften Schürze ab, die er aus sentimentalen Gründen behalten hatte. Er hatte ganz ähnliche Schürzen wie diese für seine Angestellten anfertigen lassen, auf denen Shane's Scoops aufgestickt war, doch diese hier war etwas Besonderes, das Original, mit dem alles begonnen hatte. Die Erinnerung ließ ihn lächeln, und er verrührte die nassen und trockenen Zutaten. Er hatte gerade noch genug Zeit, alles zu backen, bevor Ry für ihren täglichen Lauf vorbeikam.

Er machte sich wieder an die Arbeit, mit sich selbst im Reinen, nur er und das Essen, das er bald mit seiner Familie teilen würde. Das war beinahe so gut wie Kochen, das Teilen. Deswegen hatte er seinen eigenen Laden eröffnet, um Kontakt zu allen in der Stadt zu haben. Es verhinderte, dass er sich einsam fühlte, wie seine Mutter es immer von sich gesagt hatte. Er wusste, dass er nach ihr kam – sensibel und introvertiert –, deswegen achtete er immer so sehr darauf, nicht zu lange allein zu sein.

Essen war Leben und Verbindung. Es war alles.

Shane hatte gerade einen Bissen von dem Muffin probiert – die Zitronenschale passte perfekt zu der Blaubeere –, als er hörte, dass jemand auf die Türklingel für oben drückte. Er ging zur Hintertür hinaus und sagte seinem Bruder, dass er sich das sparen könne.

„Ach, du bist schon auf." Ry rieb seine Hände und lächelte. „Dann komm. Lass uns diese Endorphine ans Laufen bringen."

Shane murmelte einige ausgewählte Schimpfwörter über Frühaufsteher vor sich hin. Seit Ry bei der Polizei geregelte Arbeitszeiten hatte, war er morgens unerträglich gut gelaunt. Es hatte ihm besser gefallen, als sein Bruder bei seinem alten Job als Privatdetektiv bis mittags geschlafen und erst am Nachmittag nach ihm gesehen hatte.

Sie begannen zu joggen. Die Stadt war ganz still, abgesehen von ein paar Lieferwagen, die an ihnen vorbeifuhren. Hauptsächlich waren Vögel und verrückte Jogger unterwegs.

Ry lief schneller, und Shane hielt mit. Er lief nun schon seit vier Tagen und war nichts als müde und verschwitzt. Nach gefühlt zwanzig Meilen, die vermutlich nur zwei waren, blieb Shane stehen. „Und wann bekomme ich endlich das Läuferhigh?"

„Lauf einfach weiter, Kumpel, dahin kommst du schon noch",

sagte Ry und lief auf der Stelle. „Du musst erst deine Kondition ausbauen."

Sie liefen weiter.

Dann unterbrach Shane endlich die Stille. „Rachel und ich sind jetzt Geschäftspartner."

„Im Ernst?"

„Ja."

„Bei was?"

„Wir eröffnen ein Café neben dem *Book It*. Ich mache das Essen und den Kaffee, sie kümmert sich um das Geschäft."

„Shane …"

Er atmete angestrengt, während sie erneut diesen verdammten Hügel zur Highschool hinaufliefen. „Was?"

„Meinst du wirklich, sie wird mit dir ausgehen, wenn ihr Geschäftspartner seid?"

Schwerfällig schleppte er sich den Hügel hinauf. Heute würde er ihn erobern. „Nein", presste er hervor.

Offensichtlich nicht, sonst würde er sich nicht heute Abend mit Janelle im Garner's treffen. Er konnte es immer noch nicht glauben, dass Rachel ihn mit einer Freundin zusammenbringen wollte. Er hatte Janelles Gefühle nicht verletzen wollen, als sie am Abend zuvor angerufen und ihn eingeladen hatte, deswegen hatte er einem Treffen zugestimmt. Er hatte Janelle im *Book It* nie beachtet, sondern sich immer nur auf Rachel konzentriert, doch sie war hübsch. Ein wenig jung, aber nicht zu jung, das hatte er überprüft. Sie war vierundzwanzig.

Ry war schneller als er auf dem Hügel. Shane folgte ihm und brauchte einen Moment, um zu Atem zu kommen, bevor er den Ausblick im frühen Morgensonnenschein über Clover Park genießen konnte. Die Bäume in ihrer vollen grünen Pracht, der hohe weiße Turm der Methodistenkirche, die Geschäfte in der Stadt, Häuser, die sich in das Straßennetz schmiegten.

„Es ist nur ein Geschäft", sagte Shane.

Ry sah ihn mitleidig an.

„Halt die Klappe."

„Ich habe doch gar nichts gesagt. Hol mich ein." Und damit rannte Ry den Hügel hinunter.

„Hast gewonnen!", rief Shane und setzte sich. Er freute sich darauf, ein Café zu eröffnen. Die Idee belebte ihn. Er hatte ein paar neue Rezepte für Scones, Brote und Plunderteilchen ausprobieren wollen. Viele Dinge, für die er keine Zeit hatte, weil seine Eisdiele so boomte. Das hier würde wirklich gut werden. Selbst, wenn Rachel nicht in seinem Bett war. Als er an die Nacht dachte, in der er in ihrem Bett gewesen war, wurde er unruhig. Und als sie dann noch dieses Handtuch hatte fallen lassen ...

Er stand auf und lief den Hügel hinunter, weit hinter seinem Bruder.

Ry blieb stehen und drehte sich um, lief auf der Stelle. „Gewinner geben niemals auf, Kumpel. Schön zu sehen, dass du dich daran erinnerst."

Shane hatte keine Luft, um seinem großen Bruder zu sagen, was er ihn mal konnte, deswegen nickte er nur und lief weiter, entschlossen, Ry einzuholen. Er würde bei Rachel niemals aufgeben. Das konnte er nicht. Er steckte auf zweierlei Art viel zu sehr drin.

Rachel schloss am Freitag das *Book It* und ging zum Parkplatz, wo ihre Schwester sie für die kurze Fahrt zum Haus ihrer Eltern und ihr Sabbat-Abendessen abholte. Während des Essens war die einzige Zeit, zu der ihre Familie perfekt harmonisch zu sein schien. Sie hatte sich oft gefragt warum. Vielleicht lag es daran, weil ihre Mom zum Judentum konvertiert war und sich so viel Mühe gab, den Abend zu etwas Besonderem zu machen, und all diese Mühe erinnerte ihren Dad an die guten Absichten seiner Frau.

Vielleicht war es aber auch nur der Wein.

Der beigefarbene Minivan mit den drei Sitzreihen und den zahlreichen Kindersitzen fuhr vor. Sarahs Ehemann, Mark, saß am Steuer. Rachel quetschte sich auf den Rücksitz zwischen das Baby Jacob und die dreijährige Olivia. Leah, fünf Jahre, und David, sieben, saßen in der Reihe dahinter.

„Shabbat shalom, ihr alle", sagte Rachel.

„Shabbat shalom", sagten sie im Chor.

„Wie geht's deinem Knöchel?", fragte Mark.

„Ganz okay", sagte Rachel. „Ich mache jeden Tag die Übungen, die der Arzt mir empfohlen hat, und die Schwellung ist endlich weg. Ich brauche zwar immer noch den Verband und die Wanderstiefel, aber es wird schon."

„Gut." Dann bellte Mark plötzlich los. „Ich bin mit meiner Familie unterwegs. Fass dich kurz."

Sarah deutete auf sein Ohr, gab ihr zu verstehen, dass er sein Bluetooth-Headset aufhatte.

„Ich mache auch jeden Tag meine Übungen, Tante Rachel", meldete David sich zu Wort. „Willst du sehen?"

„Jetzt nicht, Schatz", sagte Sarah. „Warte, bis wir in Omas Haus sind."

„Damit bin ich gar nicht glücklich", sagte Mark. „Gib die Zahl noch mal ein. Ruf mich zurück, wenn du etwas hast, womit man arbeiten kann."

„Daddy ist stinkig", sagte Leah.

„Das ist nur so'ne Arbeitssache", sagte Mark. „Nicht auf euch. Ihr seid meine Engel."

„Ich bin der beste Engel", sagte Leah.

„Nein ich!", kreischte Olivia.

„Ihr seid beide Doofbacken", sagte David. „Der größte ist immer der Beste. Das bin ich."

Ein Chor von Beleidigungen wurde hin und her geworfen. Irgendjemand warf von hinten einen Schuh und traf das Baby am Arm, das prompt zu weinen anfing. Rachel verzog das Gesicht, denn sie saß mitten in diesem Kinderchaos fest.

„Ruhe alle zusammen!", schrie Sarah und klang ganz nach einem General, der es mit einer unbotmäßigen Brigade zu tun hatte. „Ich möchte keinen *Pieps* mehr hören, bis wir bei Grandma und Grandpa sind."

Im Wagen wurde es still, selbst das Baby schien so überrascht zu sein, dass es schwieg.

„Ich wette, du kannst es sicher gar nicht erwarten, eigene zu haben, wie, Rachel?", fragte Mark und sah sie im Rückspiegel an.

„Oh ja", sagte Rachel. „Je mehr desto besser."

„Es ist wirklich wunderbar, Mom zu sein", sagte Sarah. „Wir lieben euch."

Die Kinder schwiegen weiter. Sarah drehte sich um. „Wenn ihr etwas Nettes zu sagen habt, könnt ihr schon sprechen."

Rachel sah sich um. Leah schüttelte den Kopf und verschränkte die Arme. Olivia ahmte ihre Schwester nach. Dann sprach schließlich doch jemand.

„Piep."

Dann lauter: „Piep!"

Rachel kicherte. Das brachte die Kinder in Fahrt.

„Piep!"

„Piep-piep!"

„Pie-pie-pie-piiiiiep!"

Als sie am Haus ihrer Eltern ankamen, waren die Kinder zu Hühnergackern und Putengeräuschen übergegangen, und Rachel schloss sich ihnen mit Esel-Iah an, was die Kinder geradezu hysterisch machte.

„Shabbat shalom, alle miteinander!", rief ihre Mom, die sie an der Tür begrüßte. „Gebt Grandma einen Kuss." Sie streckte die Arme aus und umarmte und küsste jedes Enkelkind. David wischte sich den Kuss ab, sobald er im Haus war.

Im Haus roch es nach Rinderbrust und Kartoffeln. Rachel hatte einen Erdbeer-Rhabarberkuchen mitgebracht, den sie aus dem Garner's geholt hatte. Sarah und Mark brachten den Wein.

„Wie geht es meinen Mädchen?", fragte ihr Dad.

Rachel verkniff sich eine sarkastische Erwiderung. Sie waren kaum mehr als einen Abend in der Woche „seine Mädchen". Ansonsten dachte er nur an seine Arbeit – die ganze Zeit – und alle anderen konnten zum Teufel gehen. Ihr Dad war der Geschäftsführer einer großen Investmentfirma.

„Gut", sagte Sarah und umarmte ihn. „Wie geht es dir, Dad?"

„Kann nicht klagen."

Rachel umarmte ihren Dad ebenfalls. „Wie läuft's bei den Yanks?"

Das war tatsächlich das einzige Thema, worüber er abgesehen von Finanzen reden konnte. Er war in Brooklyn aufgewachsen und ein eingefleischter Yankeesfan. Rachel hätte sich nicht weniger für Baseball interessieren können, doch zuhören zu müssen, wenn er über seine Arbeit redete, war um einiges schlimmer.

„Sie stecken fest", sagte ihr Dad. „Zweiundvierzig und vierzig. Hier, setz dich in meinen Sessel und lehn dich zurück, damit du deinen Knöchel hochlegen kannst."

„Ist nicht nötig. Mir geht es gut", sagte Rachel.

„Ich bestehe darauf", sagte er.

„Mach's einfach", sagte ihre Mom, „sonst dürfen wir uns das die ganze Zeit anhören."

„Ich kümmere mich eben um unsere Tochter", sagte ihr Dad mit einem verkniffenen Lächeln.

„Sie sagt, ihr geht es gut", erwiderte ihre Mom.

„Ganz offensichtlich geht es ihr nicht gut, *Liebling*", sagte ihr Dad betont freundlich. Obwohl sein Liebling eher klang wie *Nervensäge*. „Rachel würde nicht humpeln, wenn es ihr gut ginge."

„Ich humple nicht", sagte Rachel und setzte sich in den dummen Sessel, nur um nicht zuhören zu müssen, wie sie sich wieder in etwas hineinsteigerten. Sie ließen voneinander ab und machten Raum für eine dumpfe, angespannte Stille. Rachel hatte beim Aufwachsen schon genug davon erlebt; sie wollte das nicht auch noch an dem einen Abend haben, an dem sie sich normalerweise verstanden.

Die Kinder spielten begeistert Candy Land, während Sarah Baby Jacob mit sich nahm, um ihrer Mom in der Küche Gesellschaft zu leisten. Dann trat Mark hinaus in den Garten, um einen Anruf anzunehmen, daher war Rachel mit ihrem Dad allein.

Ihr Dad stellte den Fernseher ein und schaltete ein Yankees-Spiel an. Rachel klappte die Fußstütze hoch, um ihre Beine hochzulegen, und schloss die Augen. Sie konnte es immer noch nicht fassen, dass sie nun doch ihr Café eröffnen würde. Wenn Shane nicht gewesen wäre, hätte sie ihren Traum jetzt begraben können. Er war so ein guter Freund. Sie würde schon dafür sorgen, dass er seine Investition nicht bereue.

„Wie geht's dem *Book It?*", fragte ihr Dad und riss sie damit aus ihren Gedanken. „Schwarze Zahlen?"

Für ihren Dad zählten immer nur die Ergebnisse. Er hatte versucht, ihr die Eröffnung des *Book It* auszureden. Er meinte, Bauchläden sterben aus, und sie sollte doch bei der Buchhaltung bleiben. Es war, als würde er sie überhaupt nicht kennen. Sie blickte zum Fernseher. Es lief gerade ein Werbespot. Sie sprach schnell, denn sie wusste, dass er sich wieder ganz dem Fernseher widmen würde, sobald die Yankees kamen, ganz egal, was gerade in ihrem Leben lief.

„Dem *Book It* geht's gut. Ich werde bald nebenan ein Café eröffnen. Ich hoffe, damit wird das *Book It* zu einem Ort, an dem die Leute Zeit verbringen und mehr Bücher kaufen."

Er neigte seinen Kopf. „Hältst du das wirklich für klug, den Laden zu erweitern? Du kommst doch auch so schon kaum über die Runden."

Danke für deine Unterstützung, Dad. Ich kann immer darauf zählen, dich auf meiner Seite zu wissen.

„Ich betrachte es eher als Diversifikation", sagte sie verbissen.

Rachel hatte sich diese Diversifikationsidee von Shane geklaut, aber sie fand, dass es sich ziemlich gut anhörte.

„Wie viel musstest du dir leihen?", fragte ihr Dad.

„Nichts. Ich habe einen Investor. Shane. Er ist mehr wie ein Partner. Er kümmert sich um das Essen, ich um den Laden."

Er schüttelte den Kopf. „Schlechte Idee. Ich würde mir niemals Geld von der Familie oder von Freunden leihen. Oder es verleihen. Und ich sage dir auch warum–", er zählte die Gründe an seinen Fingern ab, „– der, der Geld investiert, möchte immer wissen, was du gerade damit machst, möchte immer wissen, ob du die Dinge klug angehst und sitzt dir immer im Nacken, um sicherzugehen, dass du nicht vielleicht zu viel ausgibst."

„Shane ist nicht so. Jedenfalls hat er gesagt ..." Sie hielt inne. Er war schon wieder beim Spiel.

Sie seufzte. Warum erwartete sie immer mehr von ihm? Wann würde sie es endlich lernen? Sie hätte ihm niemals von ihrer neuesten Unternehmung erzählen sollen. Es fühlte sich an, als hätte er gerade einen eiskalten Eimer krasse Realität auf ihren noch zerbrechlichen Traum gekippt.

„Zeit für die Kerzen", rief ihre Mom.

Ihr Dad stellte das Spiel auf Aufnahme und ging rasch ins Esszimmer. Sie folgte ihm, stellte sich zu den anderen an den Esszimmertisch, der mit einer weißen Tischdecke, ihrem besten Geschirr und den Kristallgläsern eingedeckt war. Selbst die Kinder würden aus Kristallgläsern trinken. Ihr Dad schaltete das Licht aus, und alle wurden still, als ihre Mom in dem silbernen Kerzenständer der Urgroßmutter ihres Dads zwei Kerzen anzündete. Dann bedeckte sie ihre Augen mit den Händen, während sie den Segen sprach. Sie öffnete ihre Augen wieder und betrachtete die Kerzen, was den Beginn ihrer Sabbatfeier bedeutete. Ihr Dad sprach das Kiddusch-Gebet, während er ein volles Glas Wein in der Hand hielt. Als nächstes nahm ihr Dad die große Stoffserviette vom Challah – zwei geflochtene Brotzöpfe –, hob das Brot und sprach einen Segen, bevor er es herumreichte, damit jeder sich ein Stück abriss. Rachel liebte Challahbrot.

Sie setzten sich zum Essen. Ihre Eltern saßen jeweils am Kopf des Tisches, während die anderen sich dazwischen niederließen.

Das Unheimliche war, selbst wenn ihnen niemand beim Essen Gesellschaft leistete, saßen ihre Eltern einander dennoch am Küchentisch an beiden Enden gegenüber. Ihr Dad aß, während er die Zeitung vor seinem Gesicht las. Ihre Mom starrte von Weitem auf die Zeitung, ständig wütend darüber, dass sie nicht miteinander sprachen, doch nicht willens, das Schweigen zu brechen. Es war wirklich unheimlich. Würde es sie denn umbringen, darüber zu reden, statt Tag ein, Tag aus in angespannter Stille zu verbringen?

Rachel beneidete auch Sarah und Mark nicht um ihre Ehe. Klar, sie verstanden sich ganz gut, aber Mark arbeitete ständig, und Sarah verbrachte ihre Tage und Nächte bis zu den Ellbogen in Windeln, laufenden Nasen und Lärm. Ihre Schwester war vor den Kindern auf einem aufsteigenden Ast gewesen. Nicht, dass Rachel keine Kinder mochte, sie war verrückt nach ihren Nichten und Neffen, aber sie wollte sich ganz sicher nicht wie eine alleinerziehende Mutter fühlen, die die harte Arbeit ganz allein bewältigen musste. Sarah schien es nichts auszumachen, dass ihr Mann ein Workaholic war, doch Rachel hielt sich von solchen Typen fern.

Sie wollte jemanden, der verwegen war, grüblerisch, arrogant, seine Leidenschaft nur so gerade unterdrücken konnte und auf die perfekte Frau wartete, die ihn mit ihrer Liebe retten würde.

Sie wollte Mr. Darcy.

Sie seufzte. Von der Sorte gab es nur wenige! *Stolz und Vorurteil* war die Lektüre, bei der sie sich am besten entspannen konnte, und jedes Mal, wenn sie es las, verliebte sie sich erneut in Mr. Darcy.

Das Essen verlief angenehm. Die Kinder liefen davon, um in den Pyjamas, die Sarah mitgebracht hatte, fernzusehen, während die Erwachsenen noch beim Wein saßen. Beim Wein musste sie an Shane und Janelle denken. Genau jetzt würden sie sich im Garner's treffen, um gemeinsam was zu trinken. Das hatte Janelle ihr erzählt. Ob sie wohl ein wenig beschwipst sein und das Ganze in Shanes Apartment verlagern würden, das ganz in der Nähe war? Rachel wurde plötzlich übel, und sie stellte ihren Wein ab.

Shane stand es frei, jeden, den er wollte, zu treffen. Genau genommen, je früher er Teil eines Paares war, desto besser würde es für ihr Geschäft sein.

Die Unterhaltung beim Abendessen wanderte zum Thema Börse, doch Rachel konnte nur an Janelle und ihren angeblichen Verführungszauber denken. Was zum Teufel tat sie dazu? Rachel hatte es noch nie darauf angelegt, jemanden zu verführen. Die Dinge liefen einfach so, nachdem sie eine Weile miteinander ausgegangen waren. Sie hatte nie einen Zauber gebraucht. War Shane dafür anfällig? Würde er gleich beim ersten Date weitergehen?

Rachel stand vom Tisch auf. „Ich werde den Nachtisch holen."

„Danke, Liebes", sagte ihre Mom. „Ich werde dir helfen."

„Ich auch", sagte Sarah.

Sie räumten rasch den Tisch ab. Rachel öffnete die Kuchenbox und schnitt den Kuchen in Stücke. Sarah holte ein paar Dessertteller.

„Du und Shane habt also ein gemeinsames Geschäft, wie?", fragte ihre Mom.

„Hat er dir das erzählt?" Rachel war überrascht. Ihre Eltern sprachen kaum miteinander. Sie musste ihnen alles immer zweimal erzählen, einmal ihrem Dad und einmal ihrer Mom.

„Ich habe es zufällig mitbekommen", sagte ihre Mom. „Er ist ein sehr netter junger Mann." Sie warf ihr ein wissendes Ich-habe-so-eine-Ahnung-Lächeln zu.

„Oooh!", sang Sarah. „Ich wittere Kuppelversuche."

Ihre Mom drehte sich um. „Bei dir hat es funktioniert, oder?"

Sarah grinste und küsste ihre Mom auf die Wange. „Und ob."

Mark war der nette jüdische Junge, der Sohn von Freunden ihrer Eltern vom College, mit dem ihre Mom sie zusammengebracht hatte. Da Sarah eine pragmatisch denkende Frau war, hatte sie sich mit siebenundzwanzig entschlossen, dass es Zeit für sie war, zu heiraten und Kinder zu bekommen. Sie hatten einander kennengelernt, sich gut verstanden und ein Jahr später geheiratet. Seitdem hatte Sarah ein Kind nach dem anderen bekommen. Diese Art von Hilfe brauchte Rachel nicht.

„Shane ist sehr nett", sagte Rachel ruhig. „Und ich auch. Deswegen werden wir auch gute *Geschäftspartner* sein."

„Vielleicht ja auch Geschäft plus was anderes?", schlug ihre Mom vor.

„Geschäft plus", warf Sarah ein. „Das gefällt mir."

„Es ist rein geschäftlich", brachte Rachel zwischen zusammengebissenen Zähnen hervor. „Nichts sonst."

Sarah schüttelte den Kopf. „Je sturer sie sind, desto sicherer verlieben sie sich."

„Ich bin nicht stur", sagte Rachel. „Wir sind nur Freunde."

„Vielleicht Freunde mit gewissen Vorzügen?", fragte ihre Mom hoffnungsvoll.

Rachel machte große Augen. „Mom! Weißt du überhaupt, was das bedeutet?"

„Ja, Spaß haben", sagte ihre Mom.

Sie brachen in Lachen aus.

„Ich hätte nichts gegen noch ein Enkelkind", sagte ihre Mom. „Zaunpfahl, Zaunpfahl."

„Reichen vier denn nicht?", fragte Rachel.

Sarah stemmte ihre Hände in die Hüfte. „Ja, du hast bereits vier wunderbare Enkelkinder."

„Aber ich habe noch keinen Rotschopf", sagte ihre Mom mit einem vielsagenden Blick in Rachels Richtung.

Vielleicht würde Janelle ein rothaariges Kind bekommen.

Rachel schnitt sich selbst ein großes Stück vom Kuchen ab.

„Meinst du, Shane wäre bereit, die Kinder jüdisch zu erziehen?", fragte ihre Mom.

Rachel hob abrupt ihren Kopf. „Ich weiß es nicht, Mom. Wir haben noch nie darüber gesprochen, in welcher Konfession wir unsere Kinder erziehen würden, aus dem einfachen Grund, dass *wir kein Paar sind.*"

Ihre Mutter machte tststs. „Ich glaube, das ist egal. Die Konfession kommt von der Mutter."

Ihre Mutter war katholisch aufgewachsen und war nun traditionsbewusster als ihr Vater, der in eine jüdische Familie hineingeboren worden war. Sie steigerte sich tatsächlich in alle Traditionen und Feiertage, die damit zusammenhingen, hinein. Rachel hatte dafür nicht viel übrig. Sie wusste nicht viel über Shane … Warum dachte sie überhaupt darüber nach? Sie waren Freunde, Punkt, Ende des Satzes, für immer.

„Von mir wirst du keinen Rotschopf bekommen", sagte Sarah und legte Kuchenstücke auf die Teller. „Marks ganze Familie ist brünett."

„Unsere Familie auch", sagte ihre Mom.

Beide drehten sie sich zu Rachel um. Rachel hob abwehrend

eine Hand, um sie zum Schweigen zu bringen. Sie bemühte sich, ruhig zu bleiben, denn sie war unangebracht wütend, weil sie wusste, dass Shane in genau dieser Minute mit Janelle zusammen war. „Diese ganze Unterhaltung ist sinnlos."

Sie nahm die Dessertteller und verschwand.

„Du weißt schon, dass Mr. Darcy nur eine Romanfigur ist, oder?", rief Sarah.

Rachel erstarrte. Wie konnte Sarah es wagen, über ihr Lieblingsbuch zu sprechen, als wäre es ein Witz! Sie biss sich auf die Zunge, um eine scharfe Retourkutsche zu unterdrücken: Nicht jeder muss sich so wie du und Mom bescheiden. Sie wusste, dass ihre Familie der Meinung war, sie würde die Hälfte der Zeit in irgendeiner Fantasiewelt verbringen, doch Bücher waren etwas anderes für sie. Zugegeben, sie waren eine Flucht, doch wenn sie zurückkam, war ihr Leben reicher, bedeutungsvoller. Niemand verstand das an ihr. Selbst Liz nannte sie Eierkopf und meinte, dass sie zu verkopft war. Shane war der einzige, der sie niemals mit ihrer Buchobsession aufzog. Er war vorurteilsfrei. Das war eines der Dinge, die sie an ihm liebte.

Liebte natürlich auf Freundschaftsart. Warum dachte sie schon wieder an Shane? Sie gab ihrer Mom und ihrer Schwester die Schuld wegen ihrer Neckereien. Sie verstanden einfach nicht, dass man mit einem Mann auch befreundet sein konnte. Shane war nicht ihr Mr. Darcy. So viel wusste sie sicher. Er war ihr Fels — eine unerschütterliche, ruhige Präsenz in ihrem Leben. Und wenn doch einmal ihr Mr. Darcy in ihr Leben geflogen käme, wusste sie, dass sie darauf zählen konnte, dass Shane ihr bei der richtigen Entscheidung helfen und sie ihr Herz nicht zu schnell verschenken würde. Er würde sie erden und sie beschützen, wie ein bester Freund das tun sollte.

7

Rachel versuchte zu lesen, während sie am Samstagabend im *Book It* auf Shane wartete, doch das war nicht so leicht. Sie sah immer wieder auf die Straße und hielt nach ihm Ausschau, Pizza in der Hand, wie er es für ihr geplantes Geschäftstreffen versprochen hatte. Janelle zufolge war es am Abend zuvor gut gelaufen, und aus den Drinks war ein Abendessen geworden. Janelle hatte ihr nicht mehr erzählen wollen, und Rachel hatte auch nicht gefragt.

Rachel spielte mit dem Ende ihres Zopfes. *Das ist gut. Alles ist jetzt genauso, wie es zwischen dir und Shane laufen sollte: zwei gute – nicht beste – Freunde, die gemeinsam ein Geschäft gründen.*

Sie freute sich für ihre Freundin. Und auch für Shane. Natürlich war sie froh für ihn; es war ja ihre Idee gewesen, die beiden zusammen zu bringen. Plötzlich tauchten rote Haare auf, die ihre Aufmerksamkeit auf sich zogen, und weil er ja jetzt an Janelle interessiert war, erlaubte sie sich, richtig hinzuschauen.

Und was sie sah, war der sexieste beste Freund, den sie je gehabt hatte.

Den Bauch, den er vom Probieren seiner Eiscreme gehabt hatte, war er losgeworden. Jetzt war er ganz schlank und muskulös und knackig, wie er so über die Straße zu ihr kam. Sie konnte ihren Blick nicht von ihm lösen.

Blaue Augen mit goldenen Flecken.

Dieser markante Kiefer.

Grübchen.

Ihr Herz begann zu pochen. Wie sollte sie so tun, als wäre ihr nicht aufgefallen, dass er jetzt ein erstklassiger Hottie war, jetzt, da sie endlich die Augen geöffnet hatte?

O Gott, er war hier. Rasch steckte sie ihre Nase wieder in das Buch.

Das Glöckchen über der Tür klingelte, als er hereinkam. „Hab die Pizza. Halb Peperoni, halb Olive."

Er stellte die Pizza und eine Papiertüte auf den Tresen, dann hielt er seine Hand über den Rand des Buches, das sie zu lesen vorgab. Sie sah auf. Er lächelte, und ihr wurde plötzlich heiß. War sie in der Prämenopause? Nein, für so etwas war sie viel zu jung.

Mein Gott, sie war heiß auf Shane.

„Hey, Partner", sagte er und lächelte immer noch mit diesem anbetungswürdigen Grübchen.

„Hey", brachte sie hervor.

Er hat daran gedacht, dass ich nur Oliven auf meiner Pizza mag. Sie hatten sich seit Monaten keine Pizza mehr geteilt. Er war so verdammt aufmerksam.

Seine blauen Augen mit den goldenen Flecken sahen sie besorgt an. „Geht's dir gut, Rachel?"

Sie schluckte mühsam und wünschte sich eine Ladung kaltes Wassers gegen diese Hitze. Vielleicht wurde sie sogar rot. Das wäre reichlich peinlich. Sie wurde beinahe niemals rot. Das machte sie stolz. Sie war vor Shane schon genug rot geworden. Es war, als hätte er sie mit seiner alten Angewohnheit angesteckt.

„Mein Blutzucker ist schon im Keller", meckerte sie. „Du hast ja ewig gebraucht, um herzukommen."

Er hob eine Braue. Sie schnappte sich ein Stück Pizza und biss hinein. *Heiß!* Sie spuckte den kochenden Käse in ihre Hand und bereute es gleich. „Ah!"

Sie ließ den glühendheißen Klumpen Käse auf den Tresen fallen. War sie nicht ein toller Fang? Sieh mal, mein ausgespucktes Essen!

Shane holte eine Serviette aus der Tüte und reichte sie ihr. „Mach langsam. Die kommt frisch aus dem Ofen."

Sie versteckte den Käse in der Serviette, während sie gierig trank, ihre Augen ganz wässrig vom Schmerz ihrer armen, gepeinigten Zunge. Sie hätte schwören können, dass sie die Hälfte ihrer Geschmacksknospen bei dieser idiotischen Aktion verbrannt hatte.

Shane holte Pappteller und Servietten aus der Tüte. „Die Schlange zum Mitnehmen war lang. Darum bin ich ein bisschen spät dran. „Er öffnete den Karton und riss ein Stück mit Peperoni ab, ließ es zum Abkühlen aber im Karton. „Samstags ist bei Joey's Pizza immer besonders viel los, wie bei uns auch."

Leider war samstags im *Book It* gar nichts los. Sie hatte heute genau drei Bücher verkauft. Im Sommer gingen die Leute an den Strand und machten auf dem Nachhauseweg für Pizza und Eis Halt. Niemand wollte Zeit in ihrem Geschäft verbringen, doch jetzt, mit einem Café, würde sich das alles ändern.

Er ging zu ihr hinter den Tresen und zog einen gepolsterten Barhocker hervor. „Wie geht es dem Knöchel?"

„Besser. Die Schwellung ist weg."

Er lächelte. „Gut."

Sie beobachtete, wie er sich das Stück Pizza nahm und hineinbiss. Mit seinem Kopf nickte er in Richtung Karton. Sie nahm das Stück teuflische Pizza und biss einmal vorsichtig hinein. Kühler. Zu schade nur, dass sie es nicht schmecken konnte, weil ihre Geschmacksknospen verglüht waren, aber ... was soll's.

Geschäft, Rachel. Bleib bei der Sache.

„Hattest du schon Gelegenheit, den Businessplan zu lesen?", fragte sie. „Ich weiß, du warst gestern Abend mit Janelle beschäftigt."

Halt die Klappe! Es geht dich nichts an.

Er neigte seinen Kopf zur Seite, musterte sie. „Ich habe ihn danach noch gelesen. Sieht großartig aus. Du hast alles Wichtige erfasst, nur nicht das Speisenangebot, aber dafür hast du ja mich."

Sie lächelte. Sie hatte vorgehabt, ihn um seine Hilfe bei der Speisekarte zu bitten, aber es war noch besser, ihn als gleichberechtigten Partner mit an Bord zu haben. Sie liebte seine Backkünste. Alles, was er machte, war sündhaft köstlich.

„Meinst du, wir sollten auch Sandwiches und Wraps anbieten oder nur gebackene Sachen?", fragte Rachel.

„Wir sollten klein anfangen. Sandwiches und Wraps bedeuten, dass wir mehr Angestellte brauchen, mehr Geräte und mehr gekühlte Auslagen."

„Ich habe eine gekühlte Auslage aus Glas, die die Vorbesitzer dagelassen haben."

„Gut. Da können wir die Snacks und Desserts anbieten. Kleine Sünden wie Apfeltörtchen, Blaubeerscones, Hefezöpfe, die wir der Jahreszeit anpassen, Brownies, Cookies, kleine Muffins, Biscotti. Vielleicht auch ein bisschen Käsegebäck."

Sie nickte und biss noch ein Stück von ihrer Pizza ab. Plötzlich kam sie um vor Hunger, als sie sich all diese Köstlichkeiten vorstellte, die ihr das Wasser im Mund zusammenlaufen ließen. Nachdem sie gekaut hatte, sagte sie: „Bekomme ich ein Probeessen, bevor wir entscheiden, was wir verkaufen wollen?"

„Absolut."

Er öffnete eine Flasche Wasser, und sie beobachtete, wie sein Adamsapfel beim Trinken tanzte.

Sie räusperte sich. Besser den Elefanten im Zimmer ansprechen. „Janelle meinte, ihr hattet gestern Abend beim Abendessen viel Spaß."

„Ja, es war nett."

„Nett", echote sie. Was hatte das denn zu bedeuten? Nett wie *lass uns gemeinsam ins Bett hüpfen*, nett wie *einmal war ganz okay, aber wir wollen uns doch besser nicht wiedersehen*? Nett konnte alles bedeuten!

Shane aß unbeirrt weiter.

„Wirst du sie wiedersehen?", fragte sie, während sie sich darauf konzentrierte, ihre Serviette in perfekte Quadrate zu falten.

„Sie sagte, du hast sie für Sonntag zum Barbecue eingeladen, also schätze ich, werde ich sie dann sehen."

Rachel konnte sich kaum zurückhalten, sich vor die Stirn zu schlagen. Sie hatte ganz vergessen, dass sie Janelle zum Barbecue bei der O'Hare Familie eingeladen hatte, bevor sie sie auf ein Date auf Shane angesetzt hatte. „Gut, das ist gut. Fantastisch. Also ... ja."

Sie schob sich noch einen Bissen Pizza in den Mund. *Halt die Klappe, Rachel. Du klingst wie ein Idiot.*

„Ich habe einen guten Lieferanten für Küchengeräte", sagte Shane. „Ich werde meine Espressomaschine mitbringen, eine Kaffeemaschine und ein paar Mahlwerke aus meinem Laden, aber ich glaube, wir sollten noch eine Kaffeemaschine und eine Mühle für andere Kaffeesorten haben."

Das sparte ihnen ganz gut Geld, wenn sie die Maschinen benutzen konnten, die Shane bereits besaß. „Müssen wir denn verschiedene Kaffeesorten anbieten? Es wäre großartig, wenn wir unsere Ausgaben möglichst klein halten könnten."

„Glaub mir, du wirst diese Kaffeesorten haben wollen. So viele Leute fragen danach in meinem Laden, aber ich hatte einfach keinen Platz für noch eine Maschine. Jetzt können wir es auch groß angehen. Es gleich richtig machen."

„Ich verlasse mich auf dein Getränkewissen."

Er grinste. „Hast du dir die Elektroinstallation und die Leitungen im Raum angesehen?"

„Ich wüsste ja nicht einmal, was ich mir da gerade ansehe. Ich habe gestern den Vertrag unterschrieben. Wir haben neunzig Tage mietfrei, damit wir auf die Beine kommen."

„Das ist großartig!"

„Aber nur, weil der Makler verzweifelt jemanden für den Laden finden wollte. Ich war die einzige Interessentin in den ganzen vier Monaten, seitdem es auf dem Markt ist. Und sie wissen, dass ich die Miete immer pünktlich bezahle."

„Hast du die Schlüssel?"

„Die habe ich."

„Lass uns mal rübergehen, wenn wir zu Ende gegessen haben."

„Okay."

Er hob seine Wasserflasche zu einem Toast und warf ihr ein umwerfendes Lächeln zu. „Auf kommende Geschmacksabenteuer."

Geschmack! Und hatte er das Wort kommende besonders betont? Sie wand sich auf ihrem Hocker. Das klang irgendwie schmutzig. Sie sah in seine Augen, die vor Lachen tanzten, und zum ersten Mal überhaupt hatte sie bei Shane das Gefühl, unruhig und nicht ganz sie selbst zu sein. Er fühlte sich nicht an wie ihr Fels; jetzt im Moment hatte sie das Gefühl, als wäre er ein sirrendes Licht und sie die Motte. Doch wenn sie zu nahe kommen würde, dann Zapp! Game over.

Im Ernst, eine Motte, Rachel? Der literarische Symbolismus entging ihr nicht. Metamorphose, Transformation bla, bla, bla. Sie würde dennoch nicht mit ihm schlafen, ganz egal, wie heiß er seit Kurzem war. Hmm … vielleicht war er derjenige, der transformiert war. Vielleicht war Shane die Motte. Autsch!

Hastig hob sie ihre Wasserflasche und stieß mit seiner an. „Auf Geschmacksabenteuer", erwiderte sie.

Er trank und beobachtete sie über seine Flasche hinweg.

Sie machte sich wieder an ihre Pizza, ignorierte das beunruhigende Gefühl, dass sie beobachtet wurde. Er interessierte sich für Janelle. Gemeinsam ein Geschäft aufzubauen würde nur funktionieren mit harten, steinharten, ähm, Grenzen. Mit diesem Gedanken im Kopf stürzte sie sich in eine lange, detaillierte Beschreibung der anvisierten Einnahmen und Ausgaben für das Café, bei dem den meisten Leuten die Augen aus dem Kopf fallen würden, doch Shane hielt sich erstaunlich gut. Er ergänzte sogar noch Ausgaben, an die sie nicht gedacht hatte, wie zum Beispiel unempfindliche Fußböden, Tische, die sich leicht reinigen ließen, und ein Lichtkonzept, das sowohl dekorativ als auch einladend war.

Sie aßen zu Ende und gingen nach nebenan in das leerstehende Deli, das bald ihr Café werden würde. Sie schloss die Tür auf und schaltete die Lichter ein. Es gab nicht viel zu sehen, aber es war ein Anfang. Ein langer Tresen mit einer Auslage, ein Kühlschrank für Getränke, sechs kleine quadratische Holztische mit Holzstühlen.

Shane ging hinter den Tresen und sah sich um. „Wir brauchen mehr Volt, um die Maschinen zu betreiben. Ich werde einen Elektriker anrufen." Er ging in die Hocke und öffnete ein paar Schränke. „Wir brauchen auch einen Klempner. Ich möchte hier Wasserleitungen haben, damit die Kaffeemaschinen direkt damit versorgt werden können." Er öffnete die übrigen Schränke. „Und einen Wasserenthärter brauchen wir auch. Hier in der Gegend ist das Wasser hart, und das macht schon einen großen Unterschied im Kaffeegeschmack. Außerdem möchtest du nicht, dass die Espressomaschine verkalkt."

Dollarzeichen ratterten durch Rachels Kopf, doch sie würde nicht mit ihm diskutieren. Shane wusste, was er tat, und sie wollte nicht wie ein Pfennigfuchser dastehen. Sie mussten in den Anfang investieren, damit es sich auf Dauer auszahlte.

Shane fuhr fort. „Ich möchte, dass die Kunden und die Angestellten, die hinter dem Tresen arbeiten, sich gut bewegen können. Wir werden den Tresen erweitern und ihn hier herumführen." Er zeigte ihr, wo er den l-förmigen Tresen haben wollte.

Weitere Dollarzeichen.

„Ich glaube, das ist nicht nötig", sagte sie. „Wir haben doch schon einen guten Tresen. Der hat im Deli doch auch gereicht."

„Nein, hat er eben nicht. Nur am Ende, als sie nichts mehr zu tun hatten. Es sieht einfach besser aus, wenn wir einen ganz neuen Tresen einbauen. Laminat ist am besten, da bleiben keine Flecken. Oder vielleicht Granit. Und ein Teil davon muss etwas tiefer sein, damit er auch für Rollstuhlfahrer geeignet ist."

„Ein Tresen aus Granit!", entfuhr es ihr.

Er ignorierte das. „Und wir brauchen zwei Spülbecken hinter dem Tresen. Eins an der Wand, um sich die Hände zu waschen, und das andere vorne, um schnell etwas abspülen zu können oder was auch immer man gerade braucht."

„Noch mehr teure Klempnerarbeiten", murmelte sie.

Er stemmte seine Hände in die Hüften. „Wir brauchen mehr Schränke, mehr Regalfläche. Das ist alles wichtig. Man muss gerade in der Vorbereitung gut organisiert sein, damit alles frisch bleibt und die Angestellten effizient arbeiten können. Je effizienter die Angestellten, desto mehr Leute kannst du mit Essen und Getränken bedienen."

Sie blinzelte. Shane, der Boss tauchte plötzlich auf. Also, okay, Essen war seine Domäne, aber sie waren gleichberechtigte Partner, und sie wollte nicht unnötig Geld ausgeben. Sie ging hinter den Tresen und betrachtete alle Schränke. „Wir haben ausreichend Stauraum. Wir brauchen nicht mehr."

„Und ob wir mehr brauchen." Er öffnete ein paar Schränke. „Sieh dir das an. Nur ein einziger großer Raum. Überhaupt keine Regale. Wir brauchen Regale. Und mehr Schränke. Ich weiß, was funktioniert und was nicht. Und das hier funktioniert nicht."

Sie verspannte sich, denn es gefiel ihr gar nicht, wie Shane all seine Ansichten durchsetzte, die sie ernsthaft Geld kosten würden. Es machte sie fertig, dass sie nicht die Oberhand hatte, da sie im Essensgeschäft unerfahren war. Bei dieser ganzen Sache würde sie sich unheimlich anpassen müssen. Partner zu sein, Schulden bei ihm zu haben war neu für sie. Sie war es gewohnt, alles selbst zu tun und auf ihre Art zu bezahlen. Sie konnte nicht abwarten, ihm das Darlehen zurückzuzahlen. Doch er hatte die Papiere unterzeichnet. Sie waren Partner. Er war nicht der Boss. Sie hatte die Nase von Bossen voll.

Er betrachtete sie aufmerksam. Sie atmete einmal tief ein und nickte.

Sie kam hinter dem Tresen hervor und sah sich im Gastraum um. An den Wänden waren beigefarbene Tapeten, die Böden mit Linoleum beklebt. Sie stellte sich ein literarisches Thema vor. Poster mit Buchcovern an den Wänden. Die Wände würden tiefrot sein mit Hängeregalen, in denen Erstausgaben und Klassiker standen. Ein paar goldene Wandleuchter und gepolsterte Lederlesesessel, hier und da einer der bereits vorhandenen quadratischen Tische. Vielleicht ein paar bequeme gepolsterte Stühle an den Tischen anstatt dieser harten Holzstühle.

Shane gesellte sich in der Mitte ihres zukünftigen Cafés zu ihr. „Ich könnte mir ein Dunkelrot an den Wänden vorstellen."

Sie drehte sich um, und sah ihn mit großen Augen an. „Ich auch."

Er lächelte und legte ihr einen Arm um die Schulter. „In Ordnung, Partner."

Sie merkte, wie sie lächelte, fühlte sich ganz behaglich in seinem Arm. Sie wich zurück. „Mein Knöchel macht mich fertig. Ich sollte mich besser setzen."

Sie setzte sich an einen Tisch, und er nahm neben ihr Platz.

„Ich bin hin- und hergerissen zwischen einem Laminatholzboden und schwarz-weißen Fliesen", sagte er. „Was meinst du?"

„Oh, einen dunklen Laminatholzboden. Das wäre schön. Und ein paar gerahmte Poster mit Buchumschlägen großer Klassiker."

Er lächelte. „Das gefällt mir."

„Und Hängeleuchten und Wandlampen."

„Vielleicht in Goldtönen?"

„Ja!"

Sie lächelten einander an. Sie sahen sich in die Augen, und sie merkte, dass sie nicht wegsehen konnte.

Shane hörte auf zu lächeln. „Rachel?"

Sie schluckte. „Ja?"

Er beugte sich vor und senkte seine Stimme, obwohl sie allein waren. Seine große, warme Hand lag auf ihrer, und Hitze durchströmte sie. „Wenn du nicht möchtest, dass ich Janelle wiedersehe, dann werde ich das nicht tun."

Sie zog ihre Hand zurück und nahm schnell ihre Brille ab, putzte sie am Saum ihrer Bluse. „Sei doch nicht albern. Du kannst dich treffen, mit wem du willst. Janelle mag dich. Ran an den Speck."

Er lehnte sich zurück und verschränkte die Arme. Seine

neuen, muskulösen, wohlgeformten Arme. Sie waren nicht ganz im Fokus, doch sie waren da, direkt vor ihr und lockten sie.

„Wenn es das ist, was du möchtest", sagte er gedehnt.

Sie setzte ihre Brille wieder auf. „Damit habe ich nichts zu tun. Das ist eine Sache zwischen dir und Janelle."

Er schüttelte den Kopf. „Du bist so verdammt ..." Er schloss den Mund.

Sie machte große Augen. Er klang wirklich so, als wäre er gereizt wegen irgendetwas. Shane war fast nie gereizt. „So verdammt was?"

„Schwierig." Sein Stuhl kratzte über den Boden, als er aufstand. „Ich gehe mir mal den Lagerraum hinten ansehen."

„Okay." Rachel blieb, wo sie war. „Ich versuche, nicht schwierig zu sein", rief sie ihm hinterher.

Sie hörte, wie hinten eine Tür zugeknallt wurde. Er *war* gereizt.

Himmel, sie war doch nicht diejenige, die mit Janelle ausging. Er hätte ja Nein sagen können. Sie zeichnete einen Kreis auf dem Tisch, und das Bild der kleinen, blonden Janelle, die von Shane auf seinen Armen getragen wurde, die lächelte und lachte, tauchte unerwartet in ihrem Kopf auf. Sie stand so abrupt auf, dass ihr Stuhl umfiel.

„Geht es dir gut?", rief Shane.

„Alles in Ordnung!", rief sie zurück.

Er kam wieder in den Gastraum, um es selbst zu sehen, sah sie gereizt an und ging zurück ins Lager.

Alles in Ordnung. Wenn Shane Janelle herumtragen wollte, selbst wenn Janelle nicht einmal einen verstauchten Knöchel oder sonst einen vergleichbaren Grund hatte, hatte Rachel ganz sicher kein Recht, sich darüber zu beschweren, oder doch?

8

Shane schwitzte. Er lag mit zehn Punkten im Basketball gegen Ryan zurück und wünschte sich, Trav wäre aus seinen Flitterwochen zurück, damit er seinen Platz einnehmen konnte. Shane blickte in Richtung Terrasse, wo Rachel, Liz und Janelle unter einem Sonnenschirm saßen und sich bei ihrem sonntäglichen Familien-Barbecue in Rys Haus mit Gran unterhielten. Ja, dass Rachel da saß, war der einzige Grund, weswegen er das Spiel überhaupt versucht hatte. In Ballsportarten war er grottenschlecht; als Kind hatte er sich dadurch immer als Außenseiter gefühlt, besonders, weil seine älteren Brüder solche Sportler waren. Als sich in der Stadt herumgesprochen hatte, dass er all dieses köstliche Essen für Kirchenveranstaltungen backte, hatte er von den Jungs in seiner Schule reichlich Hänseleien einstecken müssen. Und als er darauf nichts erwiderte, war das Hänseln eskaliert und er war von einem besonders schlimmen Schulhoftyrannen und dessen beiden kopflosen Freunden gemobbt worden, bis Shane sich eines Tages gezwungen fühlte, sich zu wehren. Gott sei Dank war er groß genug, um sich selbst zu verteidigen, und Ry hatte ihm beigebracht, wie man es tat. Er hasste es zu kämpfen, doch, nachdem er dem Anführer der Bande in den Hintern getreten hatte, hatte sich niemand mehr mit ihm angelegt.

Ry landete einen Drei-Punkt-Treffer, während Shane halbherzig zum Rebound lief. Shane fing den Ball, doch Ry stahl ihn ihm gleich unter den Händen weg. Plötzlich blieb Ry stehen, steckte den Ball unter seinen Arm und sah Shane von der Seite an. „Ich glaube, sie reden über dich."

Shane blickte zu den Frauen hinüber, die kicherten und ihn beobachteten. Janelle winkte mit den Fingern.

„Na großartig", brachte er zwischen den Zähnen hervor und winkte zurück.

Ry reichte ihm den Ball. „Nutz die Gelegenheit. Zeig ihnen, was du draufhast. Ich werde dir den Ball nicht wegnehmen."

Shane dribbelte und lief zum Korb. Ry tat so, als wollte er ihm den Ball abnehmen, ließ ihn aber vorbeilaufen. Shane nutzte die Gelegenheit und beobachtete, wie der Ball vom Rand abprallte und in den Garten sprang. Er drehte sich nicht um, um die Reaktion der Frauen zu sehen, doch Grans Stimme war nicht zu überhören.

„Im Sport war er noch nie gut, aber, Junge, ach, Junge, kann der kochen. Darauf solltet ihr bei einem Mann achten, meine Lieben."

Shanes Ohren brannten. Ry schmunzelte und warf ihm den Ball zu. Warum klang Gran immer so, als versuchte sie, Frauen davon zu überzeugen, ihn sich genauer anzusehen? Er trainierte doch neuerdings. Er hatte keinen Bauch mehr. Er brauchte Großmutter nicht als Assistentin.

Ry neigte seinen Kopf zum Korb. „Versuch's nochmal, Kumpel."

„Vielleicht sollte ich stattdessen lieber einen Haufen Cookies backen", sagte Shane. „Vielleicht geben mir die Damen dann eine Chance."

Ry grinste. „Das ist nur das Pillsbury Teigmännchen, das aus dir spricht. Los, versuch's."

Entweder das, oder er musste sich den Frauen stellen. Shane seufzte und dribbelte Richtung Basketballkorb. Ry tat nicht einmal so, als wollte er ihm den Ball abnehmen, sondern trat beiseite und lächelte. Shane nutzte die Gelegenheit. *Woosh.*

Hinter ihm brach Applaus aus. Er drehte sich um. Die Frauen lächelten strahlend, doch nur eine Frau machte ihn damit glücklich. Er ging hinüber, um sich mit Rachel zu unterhalten, als Janelle sich dazwischen schob und eine Hand auf seinen Arm legte.

„Fantastischer Wurf", schnurrte Janelle.

„Den ersten habe ich verfehlt", bemerkte er und sah über seine Schulter. Rachel wandte den Blick ab. Sie drehte sich Liz zu, um sich mit ihr zu unterhalten.

„Ich habe Freitagabend sehr genossen", sagte Janelle leise.

Es war nett gewesen. Sie hatten über das *Book It* und Clover Park und Janelles Abschlussarbeit in Anthropologie gesprochen. Aus den Drinks war ein Abendessen geworden, weil der Abend so angenehm verlaufen war. Er hatte das Essen im Garner's schon immer gemocht. Traditionelles Essen in Topqualität.

„Das Abendessen war gut", stimmte er ihr zu.

Sie sah ihn merkwürdig an, wie manche Frauen das taten, unter ihren Wimpern hervor. „Möchtest du später noch mit mir nach Hause kommen?"

Er blickte zu Rachel hinüber, die die beiden nun mit einem aufgewühlten Gesichtsausdruck beobachtete. Er sah Janelle an, so knackig und jung und niedlich. Ihm fiel auf, dass Rachel eifersüchtig war, und obwohl das ein gutes Zeichen für ihn war, wollte er Janelle nicht verletzen. Er war nur mit ihr ausgegangen, um höflich zu sein. Er musste mit Janelle darüber reden, dass er nicht auf diese Weise für sie empfand. Doch jetzt hier, vor allen anderen, erschien es ihm nicht der richtige Zeitpunkt zu sein. Vielleicht würde er später eine Gelegenheit bekommen–

Ihre Hand glitt an seinem Arm hinauf und streichelte seine Schulter. „Also kommst du mit? Wir können uns besser kennenlernen, ohne dass all diese Leute um uns herum sind."

Er wollte nicht, dass Rachel Janelles Hand an ihm sah. Er beeilte sich, aus ihrer Reichweite zu kommen, und ging hinüber zum Hof, um sich ein Getränk aus dem Kühler zu holen. Janelle folgte ihm. Er öffnete ein Sam Adams und trank einen sehr großen Schluck. „Wir können einander hier besser kennenlernen."

„Muss ich es dir buchstabieren, Sweetheart?" Sie stellte sich auf Zehenspitzen, rieb ihre Brüste dabei an ihn und küsste seine Wange.

Er wich zurück, Nachricht angekommen, laut und deutlich. Doch Shane war noch nie der Typ gewesen, der nach nur einem Date gleich mit einer Frau ins Bett sprang. Und er wollte auch nicht mit jemandem zusammen sein, der das tat. Außerdem war sein Herz bereits vergeben.

„Ich bin ganz verschwitzt." Er hob den unteren Teil seines Hemdes und wischte sich damit das Gesicht ab.

„Ich mag verschwitzte Männer. Denk darüber nach."

Sie ging mit wiegender Hüfte ins Haus. Hagar raste aus seinem Gefängnis, als sich die Tür öffnete, und rannte in Kreisen fröhlich kläffend durch den Garten. Ry nahm einen Tennisball, warf ihn und Hagar lief wie der Blitz davon.

Shane ließ sich neben Gran in einen Sessel fallen.

„Ich kann euch sagen, meine Damen", sagte Gran. Sie nickte, während sie sprach, und die Krempe ihres großen Sonnenhuts wippte mit. „Er hat einen Abschluss vom Culinary Institute of America. Einen besseren Chefkoch findet man nirgends, und er hat auch andere Talente —"

Shane ächzte, seine Wangen brannten schon wieder. „Hör auf, mit mir anzugeben. Das ist peinlich."

„Wenn ich nicht mit meinem eigenen Enkel angeben kann, womit dann?"

„Parasailing", warf Liz ein.

„Mit deiner Lasagne", sagte Shane.

„Dass du mit Jorge den Senioren-Tanzwettbewerb gewonnen hast", ergänzte Rachel.

„Ich habe da gerade meinen Namen gehört", sagte Jorge, der aus dem Haus kam und hinüber zu Gran ging. Er küsste sie zärtlich. „Wie geht's dir, meine Liebe?"

„Mir geht es wunderbar", schnurrte Gran. „Setz dich zu uns."

Gran und Jorge waren nun seit fast einem Jahr verheiratet. Das war alles schnell gegangen, doch, wie Gran so gerne sagte, sie wurde ja nicht jünger. Sie war dreiundsiebzig. Jorge war irgendwas über fünfzig. Das Alter spielte bei ihnen keine Rolle. Es war wirklich schön, seine Gran so glücklich zu sehen. Sie war lange allein gewesen, nachdem sein Großvater gestorben war.

„Mit dir und Janelle scheint es sehr gut zu laufen", sagte Rachel geradeheraus.

Shane unterdrückte ein Lächeln, als er hörte, wie Rachel darauf achtete, neutral zu klingen. Sie *war* eifersüchtig. Obwohl sie doch diejenige war, die ihm ein Date mit Janelle aufgeschwatzt hatte, nagte es an ihr. Wenn es nach ihm ging, gab es nichts, was ihn und Rachel voneinander fernhielt, abgesehen von ihrer eigenen Sturheit.

„Sie ist ganz in Ordnung", sagte er.

Rachel setzte sich ein wenig gerader auf und sah sich am Tisch um. „Shane und ich haben großartige Pläne für das *Something's Brewing Café*. Wir möchten, dass ihr alle zur großen Eröffnungsfeier kommt." Sie drehte sich zu ihm um. „Was denkst du, wie lange es dauern wird, bis wir öffnen können?"

Er lächelte. Er sprach viel lieber über das Café, als über Janelle.

„Ich würde gerne am Labor Day eröffnen, gerade rechtzeitig zum Straßenfest", sagte er.

„Meint ihr, die Zeit reicht?", fragte Liz.

Rachel dachte darüber nach. „Sechs Wochen. Vielleicht."

„Wenn wir das mit der Elektroinstallation und den Rohren schnell hinbekommen, funktioniert es", sagte Shane. „Ich werde am Montag unsere Ausrüstung durchgehen. Der Rest ist nur Kosmetik."

„Naja, Kosmetik ist sehr wichtig", sagte Rachel.

„Das wird nicht lange dauern", erwiderte Shane. „Ich kann mit den Handwerkern reden, dass sie mitspielen."

Rachels Miene hellte sich auf. „Veni, vidi, vici!"

Liz verzog das Gesicht. „Ist das" – mit ihren Fingern machte sie Gänsefüßchen in die Luft– *„wir haben gewonnen* auf Lateinisch?"

„Ich kam, sah, siegte", sagte Shane.

Rachel drehte sich um und sah ihn fassungslos an. „Du erinnerst dich an meinen Lieblingslateinspruch?"

Er zuckte mit der Schulter. „Ich höre eben zu. Du könntest auch sagen *aut viam inveniam aut faciam*."

„Shane!", rief Rachel.

„Und was heißt das?", fragte Liz.

„Ich werde entweder einen Weg finden oder einen schaffen." Er musste unwillkürlich lachen, als er Rachels überraschten Gesichtsausdruck sah. „Ich habe doch gesagt, dass ich zuhöre."

Rachel schüttelte den Kopf und lächelte. „Sechs Wochen bis zur finanziellen Sicherheit!"

„Rachel", sagte Liz vorsichtig. „Ich freue mich ja, dass du so optimistisch bist, aber ich glaube, es dauert eine Weile, bis ihr schwarze Zahlen schreiben werdet. Hast du nicht gesagt, dass ihr eine Menge Unkosten für den Start habt?"

Shane streckte den Arm über den Tisch und drückte Rachels Hand. „Wir werden dafür sorgen, dass es funktioniert, Partner."

Rachel zog ihre Hand weg und beschäftigte sich damit, ihre Brille mit ihrer Bluse zu putzen. „Natürlich wird es das", murmelte sie.

Liz und Gran tauschten einen Blick aus.

Gran lächelte. „Ich würde sagen, da braut sich was zwischen Freunden zusammen."

Shanes Wangen und Ohren brannten. Vor seiner Großmutter schaffte er es nie, cool zu tun.

Rachel schob ihre Brille wieder an ihren Platz zurück und erhob sich steif. „Vollkommen korrekt, Maggie. Das nennt man Kaffee."

Er beobachtete, wie Rachel zum Haus ging, kurz stehen blieb, um mit Janelle zu reden, die gerade nach draußen gekommen war, und dann nach drinnen verschwand.

„Gran, das war ihr unangenehm", sagte Shane.

Gran winkte ab. „Dann los, sorg dafür, dass sie sich besser fühlt."

„Das werde ich."

Er ließ sein Bier stehen und marschierte geradewegs an Janelle vorbei, um Rachel drinnen abzufangen.

Rachel ging in die Küche. Sie goss sich ein Glas eiskaltes Wasser ein und hielt kurz inne, um ein paarmal tief einzuatmen. Diese ganze Sache war vollkommen absurd. Eifersüchtig auf Janelle. Dass sie plötzlich Shanes Grübchen bemerkte, seinen Körper, seine tiefe, raue Stimme, sein Latein—

„Rachel, geht's dir gut?"

Sie zuckte zusammen und wirbelte herum. Dieser Mann brauchte eine Art Frühwarnsystem – quietschende Schuhe, eine raschelnde Cordhose, einen Hut mit Propeller, der „Yankee Doodle Dandy" spielte. Irgendwas wirklich Nerdiges wäre okay, denn diese lustvollen Gedanken an ihren besten Freund und Partner sabotierten ihre rationale, professionelle Geschäftsfrauenseite.

Mit festen Grenzen. Vergiss das nicht. Sehr fest.

Sie ging geradewegs auf ihn zu, sah ihm tapfer in die Augen. Es war Zeit, all diese verrückten Ideen über Shane ein für alle

Mal zu beenden. „Hast du schon mal mit jemandem geschlafen, mit dem du zusammengearbeitet hast?"

Er schluckte sichtbar. „Nein."

„Hast du jemals mit einer guten Freundin geschlafen und warst hinterher dann weiter mit ihr befreundet?"

Er warf ihr ein langsames Lächeln zu, bei der unten in ihrem Bauch etwas flatterte. „Ich habe jemanden geküsst und war dann hinterher weiter mit ihr befreundet."

Er roch nach verschwitztem Mann. Das sollte nicht gut sein und schon gar nicht dafür sorgen, dass ihre Knie weich wurden. Er nahm ihr das Glas ab und stellte es auf den Tresen. Eine große Hand umfasste ihr Gesicht. „Möchtest du es probieren?"

Sei nicht dumm! Du spielst mit dem Feuer!

Sie war fest entschlossen, nein zu sagen, doch was herauskam, war ein peinlich schwaches „Ähm …"

Sie sah noch sein kurzes Lächeln, bevor er sich hinabbeugte und sie küsste, sanft, so sanft. Seine Zunge strich über ihre Lippen und tauchte dann in ihren Mund. Jemand seufzte. Das konnte nicht sie gewesen sein. Sie war nicht der Typ, der seufzte. Sie hob ihre Hände an seine Brust, packte sein Hemd, während sein Mund und seine Zunge eine gründliche Erkundung starteten. Sie schmiegte sich an ihn, knabberte an seiner Unterlippe. Seine Hände glitten an ihren Po und zogen sie an etwas, das sich wie eine riesige Erektion anfühlte. Cock-a-doodle-do-e. Shane machte weiter. Jemand stieß ein sehnsuchtsvolles Wimmern aus. Sie schon wieder. Shane knurrte. Moment mal, Shane knurrte?

Wuff! Wuff! Wuff! Sie ließen voneinander ab. Hager stand da und offensichtlich gefiel ihm nicht, was er sah.

„Tut mir leid!", rief Liz vom Nachbarraum aus. „Ich bin reingekommen, um ihm was zu trinken zu geben. Wir haben gar nichts gesehen."

Rachel ließ den Kopf an Shanes Brust sinken und hörte, dass dort ein leises Lachen grollte.

„Kann ich nur ganz schnell seinen Wassernapf holen?", fragte Liz.

„Komm rein!", rief Shane und drehte Rachel so herum, dass ihr Rücken an seine Vorderseite gepresst war. Er legte locker seine Arme um ihre Taille. Sie wollte sich von ihm lösen, sich Gelegenheit geben, abzukühlen und die Gerüchte im Keim zu ersticken, die die Familie sicherlich verbreiten würde, doch etwas

Hartes, das sich in ihre Hüfte drückte, sagte ihr, dass Shane nicht bereit war, sie gehen zu lassen.

Liz strahlte sie an und füllte den Wassernapf des Hundes an der Spüle. „Komm, Hager. Wir nehmen das mit nach draußen. Und ... weitermachen!"

Sobald Liz gegangen war, trat Rachel einen Schritt von Shane weg und drehte sich zu ihm um. „Das ist nie passiert."

Shane rieb sich mit einer Hand über das Gesicht. „Warum nicht?"

Sie musste es ihm behutsam klarmachen. Sie wusste, dass er sensibel war, und sie wollte keine harten Gefühle. *Harte Gefühle.* Ihr Blick fiel vorne auf seine gewölbten Shorts, und sie hatte den plötzlichen Drang, sie hinunterzuziehen und nachzusehen, was genau darunter los war. Nur ein einziger Blick. Sie hatte keine Vorstellung gehabt ... nicht, bis er sich an sie gepresst hatte. Nicht, dass Größe eine Rolle spielte. Zumindest dachte sie das nicht. Sie war noch nie mit jemandem zusammen gewesen, der ... über dem Durchschnitt gewesen war. Jumbomäßig. Gigantofick.

„Rachel?"

Sie hörte das Lächeln in seiner Stimme und konzentrierte sich wieder auf sein Gesicht. Ihre Wangen brannten. Sie konnte es nicht fassen, dass sie schon wieder rot wurde. Das war doch sonst Shanes Sache. Doch er war gerade gar nicht rot. Er warf ihr einen beunruhigenden, allzu wissenden Blick zu, mit dem er sagte: *Willst du?*

Konzentrier dich. Sie atmete einmal tief durch. „Das darf nicht passieren, weil wir Geschäftspartner und Freunde sind", sagte sie bestimmt. „Und wegen, ähm, Janelle."

Er trat einen Schritt näher, sie trat einen zurück. Mit entschlossenem Blick, bei dem ihr Herz wie verrückt pochte, näherte er sich ihr, während sie zurückwich, bis sie spürte, dass die Arbeitsfläche in ihren Rücken stieß. Er kesselte sie ein, seine Hände neben ihren Hüften.

Sie schluckte. „Ich denke nicht–"

„Dann denk einfach nicht", sagte er, als seine Lippen ihre berührten, einen Mundwinkel sanft küssten, dann den anderen Mundwinkel. So sanft, so zärtlich, dass sie die Kontrolle verlor. Ihre Augen schlossen sich von selbst. Vorsichtig küsste er die Wölbung ihrer Oberlippe, lockte sie, dann küsste er sie lange und langsam und tief, bis sie ihre Arme um seinen Hals legte und an ihn schmolz. Er grub seine Hand in ihre Haare, und der Kuss wurde intensiver. Ein dunkles Versprechen von Inbesitznahme, bei dem Funken ganz tief dorthin flogen, wo schon lange keine Funken mehr gewesen waren. Sie stöhnte, unfähig, mit den Gefühlen, die ihren Verstand vernebelten, moralische Überlegenheit auch nur anzustreben.

Er löste sich lang genug von ihr, um zu sagen: „Holen wir dich mal aus dieser Ecke", dann hob er sie auf die Arbeitsfläche und schob ihre Beine auseinander, als er sich dazwischen schob und sein Mund erneut von ihrem Besitz ergriff. Sie konnte nicht mehr klar denken, und es gab nur noch die harte Fläche seines Rückens unter ihren Händen, das Pochen zwischen ihren Beinen und seinen Mund, der sie verschlang. Seine große Hand schob sich unter ihre Bluse und liebkoste ihren Rücken, dann ganz sanft ihre Wirbelsäule hinab, worauf sie heiß erschauerte. Er löste sich von ihr und sah sie mit einem Blick, der so gierig wirkte, an, dass ihr Herz tatsächlich schneller schlug. Nie hatte ein Mann sie so angesehen.

Ihre Beine hätten unter ihr nachgegeben, wenn sie nicht gesessen hätte.

Das war schlecht. Wirklich schlecht. Das hier war Shane. Irgendwie konnte sie, wenn er sie küsste, vergessen, dass es tatsächlich Shane war, den sie in ihren Armen hielt, doch ein Blick auf ihn, und sie sah wieder ihren Freund. Sie konnten das nicht tun.

Sie ließ sein Hemd los, nahm die Hände von ihm, konzentrierte sich auf einen Punkt direkt über seiner Schulter. Er stand immer noch sehr nahe, zwischen ihren Beinen, seine Hände an ihrer Hüfte. Sie war von seinem Duft umgeben, eine Kombination aus männlichem Schweiß, Deodorant und Shane, bei dem sie sich am liebsten die Kleider vom Leib gerissen hätte. *Reiß dich zusammen!* Mit beiden Händen schob sie gegen seine Brust, da sie ihn plötzlich nicht mehr so nah ertragen konnte.

Er rührte sich nicht. Stattdessen schob er ihr behutsam eine Strähne, die aus ihrem Zopf gerutscht war, hinter das Ohr. „Gefällt dir das, Rachel?", fragte er, seine Stimme ein geflüstertes Grollen in ihrem Ohr. „Gefällt es dir, wenn ich dich küsse?"

Sie öffnete den Mund, um es abzustreiten, fühlte sich jedoch wie eine vollkommene Schwindlerin und schloss ihn wieder.

Außerdem wusste er es. Sie hatte laut genug gestöhnt. Gott, das war peinlich! Sie sollte das ganze einfach jetzt beenden. Irgendetwas Gemeines sagen, damit er wirklich angepisst war. Doch dann legte er seine Hand an ihren Hinterkopf und hielt sie fest, während er heiße Küsse mit offenem Mund an ihrem Hals verteilte. Sie schluckte, ihr Verstand und ihr Körper im Krieg miteinander. Er leckte und knabberte an der sanften Kurve ihres Schlüsselbeins, und sie schnappte nach Luft. Sein Mund hinterließ eine glühende Spur an ihrem Hals, berührte ihren Kiefer, kam hinauf an ihren Mundwinkel. Erwartungsvoll öffnete sie den Mund. Vielleicht hatte sie sogar geseufzt.

Seine Lippen berührten ihre, einmal, zweimal. „Tust du es? Sag es."

„Nein, ich hasse es."

Und dann umfasste sie seinen Kopf und küsste ihn, um es zu beweisen.

Er übernahm die Kontrolle über den Kuss und seine Zunge tanzte in ihrem Mund. Seine Hände glitten unter ihren Po und zogen sie nah an ihn. Sie schlang ihre Arme und Beine um ihn und vergaß alles andere außer diesem unglaublichen Bedürfnis, ihm noch näher zu kommen. Sie musste ihm näherkommen. Seine Hände lagen immer noch auf ihrem Po, als sie eine vertraute Stimme hörten. Weiblich.

„Shane?", rief Janelle.

Shane löste sich abrupt von ihr, und Shane stürzte mit einem übelkeitserregenden Knall in die Wirklichkeit zurück.

Plötzlich fühlte sie sich zittrig und ihr war kalt, weil sein Körper nicht mehr um ihren geschlungen war.

Er wollte offensichtlich nicht, dass Janelle sie zusammen sah. Der Schmerz traf sie wie ein Stich in dir Brust. Sie rutschte von der Arbeitsfläche hinunter und verschwand auf zittrigen Beinen zur Hintertür hinaus, um Shane und Janelle allein zu lassen.

9

Shane eilte am nächsten Tag zum Straßenfest-Meeting im Konferenzraum der Clover Park Bibliothek und fragte sich, wie Rachel wohl reagieren würde, wenn sie einander sahen. Nachdem sie sich beim Barbecue geküsst hatten, hatte sie Distanz gewahrt und dafür gesorgt, dass immer mindestens eine Person zwischen ihnen stand. Doch nach einem umwerfenden Kuss wie diesem hatte er nicht vor, so zu tun, als wäre er nur als Freund an ihr interessiert.

„Hallo, Shane", sagte Mrs. Smith, als er am Schreibtisch der Bibliothekarin vorbeikam. „Sie habe ich ja schon eine ganze Weile nicht mehr gesehen."

Shane konnte sich nicht an das letzte Mal erinnern, dass er ein Buch ausgeliehen hatte. Immer, wenn er ein neues Kochbuch oder einen Krimi wollte, kaufte er ihn in Rachels Geschäft. Er versuchte, Rachels Geschäft zu unterstützen, doch eigentlich brauchte er keine Kochbücher, da er seine eigenen Rezepte entwickelte.

„Hi, Miss Smith. Wie geht es Ihnen?"

Sie lächelte zurückhaltend und strich über ihre grauen Haare in ihrem üblichen Knoten. „Mir geht es gut. Sie sind so ein netter junger Mann. Wenn ich zwanzig Jahre jünger wäre …"

Zwanzig? Wohl eher vierzig. Dennoch spürte er, wie das Kompliment ihn erröten ließ. Aus irgendeinem Grund mochten alte Frauen ihn. Wenn er doch nur den gleichen Effekt bei der jüngeren Generation hätte.

„Ich sollte wohl besser zu meinem Meeting gehen."

Sie wedelte mit einem Finger vor ihm. „Ich möchte Ihr Gesicht hier um einiges öfter sehen, Mr. O'Hare. Lesen ist für jedes Alter ein kostbarer Zeitvertreib."

„Ich komme von jetzt an jeden Montagabend zum Straßenfest-Meeting."

Er eilte zum Konferenzraum. Bis jetzt war nur einer da, sein Freund, Gabe Reynolds, gekleidet in etwas, das er wohl für ein legeres Outfit hielt: ein gestärktes Polohemd und eine Khakihose mit Bügelfalte. Gabe war erst vor einem Monat zurück nach Clover Park gezogen und hatte seine teuren Anzüge und seinen gut bezahlten Job in der Kanzlei seines Dads weggeworfen, als sein Dad mit siebenundfünfzig plötzlich an einem Herzinfarkt gestorben war.

„Gabe", sagte er und schüttelte ihm die Hand. „Dich haben sie wohl auch hier rein gezogen, was?"

Gabe hob seine Hände. „Alles für die Gemeinde. Das ist mein neues Motto."

Shane lachte. Gabe war in seiner Kanzlei ein Hai mit den scharfen Zähnen gewesen, von der Sorte, die selbst die aussichtslosesten Fälle gewann, darum war es schwierig, sich ihn als Wohltäter der Gemeinde vorzustellen. „Was hat Rachel dir versprochen?"

„Nichts", sagte Gabe unschuldig. „Kann ich denn nicht einfach meinen Teil beitragen?"

Shane schüttelte den Kopf. „Also, ich bin froh, dass du hier bist. Da ist dieser neue Typ, der für die Planung des Straßenfests zuständig ist – Barry, aus diesem Frozen Yoghurtladen, und ich weiß einfach, dass er irgendwas Dummes anstellen wird, was das Straßenfest zu einem vollkommenen —"

„Hey, Leute!", Barry Furnukle winkte, als er in einem grellroten Hawaiihemd hereinkam. „Ich habe Coupons mitgebracht!"

Er drückte jedem einen zehn Prozent-Rabattcoupon für Frozen Yoghurt in seinem Laden *The Dancing Cow* in die Hand.

„Danke", sagte Gabe.

Shane starrte ihn an. Er glaubte nicht an Coupons. Qualitativ hochwertiges Essen war nun einmal kein Schnäppchen.

Barry setzte sich und rieb die Hände aneinander. „Wer kommt noch?"

„Rachel", sagte Shane.

„Sonst niemand?", fragte Barry.

„Wen auch immer sie sonst noch hier rein zerrt", sagte Gabe.

„Ich wusste es", sagte Shane leise.

„Ich bekomme lebenslang kostenlosen Kaffee", flüsterte Gabe.

Shane grinste. Das würde er noch durchgehen lassen. Er hoffte nur, dass Rachel das nicht sonst noch jemandem versprochen hatte, sonst würde das Café nie Profit abwerfen. Gabe hatte ihm immer in Rechtsfragen und Papierkram geholfen und nie Geld von ihm dafür verlangt. Sie hatten sich schnell angefreundet, nachdem Shane diesem Schulhoftyrannen in der Middle School in den Hintern getreten hatte. Es stellte sich heraus, dass Gabe, ein spindeldürrer „Spätzünder", wie Gran gerne sagte, ebenfalls von dem Jungen gequält worden war.

„Das ist eine Menge Arbeit", sagte Shane zu Barry. „Viele Geschäftsinhaber haben im Sommer auch so schon genug zu tun."

Barry zog einen Stift aus seiner vorderen Hemdtasche und eine *Dancing Cow* Serviette hervor und legte beides auf den Tisch, vermutlich, um sich Notizen zu machen. „Je mehr Hände wir haben, desto leichter wird die Arbeit."

In dem Moment kam Rachel mit Liz und Janelle herein.

„Ich habe noch ein paar Hände mehr mitgebracht", erklärte Rachel.

Shane wurde augenblicklich hart. Sie trug ein enges rosa T-Shirt, auf dem stand *Zum Lesen geboren.* Ihre schwarzen Shorts zeigten eine Menge Bein. Er konnte es nicht erwarten, sie wieder in die Arme zu schließen. Er versuchte, ihren Blick zu erhaschen, doch sie vermied es, ihn anzusehen, und ging ans andere Ende des Tisches mit Liz. Da war offensichtlich noch ein wenig Überzeugungsarbeit nötig, eine Erinnerung an den Kuss vielleicht. Nach dem Meeting.

Liz winkte. „Hi, alle zusammen."

Es war fast wie ein Highschool-Klassentreffen. Shane hatte seinen Abschluss mit Liz, Rachel und Gabe gemacht. Er entspannte sich. Das würde gar nicht so schlecht werden.

Janelle setzte sich auf den Stuhl neben Shane und schob ihre Unterlippe vor. „Du hast dich gar nicht gemeldet."

Hatte er gesagt, dass er sich melden würde? Er rutschte näher an den Tisch, um sein großes *Interesse* an Rachel zu verbergen.

„Ich, ähm, wir haben uns doch erst gestern gesehen", sagte Shane.

Sie legte ihre Hand auf seinen Arm und flüsterte in sein Ohr: „Lass uns am Freitag was trinken gehen. Es hat Spaß gemacht."

„Ich werde mich bei dir melden", sagte er unverbindlich. Er musste unbedingt mit ihr reden. Gestern war er nach dem Kuss abgelenkt gewesen. Er hatte noch nie eine Frau zurückweisen müssen. Er würde warten, bis sie allein waren, und ihr erklären, dass er sich für jemand anderen interessierte.

Janelle lächelte ihn an. Sie zog ein Notizbuch und einen Stift aus ihrer Tasche. „Rachel wollte, dass ich mitschreibe", verkündete sie. „Ich werde euch allen wöchentlich meine Mitschriften per Mail schicken, damit wir nicht vergessen, worauf wir uns geeinigt haben."

„Und ich dachte, die Serviette würde reichen", sagte Barry und wedelte damit.

Liz kicherte und schlug sich schnell die Hand vor den Mund.

Rachel erhob die Stimme. „Barry, lass uns damit anfangen, was wir in den letzten Jahren so alles gemacht haben. Das Straßenfest findet immer am Labor Day statt, und die Main Street wird für Autos gesperrt. Auf den Gehsteigen gibt es Stände von allen Geschäften, und auf der Straße bieten wir den Kindern Spiele an wie Bohnenbeutelwerfen, Angeln in einem Planschbecken, Sandkunst und Schminken. Letztes Jahr hatten sie eine Menge Spaß mit einer Hüpfburg."

„Und natürlich gibt es Essen", warf Shane ein. „Es wird ein Zelt aufgestellt, in dem es Burger und Hot Dogs aus dem Garner's gibt." Er neigte seinen Kopf in Liz' Richtung. Sie lächelte. „Und ich stelle einen kleinen Eiswagen auf mit Eis in verschiedenen Geschmacksrichtungen, die ich in meinem Laden anbiete."

„Oh, dieses Jahr könnten wir auch Eiskaffee und Eistee aus unserem Café anbieten", sagte Rachel und sah ihm zum ersten Mal in die Augen. Es fühlte sich an, als hielte sie ein unsichtbarer Faden selbst über den Tisch hinweg in einem Raum voller Leute fest. Diese Anziehung war echt und wuchs mit jedem Blick, jeder Berührung. Er wünschte sich, sie wären jetzt allein. Er konnte es nicht abwarten, dass das Meeting vorbei war. Ihre Wangen nahmen eine hübsche rosa Färbung an.

„Großartige Idee", sagte er, doch er meinte *Ich will dich so sehr.*

Rachel wandte schnell den Blick ab und spielte mit dem Ende ihres Zopfes. Fand sie die Vorstellung von ihnen beiden wirklich so furchtbar? Sie waren doch so gut zusammen. Freundschaft war eine großartige Grundlage für eine Beziehung, kein Grund, ihr aus dem Weg zu gehen.

Barry kritzelte etwas auf seine Serviette. „Also findet das ganze Straßenfest auf der Main Street statt?"

„Da sind nun mal die meisten Geschäfte der Stadt", sagte Rachel.

„Ich fände es aber schön, wenn es auch bis vor mein Geschäft gehen würde", sagte Barry.

„Aber du bist eine ganze Meile vom Zentrum entfernt", sagte Rachel, und ihre Stimme hob sich gereizt.

„Und den Spaziergang wert", sagte Barry fröhlich. „Die Leute werden es lieben, sich in meinem großen, klimatisierten Laden abzukühlen. Und die Kinder werden begeistert sein, wenn sie sehen, wie die tanzende Kuh ihnen Scherzbrillen verteilt."

„Und vergiss nicht, wie gesund Frozen Yoghurt ist", sagte Shane sarkastisch und blickte zu Rachel hinüber, die über ihren Lieblingswitz lächelte.

Barry nickte heftig. „Das auch."

Rachel neigte ihren Kopf und sah Shane von der Seite an. „Warum noch mal?"

„Natürlich wegen der Prob-jotika", erwiderte Barry.

Shane und Rachel unterdrückten ein Lachen.

„Ich sollte das draußen auf das Schild schreiben, damit die Leute sich daran erinnern", sagte Barry. „Du und Shane, ihr vergesst immer die wichtigste Zutat."

„Du brauchst kein Schild", sagte Shane und musste sich wirklich zusammenreißen, um nicht loszuprusten. „Sag es ihnen nur immer wieder. Das ist so viel effektiver."

Er tauschte einen weiteren amüsierten Blick mit Rachel auf der anderen Seite des Tisches aus. Sie lächelte und biss sich auf die Lippe. Ihre Schultern bebten, weil sie das Lachen unterdrücken musste.

„Du weißt schon, dass die Aussprache eigentlich –", begann

Gabe. Er zuckte zusammen, als Shane ihm unter dem Tisch einen Tritt versetzte.

Rachel hatte sich wieder unter Kontrolle. „Barry, das ist wirklich zu weit weg. Es ergibt einfach keinen Sinn, wenn du da draußen der einzige bist, der überhaupt Mitglied in der Handelskammer ist."

„Vergiss Derek vom Flying Leap Fitnessstudio nicht", sagte Barry.

„Schon, aber was sollen die Leute denn bei ihm im Studio machen?", fragte Rachel.

Barry präsentierte einen nichtexistenten Muskel. „Fit werden."

„Darum geht es bei unserem Straßenfest aber nicht", sagte Rachel.

„Okay, wir vertagen diesen Punkt einfach", sagte Barry und tippte auf den Tisch. „Wir wenden uns den wichtigen Dingen zu. Coupons."

Shane runzelte die Stirn.

„Coupons", wiederholte Rachel und sah aus, als hätte sie Barry am liebsten geschüttelt. Shane hätte nur zu gerne dabei zugesehen.

„Ich liebe Coupons!", erklärte Janelle. Sie sah sich um. „Wer mag denn keine Schnäppchen?"

„Schon, aber da kommen Kosten für Papier, Druck und Verteilen auf uns zu", sagte Rachel. „Ganz zu schweigen davon, dass alle Coupons, die die Leute verlieren oder auf den Boden werfen, hinterher weggeräumt werden müssen."

Barry stand auf und ging um den Tisch herum zu Rachels Platz. Er zog einen Coupon aus seiner Hemdtasche. Wie viele davon passten denn da rein? „Ich schenke dir einen Zehn-Prozent-Gutschein auf Frozen Yoghurts in meinem Geschäft, probier ihn aus, und dann sag mir, was du von Coupons hältst."

Rachel nahm ihm den Coupon höflich ab. „Ähm, okay."

Barry nickte und ging frohen Mutes zu seinem Platz zurück. „Was sonst noch? Macht jemand Tiere aus Luftballons? Gibt es Ponyreiten? Vielleicht ein Karussell?"

„Auf der Main Street ist nicht so viel Platz", sagte Gabe.

„Den hätten wir, wenn wir alles zu meinem Geschäft verlängern", sagte Barry. „Ich könnte das Ponyreiten auf meinem Parkplatz unterbringen."

Liz sah zu Rachel hinüber. „Das klingt nach Spaß."

„Das klingt teuer", sagte Rachel. „Und wir werden das Straßenfest nicht so weit ausdehnen, weil es zwischen dir und dem Zentrum nur Wohnhäuser gibt." Sie warf ihre Hände in die Höhe. „Das ergibt keinen Sinn!"

Shane schaltete sich ein. „Wir sollten darüber abstimmen."

Rachel warf ihm einen dankbaren Blick zu. Niemand würde für Barry stimmen. Er war neu hier, und er verstand einfach nicht, wie die Dinge liefen.

„Wie viele sind dafür, dass wir den Straßenverkauf bis zur *Dancing Cow* erweitern?", fragte Gabe.

Barrys Hand schoss in die Höhe. Alle anderen Hände blieben unten. Barry nahm langsam auch seine wieder herunter.

„Die Mehrheit hat gesprochen." Barry runzelte die Stirn. „Dann werde ich die Ponys wohl abbestellen müssen", murmelte er leise.

„Vielleicht zu einem anderen Anlass", sagte Liz. „Die Idee klingt schon nach Spaß."

Barry hatte viele Ideen und viele Freunde in der Kinderunterhaltungsindustrie. Die Gruppe entschloss sich, ihn einige Anrufe tätigen zu lassen, damit sie eine Vorstellung von den Kosten bekamen und sich dann kommenden Montag wieder treffen konnten.

Das Meeting wurde vertagt, und alle gingen. Shane wartete draußen auf Rachel. Er wollte sie nach Hause begleiten, zwischen ihnen für reine Luft sorgen und sie küssen, bis sie wieder weich und willig war.

Barry erreichte sie als erster.

„Gestattest du", sagte Barry und reichte Rachel seinen Arm.

„Ich kann gut allein gehen", sagt Rachel. „Mein Knöchel ist schon wieder viel besser."

„Du würdest mir eine Freude machen", sagte Barry lächelnd. „Ich hatte schon keine schöne Frau mehr an meinem Arm, seit, naja, ich kann mich gar nicht mehr daran erinnern." Er sah sie mit einem dümmlichen Bin-ich-nicht-unwiderstehlich-Blick an, bei dem Shane sich am liebsten übergeben hätte.

Rachel fiel darauf herein. „Wenn du es so nett ausdrückst."

Sie nahm seinen Arm, und sie gingen gemeinsam hinaus. Barry erzählte ihr alles über Frozen Yoghurt und seine zahlreichen Geschmackssorten und gesundheitlichen Vorzüge.

Shane wurde zornig, als sie direkt hinter ihm gingen, was für ihn ungewöhnlich war. Was tat Rachel da? Sie machte sich doch so gerne über diesen Kerl lustig. Doch sie wirkte tatsächlich interessiert an dem, was er zählte.

Liz legte eine Hand auf seinen Arm. „Wollen wir nicht alle noch in deinem Geschäft ein Eis essen gehen?"

„Klar", sagte er und wusste, dass sie ihn nur davon ablenken wollte, dass Rachel mit diesem Frozen Yoghurttypen ging.

„Klingt großartig", zwitscherte Janelle.

„Hast du noch was von deinem gesalzenen Karamelleis?", fragte Gabe.

„Jupp, lasst uns gehen." Shane ging, während Janelle ihm das Ohr abkaute, und Liz und Gabe schlenderten hinterher.

Als sie nach draußen kamen, sah er, wie Rachel in Barrys Honda Accord einstieg. Shane blieb mitten auf dem Gehsteig stehen, um die Szene zu beobachten. Das leuchtend blaue Auto hatte auf jeder Seite einen riesigen *Dancing Cow* Magneten. Oben auf dem Dach war ein Lautsprecher montiert, der tatsächlich muhte. Sie machten sich immer lustig über diesen dummen Wagen, und jetzt fuhr Rachel in dem Ding umher?

Janelle zog an seinem Arm. „Komm schon, ich hab Hunger."

Er blieb wie angewurzelt auf dem Gehsteig stehen. Das Kuhmobil fuhr am *Book It* vorbei und weiter die Main Street hinunter. Nahm Rachel Barrys Angebot an? Zog sie einen Frozen Yoghurt einem wirklich hervorragenden Eis, das er anbot, vor? Wirklich? Der verdammte Barry, die tanzende Kuh?

Shane ging über die Straße zu seinem Geschäft. Janelle beeilte sich, um mit ihm mitzuhalten. Er gestikulierte zu der Gruppe. „Sagt Mike, was ihr wollt. Geht aufs Haus."

Dann ging er ohne ein weiteres Wort geradewegs zur Hintertür hinaus und fuhr los.

∼

Rachel wusste nicht, warum sie zugestimmt hatte, mit zu Barrys Laden zu fahren. Vielleicht war es das Kompliment, das er ihr gemacht hatte. Vielleicht war es dieser eifersüchtige Stich, als sie gesehen hatte, wie nah Janelle bei Shane gesessen hatte.

Vielleicht war es aber auch nur, um Shane aus dem Weg zu gehen. Sie wusste, dass sie alles streng geschäftlich belassen mussten, doch als sie ihn heute wieder in dem Konferenzraum der Bibliothek hatte sitzen sehen, hatte sie erneut diese lächerlichen Hitzewallungen bekommen. Und wie er sie angesehen hatte! Als hätte er sie am liebsten zum Frühstück vernascht. Es war weit mehr als ein Fall von Hitzewallungen gewesen, eher wie ein flammendes Inferno, das sie beide verschlingen und die kalten, toten Knochen ihrer Freundschaft dann ausspucken würde.

Also saß sie jetzt hier im Kuhmobil. Wenn Shane nicht mit ihr allein war, konnte sie nicht nachgeben. Es war dumm und kurzsichtig, wenn man bedachte, dass sie ein Café aus dem Boden zu stampfen hatten, doch das war das Beste, was sie am Tag nach dem Knutschen in Liz' Küche tun konnte. Den ganzen Tag über hatte sie diesen Kuss in Gedanken wieder und wieder wiederholt.

Ihre Gedanken wanderten zu dieser unglaublichen Hitze. Der Anziehung, die sie gespürt hatte, als wäre sie am liebsten in ihn hineingekrochen und mit ihm verschmolzen. Als sie an seine Härte dachte, die sich zwischen ihre Beine gedrückt hatte, wurde sie feucht. Das würde nie wieder passieren. Küssen war ein schlüpfriges Gefälle in Richtung Ende ihrer Freundschaft. Und sie würde alles tun, um Shane als Freund zu behalten. Er war der einzige Mann, auf den sie sich immer verlassen konnte. Beziehungen hielten nicht. Freundschaften waren für immer.

Ein plötzliches Muhen erschreckte sie und riss ihre Aufmerksamkeit wieder auf Barry zurück. Er grinste, als er auf den Knopf drückte, um den Lautsprecher oben auf seinem Wagen ein weiteres Mal muhen zu lassen. „Die Kinder lieben das", sagte er ihr.

Sie sank tiefer in ihren Sitz. „Das wette ich."

Barry erzählte ihr alles über seine Pläne, dafür zu sorgen, dass sein Frozen Yoghurtladen ein Hit wurde, und sie stellte fest, dass sie das verstehen konnte. Er war ein begeisterter Geschäftsmann, der bereit war, hart zu arbeiten und Neues auszuprobieren, damit sein Geschäft Erfolg hatte. Genau wie sie krampfhaft versuchte, das *Book It* und das *Something's Brewing* Cafe zum Erfolg zu führen.

Sie bogen auf den Parkplatz der *Dancing Cow* ein.

„Da sind wir, meine Liebe", sagte Barry. Und bevor sie noch sagen konnte *Ich bin nicht deine Liebe*, war er auch schon aus dem

Wagen gesprungen und auf ihre Seite geeilt, um ihr die Tür zu öffnen.

„Danke."

Wieder bot er ihr seinen Arm und führte sie in sein Geschäft. Sie sah sich um und betrachtete alles genau. Jetzt, da sie selbst ins Essensgeschäft eintrat, interessierte sie dessen Aufbau. Der Boden war weiß mit schwarzen Kuhflecken – leicht zu reinigen – es gab mehrere limettengrüne Melamintische mit rosa gepolsterten Stühlen, dazu einen langen Tresen mit leuchtend gelben Hockern. An die Wände waren Farmszenen mit sanften Hügeln gemalt, auf denen Kühe grasten. An einer Wand standen Frozen Yoghurtmaschinen mit acht verschiedenen Geschmacksrichtungen, an denen man sich selbst bedienen und noch einen Haufen Toppings an der Toppingbar obendrauf laden konnte. Das Ganze war ein Selbstbedienungskonzept, deswegen brauchte Barry nur Angestellte, um alles sauber zu halten und zu kassieren.

Einige Familien genossen bereits ihren gesunden Frozen Yoghurt mit weniger gesunden Toppings. Die Gummibärchen schienen besonders beliebt zu sein.

„Bedien dich", sagte Barry. „Ich gehe hinter den Tresen und kassiere von dir mit deinem Coupon." Er lächelte, und Lachfältchen erschienen um seine Augen herum. Er war ein wirklich netter Typ. Sie wusste, dass Shane ihn als Staatsfeind Nummer 1 betrachtete, weil er mit seinem Frozen Yoghurt Konkurrenz war, doch vielleicht konnte sogar Shane noch was von ihm lernen.

Sie erwiderte das Lächeln. „Danke."

Sie nahm sich den kleineren Pappbecher, der immer noch ziemlich groß war, und zog an dem Hebel für eine Ladung Pfirsichgeschmack, dann noch Piña Colada und Wassermelone obendrauf und ging zur Toppingbar. Es machte irgendwie Spaß, das selbst zu machen. Sie griff gerade nach den Nerds, als die Lichter zu flackern begannen und eine Discokugel, die ihr gar nicht aufgefallen war, über ihr anfing, sich zu drehen. Sie erstarrte und fragte sich, ob das bei der tanzenden Kuh so üblich war.

Im nächsten Moment erschien eine tanzende Kuh, die einen kleinen irischen Tanz mitten im Geschäft aufführte. Es war Barry. Sie musste unwillkürlich lachen. Vielleicht konnte Shane doch nichts von Barry lernen. Die Vorstellung, dass Shane vor seinen Kunden einen irischen Jig aufführte, ließ sie nur noch heftiger lachen. Barry holte mehrere Scherzbrillen hervor –mit schwarzem Rahmen und großen blauen Augen auf den Gläsern, tanzte durch den Laden und verteilte sie an die faszinierten Kinder.

„Hab einen muhtastischen Tag!", sagte Barry zu einem Kind. Das Mädchen, höchstens fünf, sah begeistert aus, als es die Brille aufsetzte.

„Die kommen frisch aus meinem Euter!", sagte Barry zu einem kleinen Jungen.

„Was ist ein Euter?", fragte der Junge.

„Das ist das, woraus mein köstlicher Frozen Yoghurt kommt!", erwiderte Barry.

Die Eltern stöhnten ein wenig peinlich berührt. Der Junge lachte.

„Denk daran, Frozen Yoghurt ist gesund wegen der Prob-jotika!", sang Barry. Er verteilte noch mehr Scherzbrillen, streichelte Kindern den Kopf und tanzte albern vor ihnen durch die Gegend.

Er machte sich auf den Weg zu ihr. „Für meine Liebe." Er kippte die Brille vor und zurück, um ihr zu zeigen, wie die Augen blinzelten.

„Ich bin nicht ..." Sie sprach nicht zu Ende, als er die Brille über ihre eigene Brille schob. Es war albern, doch es war auch irgendwie lustig. Barry lächelte, bevor er davontanzte.

Sie schob sich die Brille in ihre Haare und lud sich weiter Toppings auf ihren Frozen Yoghurt, ganz oben darauf setzte sie eine Maraschino-Kirsche. Während sie sich anstellte, um zu zahlen, sah sie sich im Geschäft um. Alle waren glücklich und lächelten. Das war Barrys Verdienst. Er war amüsant und skurril und nervtötend, aber er hatte sein Herz am rechten Fleck.

Endlich kann sie zur Kasse, wo Barry ihren Frozen Yoghurt auf eine Waage stellte. Der Preis berechnete sich nach dem Gewicht. „Coupon?"

„Ach ja." Sie zog ihn aus ihrer Handtasche und reichte ihn ihm.

Barry gab ihren Einkauf ein. „Das hätte 8,23 Dollar gekostet, aber mit dem Coupon hast du zweiundachtzig Cents gespart. Fühlt sich das nicht gut an?"

Acht Dollar für einen Joghurt? Barry musste ein Vermögen damit verdienen. Es war so einfach, diese riesigen Becher zu befüllen. Wie viel wog eigentlich der Becher selbst?

„Ja, okay." Sie zog ihr Geld aus der Tasche und reichte es ihm. Wenigstens waren in Shanes Geschäft die Preise vernünftig. Man hatte nie das Gefühl, ausgebeutet worden zu sein. „Ich nehme das mit."

„Großartig." Er winkte einem Kunden zu. „Sag mir Bescheid, wenn du fertig bist, dann fahre ich dich nach Hause."

„Okay." Sie drehte sich um und ging hinaus auf die Terrasse, auf der an diesem warmen Juliabend ein paar leere Tische standen. Die meisten wollten lieber im klimatisierten Innenraum sitzen. Sie spürte, dass sie angestarrt wurde, drehte sich um und hätte beinahe ihren Frozen Yoghurt fallen gelassen, als sie sah, dass Shane an einem Tisch saß mit einem wütenden Blick, wie sie ihn noch nie gesehen hatte.

Sie hatte plötzlich ein schlechtes Gewissen, weil sie den Frozen Yoghurt seines Feindes aß, selbst wenn sie zweiundachtzig Cents gespart hatte. Sie setzte sich ihm gegenüber. „Was machst du denn hier?"

Er verschränkte die Arme. „Und *du*?"

„Es ist nicht so, wie es aussieht", sagte sie und versuchte es mit einem lockeren Tonfall. „Ich hatte einen Coupon."

„Einen Coupon. Einen verdammten Coupon. Ich fasse es nicht –" Er unterbrach sich und sein Kiefer verkrampfte sich.

Sie würde sich nicht dafür entschuldigen, dass sie einen acht-Dollar-Frozen Yoghurt aß. War es nicht schon schlimm genug, dass man sie ausgebeutet hatte?

Er senkte seine Stimme. „Wir machen uns doch immer über diesen Laden lustig, und jetzt bist du hier."

Sie probierte den Yoghurt. Er war ... kalt. Hatte nicht viel Geschmack. Keine cremige Textur. Irgendwie einen kreidigen Nachgeschmack. „Der ist nicht sehr gut", sagte sie ihm.

Er sah sie besänftigt an. „Frozen Yoghurt wird aus einer dünnen, fettarmen Basis produziert. Er kann niemals das Mundgefühl erzeugen, das man bei frisch gemachtem Eis hat."

„Absolut."

„Lass mich probieren."

Sie reichte ihm den Löffel, und er probierte. „Igitt." Er gab ihr den Löffel zurück. „Wenigstens weiß ich jetzt, dass meine Qualität deutlich besser ist. Das schmeckt, als wäre es aus einer Fertigmischung hergestellt."

Das schmeckte er, wenn er nur einen Löffel voll probiert hatte?

„Ich finde, das Produkt ist so-la-la", sagte Rachel, „aber ich glaube, wir können etwas von Barry lernen."

„Und das wäre?" Shane schnaubte. „Sich wie eine Kuh anzuziehen und sich vor den Kunden zum Affen machen?"

Sie gestikulierte in den Laden. „Sieh dir doch all die Familien da drin an. Sie lächeln und sind glücklich. Es ist ihnen egal, dass sie gerade zehn Dollar pro Kopf für einen Frozen Yoghurt aus Fertigmischung ausgegeben haben. Er sorgt dafür, dass es lustig ist. Der Laden ist freundlich mit seinen leuchtenden Farben. Die Kuh ist niedlich."

„Die Kuh ist niedlich!"

„Ja, und er tanzt und verteilt kleine Geschenke. Erinnerst du dich nicht daran, wie es war, wenn du als Kind eine Juxbrille geschenkt bekommen hast?"

Sie nahm die Brille von ihrem Kopf und bewegte sie vor und zurück, um sie ihm zu zeigen. Er starrte sie jedoch wütend an.

Sie setzte sie auf, schob sich einen Löffel voll Toppings in den Mund und sagte: „Außerdem fühlt man sich mit dem Coupon nicht mehr ganz so wie ein Vollidiot, weil man so viel Geld ausgegeben hat."

„Was ist denn falsch daran, von vornherein vernünftige Preise anzubieten?", fragte Shane. „Ich kann meine Preise nicht weiter senken, sonst habe ich kein Geschäft mehr." Er verzog das Gesicht. „Ich werde meine Preise nicht erhöhen, nur damit ich blöde Coupons verteilen kann."

Sie nahm die Scherzbrille ab. „Okay, okay. Entspann dich. Ihr beide habt eben zwei verschiedene Herangehensweisen an kaltes Dessert. Daran ist nichts verkehrt. Du machst deine Sache, er seine."

Shane sah sie mit stahlhartem Blick an, der sie gleich in Rage brachte. „Ich werde dich nach Hause fahren, nicht Barry."

Sie legte ihren Löffel ab. „Ach, wirklich?"

Er hob sein Kinn und sah sie herausfordernd an. „Ja, wirklich."

„Vielleicht musst du dich mit Barry um dieses Privileg prügeln."

„Ich trete ihm nur allzu gerne in seinen Kuhhintern", knurrte Shane.

„Shane! Das bist ja gar nicht du." Sie starrte sein wütendes Gesicht an. „Du bist ein Lover, kein Fighter", neckte sie ihn.

Er sah ihr in die Augen. „Vergiss das nicht."

Sie spürte einen Stich bei dem erhitzten Versprechen in seinen Augen, doch sie hatte keine Zeit, sich eine Retourkutsche einfallen zu lassen, denn Barry sorgte für Ablenkung, als er – immer noch im Kuhkostüm – nach draußen kam.

Shane verdrehte die Augen. Barry gab allen Eltern draußen einen Coupon. Er blieb an Shanes und Rachels Tisch stehen.

„Wie läuft's denn so?", fragte Barry. „Kann ich dir einen Frozen Yoghurt bringen, Shane? Du siehst ein bisschen verschwitzt aus. Heißer Abend, nicht wahr?"

„Nein, danke", sagte Shane verkrampft.

Barry drückte beiden Coupons in die Hand. Shane legte seinen auf den Tisch.

„Ich ziehe schnell diesen Kuhanzug aus, dann kann ich dich nach Hause fahren", sagte Barry zu ihr. „Natürlich keine Eile. Iss erst mal deinen köstlichen, gesunden Frozen Yoghurt zu Ende. Je mehr du isst, desto mehr Prob-jotika bringen deine Gesundheit in Schwung." Er lächelte breit.

Rachel verkniff sich ein Lachen und wandte sich wieder einem sehr angepisst aussehenden Shane zu. Himmel, nicht einmal Prob-jotika waren mehr lustig.

„Klar doch, Barry", sagte Rachel. „Ich komme gleich rein." Barry ging, und Rachel lächelte Shane an. „Ich schätze, damit ist die Autosache besiegelt."

Ein Muskel zuckte in seinem Kiefer, und wenn sie die Art Frau war, die wusste, wann man aufhören sollte zu reden, hätte sie vielleicht gewusst, dass das ein Warnsignal war.

„Barry hat sich in den Kopf gesetzt, mich zu fahren." Sie stocherte in dem Becher herum auf der Suche nach Gummiwürmern. „Ich seh dich morgen zu unserem Geschäftstreffen."

„Verabschiede dich, Rachel."

„Mich verabschieden?" Sie hob ihren Kopf und sah, dass er sich näherte, ein entschlossenes Funkeln in seinen Augen. „Warum sollte ich mich —ohhh!"

Er hob sie von ihrem Sitz, als wöge sie nichts, und trug sie davon. Sie versuchte, über seine Schulter zu blicken. „Mein Frozen Yoghurt!"

„Barry kann ihn in den Müll schmeißen, da gehört er auch hin."

Er trug sie die Terrassenstufen hinunter zu seinem Wagen, öffnete die Tür und setzte sie auf den Beifahrersitz. Sie beobachtete, wie er hinüber zur Fahrerseite stapfte, und verkniff sich ein Lächeln. Sie musste schon zugeben, trotz all ihrer Bedenken mochte ein Teil von ihr diese Höhlenmenschseite an ihm. Ich will Frau. Ich nehme Frau.

Er drehte den Schlüssel im Zündschloss um, und sie fuhren vom Parkplatz.

„Wohin, Partner?", fragte Rachel.

Shane schwieg, die Anspannung strahlte von ihm aus.

Sie seufzte. „Ist ja nicht so, als hätte ich dich betrogen. Das ist nur Frozen Yoghurt. Ich wollte mir seinen Laden doch nur einmal ansehen. Ich wollte sehen, warum die Leute ihn so mögen. Ich glaube, es gibt einige Dinge, die auch unseren Geschäften helfen könnten."

Ein Herzschlag lang herrschte Stille.

„Du bist in das Kuhmobil eingestiegen", brachte Shane hervor.

„Das ist nur ein Honda. Ich sag es ja nur ungern, aber Barry ist nicht der Teufel."

„Du hast dich bei ihm eingehakt", warf Shane ihr vor.

„Er hat sich wie ein Gentleman verhalten. Und Hallo! Du und ich, wir sind Geschäftspartner. Ich kann mich einhaken, bei wem ich will."

Shane wurde still. Das war für sie in Ordnung. Himmel, worauf wollte er eigentlich hinaus, nach dem, wie Janelle bei dem Meeting an ihm gehangen hatte? Sie hatte nicht gesehen, dass er Janelle abgewiesen hatte. Den Rest der Heimfahrt fuhren sie in angespanntem Schweigen. Shane bog auf den Parkplatz hinter ihrem Geschäft und stellte den Motor ab.

Sie wartete darauf, dass er ihr eine Standpauke hielt oder von ihr verlangte, dass sie nie wieder diesen grässlichen Frozen Yoghurt aß. Mit beidem hätte sie umgehen können, doch stattdessen beugte er sich zu ihr vor, streckte seine Hand aus, seine Augen auf Halbmast. Sie hielt den Atem an. Würden sie sich jetzt wütend, leidenschaftlich küssen? Ein Teil von ihr war begeistert von dem Gedanken. Ein sehr wichtiger Teil, der sich nur allzu gut an die Küsse vom vorigen Abend erinnerte.

Ihr Herz pochte in der Brust. Sie hielt den Atem an, als sein Mund über ihrem schwebte, doch er bewegte sich nicht, wartete nur. Sie war einen Moment lang unentschlossen, ob sie sich zurückziehen oder sich vorbeugen sollte, als er die Entscheidung für sie traf, indem er einfach sagte: „Gute Nacht, Rachel", und ihre Wagentür öffnete.

Sie richtete sich auf und stieg aus. „Gute Nacht", sagte sie scharf und ging ins Haus zu ihrem Apartment.

Sie seufzte, ein wenig erleichtert, doch sehr enttäuscht. Sie sollte sich wirklich eine Katze anschaffen. Oder vier. Diese Alte-Jungfer-Sache endlich richtig angehen.

10

Rachel hatte eigentlich vorgehabt, online einige Möbel und Dekostücke, über die sie und Shane für das Café gesprochen hatten, zu bestellen, doch nachdem sie beim Frühstück ein Warenhaus für Restaurantbedarf entdeckt hatte, dachte sie sich, dass es wohl besser wäre, persönlich hinzufahren. Das Warenhaus war in der Bronx, ungefähr eine Stunde entfernt. Sie brauchte Shane nicht unbedingt als Begleitung. Sie konnte Liz bitten, sie zu fahren. Außerdem war Shane für das Essen zuständig, sie für das Geschäft. Er hatte ihr bereits eine Kreditkarte für direkten Zugriff auf die fürs Café bestimmten Finanzen gegeben.

Bestimmt hatte er viel zu viel zu tun.

Dennoch ging sie über die Straße zum Shane's Scoops, wenn auch nur, um ein bisschen Koffein zu tanken. Der Laden war bereits geöffnet und servierte Kaffee. Shane stand hinter dem Tresen in seiner blau-weiß gestreiften Schürze, gemeinsam mit seinem Teilzeitangestellten Matt.

„Kaffee?", fragte Shane. Sein Tonfall klang angespannt. Er war immer noch angepisst wegen ihres „grässlichen" Missgriffs, dass sie Barrys Frozen Yoghurt probiert hatte. Himmel, nun komm doch endlich drüber hinweg.

„Ja, bitte", erwiderte sie. „Hast du Zeit, mit zu Sal's Restaurantwarenhaus zu kommen? Ich dachte, es wäre ganz gut, sich die Sachen vor Ort anzusehen."

Er sah über ihre Schulter die Schlange an, die sich hinter ihr gebildet hatte. „Wenn wir gegen zehn fahren könnten, wäre das in Ordnung. Dann ist der morgendliche Andrang für Kaffee vorbei und es wird ruhig, bevor es nachmittags mit dem Eis losgeht."

„Ich schaff das, Boss", sagte Matt.

Shane sah Matt an, dann die Schlange von vier Leuten, die auf Kaffee warteten. „Okay, danke, Matt." Er drehte sich zu Rachel um. „Gib mir fünfzehn Minuten, um alles fertig zu machen."

„Okay." Sie setzte sich auf einen Hocker am seitlichen Tresen und schrieb kurz Janelle, dass sie heute später kommen würde. Janelle hatte die Schlüssel und schon unzählige Male für Rachel geöffnet und geschlossen. Sie beobachtete, wie Shane die Kunden begrüßte, jeden einzelnen anlächelte, Leute aus dem Ort, die Stammgäste waren. Sie stellte fest, dass sie wegen Shanes warmer Freundlichkeit genauso wie für den Kaffee kamen. Wenn sie ihn nur für das Café hätte klonen können. Sie lächelte die Kunden an, klar doch, aber sie wusste, dass sie nicht diese Art von Wärme ausstrahlte. Wenn abfällige Bemerkungen angebracht waren, dann war sie voll dabei.

Kurze Zeit später nahm Shane seine Schürze ab und bedeutete ihr, ihm zum Hinterausgang hinaus zu folgen. Sie stieg in seinen Wagen, und sie fuhren los. Er war immer noch wütend auf sie, das spürte sie, doch er war bereit, auf ihre Bitte hin mit ihr einkaufen zu fahren, deswegen ignorierte sie es. Er war nicht der Typ, der lange wütend auf jemanden war.

Außerdem war es viel einfacher, sich mit seinem Zorn abzugeben als mit dieser greifbaren *Sache*, die zu den unmöglichsten Zeiten zwischen ihnen in der Luft hing. Allein von einem Blick oder einem gemeinsamen Lächeln. Es war furchtbar.

„Wie schaffst du es, zu jedem, der hereinkommt, so warmherzig und freundlich zu sein?", fragte sie.

Er sah nicht einmal in ihre Richtung. Sie war der Feind, eine Frozen Yoghurt- Abtrünnige.

„Was meinst du mit warmherzig und freundlich?", fragte er. „Ich sage nur Guten Morgen und nehme ihre Bestellung entgegen."

„Nein, es ist mehr als das. Du lächelst, und deine Stimme ist so warm."

Er hob und senkte eine Schulter. „Ich mag die Leute, die hereinkommen. Ich glaube, das merkt man mir einfach an."

Dann könnte er doch wohl auch diese Frozen Yoghurt Sache vergessen.

„Ich wette, Barry kommt nie in deinen Laden", sagte sie beiläufig.

Er verkrampfte sich und hielt an einem Stoppschild an, drehte sich zu ihr um, um sie frontal mit dem, was sie als den Alphashane-Blick bezeichnete, zu treffen. Das musste mit seinem überdurchschnittlichen Paket zusammenhängen. Testosteronlevel oder so was. Sie rutschte unruhig auf ihrem Sitz hin und her, als ein heißer Blitz von Alphashane durch sie hindurchfuhr. Woher zum Teufel war dieses verborgene Alpha überhaupt gekommen?

„Du versuchst mich zu provozieren", sagte er.

Sie verkniff sich ein Lächeln. „Wer, ich?"

Er drückte aufs Gas. „Du und Barry würdet wunderschöne Kuhbabys haben."

Schnaubend lachte sie, froh, dass er wieder zum Scherzen übergegangen war. „Sie wären unglaublich entzückend und voller Prob-jotika!"

Er lächelte, nur ein wenig.

„Zu schade, dass du nicht auch in dem Café arbeiten kannst", sagte Rachel. „Du weißt, ich schaffe es nicht, den Leuten denselben freundlichen Vibe entgegenzubringen."

Seine Stimme senkte sich zu einem rauen Ton. „Bei mir bist du ziemlich freundlich."

Sie spürte, wie sie rot wurde, als sie sich nur zu gut daran erinnerte, *wie* freundlich sie in Liz' Küche gewesen war.

„Ich bin verbittert und abgespannt", informierte sie ihn.

„Das bist du?"

„Ich übe jetzt schon, eine alte Jungfer mit zehn Katzen zu sein."

Er lachte.

„Ich meine es ernst. Ich werde allein sterben, und die Katzen werden meine Augäpfel fressen."

Er schüttelte den Kopf. „Das ist lächerlich. Katzen fressen keine Augäpfel. Sie spielen nur eine Weile damit."

Sie lächelte, fühlte sich entspannter, als sie zu einer lockeren Unterhaltung übergingen. Sie gingen noch einmal durch, was sie kaufen wollten. Shane sprach über seine Ideen, wie er den Raum unter dem Tresen effizient nutzen könnte und wie wichtig ein gutes Warenwirtschaftssystem war. Himmel, sie war froh, dass sie das Geschäft mit ihm eröffnen würde. Ihr war gar nicht klar gewesen, wie viel Arbeit es war, fortwährend das Essen und den Kaffee vorzubereiten und ständig über den Bestand informiert zu bleiben, damit alles frisch war. Mit Büchern war alles viel einfacher: Man scannte den Preis ein, nahm das Geld, steckte das Buch in eine Tüte. Fertig.

Sie kamen zum Warenhaus, einem riesigen Gebäude mit verschiedenen Bereichen für Tische und Stühle, Fußböden, Geräte, Lampen und sogar gerahmte Gemälde. Was sie auf ihrer Website zeigten, war nur ein Bruchteil ihres Bestandes.

„Whoa", sagte Rachel völlig überwältigt.

„Ich war schon mal hier", sagte Shane, seine Hände in die Hüften gestemmt. „Es ist großartig. Lass uns bei den Tischen und den Stühlen anfangen und uns von da aus vorarbeiten. Die Stühle, die noch vom Deli da sind, reichen nicht aus."

„Okay, geh du voraus."

Sie betrachteten quadratische Tische, runde Tische und rechteckige Tische mit einer Vielzahl an Oberflächen. Rachel wurde es ganz schwindlig von all der Auswahl und den verschiedenen Preisen. „Vielleicht sollte ich einfach dabei bleiben, dass ich die Bücher für die Auslage auswähle und die Gemälde."

Shane nahm ihre Hand und zog sie mit sich. „Komm schon. Du musst zumindest auf ein paar Stühlen probesitzen."

Sie setzten sich auf unzählige Stühle, und viele waren gut.

„Lass uns einfach die Billigsten bestellen", sagte sie.

„Du möchtest doch, dass die Leute ein bisschen bleiben, oder?" Shane ging zu anderen Stühlen hinüber. „Damit sie lange neben dem *Book It* bleiben und danach rübergehen."

„Naja, schon", sagte sie von einem Stuhl aus, der großartig aussah und sich bequem anfühlte. Sie beugte sich vor, um das Preisschild zu sehen: Zweihundert Dollar. Für einen einzelnen Stuhl! Sie sprang auf. „Ich wollte auch noch ein paar Lesesessel. Vielleicht könnte ich nach denen einfach in einem normalen Möbelgeschäft schauen. Im Ausverkauf."

„Sicher. Hey, die sind ziemlich bequem." Er bedeutete ihr, den quadratischen Holzstuhl neben sich auszuprobieren. „Da wird der Rücken gut unterstützt."

Sie setzte sich. „Ist schon nicht schlecht, aber ich dachte eigentlich an was mit Kissen."

„Weißt du, sie werden Kaffee verschütten. Du musst was nehmen, das fleckenunempfindlich ist. Holz gefällt mir besser als Kunststoff oder Metall. Es ist warm."

Sie sah sich das Preisschild an. Einhundert Dollar, im Angebot für siebenundsiebzig. „Schon verkauft. Dunkle Holz-stühle, dunkler Holzboden, dunkelrote Wände. Und ich möchte bunte Buchcoverposter an der Wand."

„Ich habe keine Ahnung, welche Buchcover wir nehmen sollen. Das überlasse ich dir."

„Klingt gut." Es gefiel ihr, wie sie einander ergänzten. Was sie nicht wusste, wusste er. Und umgekehrt. Sie drehte sich zu ihm um. „Ich freue mich, dass wir Partner sind."

Er lächelte herzlich. „Ich mich auch."

Sie merkte, wie sehr sie dieses warme Lächeln genoss. Ein Blitz von etwas anderem durchzuckte seinen Ausdruck, etwas Hungriges. Schmetterlinge tanzten in ihrem Bauch, was absolut lächerlich war, da sie mit ihrem besten Freund mitten in Sal's Restaurantwarenhaus saß.

„Hör auf damit", sagte sie ihm.

„Womit soll ich aufhören?", fragte er, ein Bild der Unschuld. Er konnte ihr nichts vormachen. Er wusste sehr gut, dass er sie mit hungrigen Augen ansah, nur, damit es ihr unangenehm war.

Sie stand abrupt auf. „Das weißt du genau."

Er stellte sich neben sie. „Nein, weiß ich nicht. Sag es mir."

Sie sah zu den Tischen hinüber und antwortete aus dem Mundwinkel. „Hör auf, mich so anzusehen."

Er legte seine Hand in ihren Nacken und drückte zu. Die Geste, zugleich besitzergreifend und so gar nicht koscher zwischen Freunden, verwandelte ihren ganzen Körper in Wachs. Weiches Wachs. Seine Stimme grollte in ihrem Ohr. „Ich sehe dich nicht anders an als sonst."

Sie unterdrückte ein Erschauern. Tat er doch, doch sie konnte nicht darüber sprechen, ohne sich selbst lächerlich zu machen.

„Weiter zu den Tischen", sagte sie und befreite sich aus seinem Griff.

Mehrere Stunden später hatten sie Tische bestellt, an die zwei, vier und sechs Leute passten, dazu Stühle. Sie hatten außerdem den Fußbodenbelag bestellt und sich die Unterbaukühlschränke angesehen. Shane wollte einen unter dem Tresen, damit man leicht an die Milch, die Sahne und die Schlagsahne kam.

Zum Mittagessen hielten sie an einem mexikanischen Restaurant an. Shane kannte das Lokal und bat um eine Nische ganz hinten. Er setzte sich neben sie auf die Bank.

„Was tust du da?", fragte sie und rutschte näher an die Wand. Er folgte ihr. Es war so intim, ihn neben sich zu haben. Die Lichter waren gedämpft. Ein Brunnen in der Nähe dämpfte auch die Unterhaltungen der anderen Gäste, sodass es sich anfühlte, als wären sie in ihrer eigenen privaten Oase. Sie spürte die Hitze seines Beines durch seine Sporthose an der nackten Haut ihres Beines. Sie konnte sogar die Hitze seines gesamten Körpers spüren. Ihr eigener Körper war überhitzt.

Er legte eine Hand auf ihre Schulter, und sein Daumen rieb ihren Nacken. Er beugte sich vor, sein Atem heiß an ihrem Ohr. „Du solltest dich daran gewöhnen, mich in deiner Nähe zu haben."

Sie schluckte angestrengt und überlegte, ob sie unter dem Tisch durchkriechen sollte, um sich auf die andere Seite zu setzen. Sie war jetzt zwischen ihm und der Wand, und er würde es ihr auf keinen Fall leicht machen und sie rauslassen, damit sie sich ihm gegenübersetzte.

„Ich habe mich schon an dich gewöhnt", zischte sie. Doch das hatte sie nicht. Sie war weit davon entfernt. Nicht, wenn er ihr so auf die Pelle rückte. Sie studierte die Speisekarte und hielt sie hoch, in einem verzweifelten Versuch, ihre brennenden Wangen zu verbergen.

„Das hast du?" Er presste seine Lippen an ihren Hals, und ein heißes Prickeln raste durch sie hindurch. „Gut."

„Was für ein niedliches Paar!", rief jemand.

Überrascht nahm Rachel ihre Speisekarte hinunter. Eine dralle Kellnerin stand an ihrem Tisch und lächelte sie an.

„Wir sind kein Paar", sagte Rachel.

Shanes Hand streichelte Rachels Rücken, während er die Kellnerin anlächelte. „Danke."

Die Kellnerin lächelte nur noch mehr. „Ich find es so niedlich, dass Sie beide auf der gleichen Seite in der Nische sitzen. Wie lang sind Sie denn schon zusammen?"

„Wie lange, Liebes?", fragte Shane. „Fühlt sich an, als wären es erst ein paar Tage."

„Zu lange", sagte Rachel und versetzte ihm einen Stoß mit dem Ellbogen. Er nahm seinen Arm von ihrem Rücken und hielt sie davon ab, noch einmal zuzustoßen.

„Sie beide sind *so* putzig", sagte die Kellnerin. „Was kann ich Ihnen zu trinken bringen?"

Nachdem sie ihre Getränke bestellt hatten und die Kellnerin gegangen war, um ihnen Fritten zu bringen, drehte Rachel sich zu Shane um. „Was zum–L"

Er unterbrach sie mit einem kurzen, entschlossenen Kuss, und ließ sie genauso schnell wieder los. Und dann sah dieser arrogante Kerl, der viel zu selbstzufrieden wirkte, sie auch noch mit einer gehobenen Braue an und forderte sie heraus, etwas zu erwidern. Nur, dass sie sprachlos war.

Und noch einen Kuss wollte.

Er grinste, ergriff ihre Hand und verflocht ihre Finger miteinander. Sie ließ es zu, denn ihr fiel nicht eine verdammte Sache ein, mit der sie ihn hätte zurückweisen können.

Vielleicht wollte sie ihn gar nicht zurückweisen. Und das ängstigte sie am allermeisten.

∿

Als sie zurückkamen, war es bereits spät am Nachmittag, und Rachel wurde klar, dass Shane eigentlich früher hätte wieder da sein sollen, um beim nachmittäglichen Andrang in seinem Laden zu helfen.

„Jetzt habe ich dich viel zu lange aufgehalten", sagte sie, während sie die Main Street entlangfuhren.

„Schon in Ordnung. Um ehrlich zu sein, ich habe großartige Mitarbeiter, die den Laden auch ohne mich schmeißen können. Ich habe eigentlich genug Restaurantbestellungen, dass ich den Laden gar nicht bräuchte. Ich bin nur gerne ein Teil des Ortskerns."

„Im Ernst? Du hast das Geschäft also nur, damit du mit im Ort rumhängen kannst?"

Er lächelte. „Das ist schon mehr als rumhängen. Ich biete selbstgemachtes Eis mit den besten, frischesten Zutaten. Ich sorge dafür, dass ortsansässige Milchlieferanten und Bauernhöfe beschäftigt werden. Essen ist alles, Rachel. Es ist Leben, Gemeinschaft. Alles."

Sie bekam tatsächlich eine Gänsehaut, als er so über seine Leidenschaft für das Essen sprach. „Shane, das war schön. Geradezu poetisch."

Er wurde rot. „Ach, hör auf."

„Ich will dich nicht aufziehen", sagte Rachel. „Ich verstehe es wirklich. Genauso geht es mir mit den Büchern. Das Leben ist schwer, und Bücher können einen aufmuntern. Sie geben dir eine Fluchtmöglichkeit, wenn du eine brauchst, lassen dich wissen, dass du nicht allein bist, helfen dir, von besseren Dingen zu träumen."

„Jetzt bist du der Poet." Er fuhr auf den kleinen Parkplatz hinter ihrem Geschäft. „Ich möchte mir noch einmal den Gastraum ansehen. Ein paar Maße nehmen. Ich habe noch ein paar Ideen für den Bereich hinter dem Tresen."

„Okay, ich werde mal nach Postern sehen und ein paar Hängeregale und Lesesessel bestellen."

„Klingt nach einem guten Plan."

Sie legte ihre Hand an den Türgriff, hielt inne und drehte sich noch einmal zu ihm um. „Danke. Ich weiß nicht, was ich getan hätte, wenn du nicht bereitgewesen wärst, in mein Cafévorhaben einzusteigen. Ich hatte einfach diese Idee." Sie gestikulierte wild mit ihren Händen. „Ein Café, um den Buchladen zu retten! Aber ich hatte wirklich keine Ahnung, wie ich den Plan umsetzen sollte. Ich bin einfach nach meinem *Dummiebuch* vorgegangen."

„Dummie." Er schmunzelte. "Du hättest es schon hinbekommen. Aber ich bin auch froh, dass es so gekommen ist."

Er lächelte sein Grübchenlächeln, das einfach zu unwiderstehlich war.

„Weißt du eigentlich, dass du Grübchen hast? Genau da." Sie deutete an die Seiten seines Mundes.

„Ich sehe hin und wieder in den Spiegel", sagte er trocken.

Sie war hier der Dummie. Sie nahm ihre Handtasche und stieg aus, dann gingen sie zum Café, und sie schloss für ihn auf. „Ich sollte mal wieder zurück zur Arbeit gehen." Und dann fügte sie hinzu, da sie beide eine kleine Erinnerung an die Grenzen ihrer Geschäftsbeziehung brauchten: „Janelle war den ganzen Tag allein. Wie läuft es eigentlich mit euch beiden?"

„Sie möchte, dass wir am Freitag was trinken gehen–"

„Oh, dann viel Spaß."

Sie wollte sich schon zum Gehen umwenden, doch er packte

ihren Arm und drehte sie wieder zu sich um. „Ich habe nicht gesagt, dass ich gehen werde. Ich will *dich*."

Sie legte ihre Hand an ihre Kehle, wo ihr Puls wie wild pochte. Shane hatte noch nie so gedrängt wie heute. Erst das Restaurant, und jetzt sprach er es auch noch direkt aus, dass er sie wollte. Das war zu viel. *Beziehungen hielten einfach nicht.*

„Ich sollte gehen." Sie starrte seine Hand an, die immer noch ihren Arm hielt. „Shane, bitte."

„Bitte was? Möchtest du, dass ich so tue, als wären wir nur Freunde? Das ist dein Spiel. Ich bin durch mit Spielen."

Sie starrte auf seine Hand, und er nahm sie herunter. „Ich habe dir gesagt, dass ich deine Freundschaft schätze." Sie wich seinem Blick aus und zwang die Worte über den Kloß in ihrer Kehle hinaus. „Das ist kein Spiel. Weit davon entfernt. Du bist das Beste in meinem Leben."

Er hob ihr Kinn und hielt es, zwang sie, ihn anzusehen. „Dann lass mich rein."

Ihr stockte der Atem, als sie seinen erhitzten Blick sah. „Du bist drin. Du könntest nicht weiter drin sein."

Sein Kiefer verkrampfte sich, und er ließ die Hand sinken. „Du weißt, was ich meine."

Die Wut brannte in ihr. Er meinte Sex. Sie würde ihre Freundschaft nicht für eine kurze Nummer einfach wegwerfen. Sie zügelte ihren Zorn. Ein Streit würde gar nichts bringen.

„Hör zu, es ist schon eine Weile für dich her", sagte sie vorsichtig. Er atmete zischend aus. „Das verstehe ich, aber nur, weil es zwischen uns irgendeine merkwürdige Chemie gibt, heißt das nicht, dass wir dumm sein und unsere Freundschaft kaputtmachen müssen."

„Ich sage nicht, dass wir irgendetwas kaputtmachen müssen!"

Sie verzog das Gesicht. Er klang wie ein verwundeter Bär. Sie musste wohl sein Ego verletzt haben, als sie ihn daran erinnert hatte, dass es bei ihm eine Weile her war. Selbst, wenn es stimmte. Soweit sie wusste, war Janelle die erste, mit der er seit langer Zeit ausgegangen war.

Sie versuchte es noch einmal. „Man kann nicht mit jemandem schlafen und hinterher immer noch befreundet sein. Das ist einfach nicht möglich."

„Ich habe gar nicht versucht–" Er unterbrach sich. „Es wäre nicht ..."

Und während er noch nach den passenden Worten suchte, um sie glauben zu machen, dass sie wirklich Freunde bleiben könnten, auch wenn sie miteinander schliefen, huschte sie davon.

Als sie ins *Book It* kam, saß Janelle an der Kasse und las einen Anthropologietext. Irgendetwas über die Inka.

„Hey, Janelle. Wie läuft das Geschäft?"

Janelle verzog das Gesicht. „Schleppend. Es war nur ein Kunde da, und der hat nicht einmal was gekauft."

Rachels Laune sank noch tiefer, als ihre vorige Aufregung wegen des Einkaufens, und ihre Euphorie für das Café im Angesicht der ernüchternden Realität verpuffte. Wenn das Café nicht lief, würde sie nicht nur das *Book It* verlieren, sie würde auch Shane enttäuschen, der all sein Geld hineingesteckt hatte. Geschäfte unter Freunden hatten so ihre Tücken. Was, wenn er ihr den Untergang des Cafés zum Vorwurf machte? Plötzlich fühlte sie sich krank. Dieses Café musste einfach laufen.

„Wie war das Einkaufen mit Shane?", fragte Janelle.

„Gut. Wir haben große Fortschritte gemacht."

„Hat er mich erwähnt?"

Genau genommen habe ich dich erwähnt. Dumm.

Rachel fuhr ihren Laptop hoch. „Nein."

„Oh. Ich habe ihn gefragt, ob wir am Freitag im Garner's was trinken gehen wollen."

„Hat er zugesagt?"

„Er meinte, er müsse in seinem Kalender nachschauen."

Rachel biss sich auf die Lippe. Shane versuchte, Janelle loszuwerden. Sie fühlte sich schlecht, weil sie Janelle überhaupt in diese Sache mit Shane hineingezogen hatte. Jetzt würde ihre Freundin verletzt werden.

„Ich gehe mal Pause machen", sagte Janelle.

„Klar, so lange du möchtest", erwiderte Rachel.

Janelle ging. Rachel rief eine Webseite mit Kunstdrucken auf und ertappte sich dabei, wie sie gedankenlos darauf starrte. Die Sache mit Shane war ganz in Finanzen und Geschäftliches verstrickt. Sex würde alles nur komplizierter machen. Es gab genügend andere Männer, auf die sie sich einlassen konnte, um ihre traurig vernachlässigten Bedürfnisse zu befriedigen. Und es

gab immer noch Neal, ihren Vibrator. Er verstand ihre Bedürfnisse und wollte nie mehr von ihr, als sie geben konnte.

Sie konnte Shane nebenan hören, was auch immer er tat. Was,
wenn sie ihrer neu erwachten Lust nachgäbe? Und tat, was er so
offensichtlich wollte? Vielleicht hätten sie eine schöne Zeit, und
was dann? Sie würden immer noch täglich miteinander arbeiten
müssen. Sie sahen einander schon jetzt ständig, weil ihre
Geschäfte und Apartments gegenüber lagen. Bestenfalls wäre es
unangenehm.

Im schlimmsten Fall? Ein ruiniertes Geschäft. Eine zerstörte
Freundschaft. Ein gebrochenes Herz.

Sie ließ ihren Kopf in ihre Hände sinken. Warum jetzt?
Nachdem sie ein paar Monate perfekt platonisch befreundet
gewesen waren, all diese Male, die sie bei ihm oder ihr herumge-
hangen hatten, zu Familienbarbecues gegangen waren, auf
Feiern. Immer war er nur Shane gewesen. Er hatte eine sichere
Distanz gewahrt, und auch wenn sie sich bisweilen gefragt hatte,
wie es sich wohl anfühlen würde, in seinen Armen zu liegen, war
sie nie so dumm gewesen, ihre Freundschaft dafür zu riskieren.
Es stand jetzt zu viel auf dem Spiel.

Was sollte sie tun?

11

Wie sich herausstellte, war Rachels Händeringen wegen der Shane-Situation völlig unbegründet. Er war nur freundlich, während er mit Ryan und Gabe am Café arbeitete. Sie hatten die Wand zwischen ihrem Buchladen und dem Deli eingerissen und ein Vorziehgitter installiert, um die Bereiche voneinander zu trennen, falls das erforderlich war. Jetzt arbeiteten sie am Tresen.

Shane bemerkte, dass sie ihn beobachtete.

„Wir kommen hier gut voran!", rief er und winkte, bevor er dann eine Brechstange nahm, um den alten Tresen zu demontieren. Dabei spannten sich wohlgeformte, verschwitzte Muskeln an. Das Zurschaustellen von Muskelkraft bedeutete ihr eigentlich gar nichts. Sein Bruder Ryan, der an seiner Seite arbeitete, war genauso stark. Gabe auch. Drei verschwitzte, muskulöse Männer nebeneinander. Aber nur einer sorgte dafür, dass es ihr überall kribbelte.

Rachel musste in ihr Büro gehen.

Sie saß da und brachte ihre Inventur auf Vordermann, während sie sich fragte, ob sie langsam den Verstand verlor. Er hatte geradeheraus gesagt, dass er sie wollte. Hatte sie mehrfach geküsst. Und jetzt, nichts. Sie hatte sich fest vorgenommen, Shane mit strikten Grenzen und Sätzen wie „Du bedeutest mir so viel; lass es uns beim Geschäftlichen belassen", und „ich vermische nicht gerne das Geschäftliche und das Private" abzuwehren, was sich selbst in ihren Ohren anhörte wie der Dialog aus einem B-Film, doch Shane war mit Leichtigkeit wieder in den Freundschaftsmodus übergegangen.

Sie seufzte. Es war, gelinde gesagt, irritierend. Enttäuschend. Entmutigend. Desillusionierend. *Das alles lief auf ein gigantisches Meh für sie hinaus. Dieser Vollidiot.* Machte sie scharf, und dann kam nichts mehr. Nichts. Als Janelle sie daher am zweiten Tag, an dem sie nicht mehr Shanes verschwitzte, wohlgeformte Muskeln beobachtete, fragte, ob sie mit ihr etwas trinken gehen wolle, hatte sie freudig angenommen.

Sie gingen über die Straße ins Garner's, setzten sich an die Bar und teilten sich einen Teller Nachos. Sie bestellten Margeritas und sprachen gut gelaunt über das *Book It* und das Café, bis Janelle plötzlich über Rachels Schulter jemandem zuwinkte.

„Dean, wir sind hier!", rief Janelle.

Rachel drehte ich um und sah einen Mitzwanziger in einem T-Shirt mit Piñata-Aufdruck auf sie zukommen. Seine grauen Shorts hingen so tief, dass man seine Boxershorts mit den roten Herzen darunter sehen konnte. Seine Haare waren lang und fettig, was perfekt zu seinem ungepflegten Bart passte.

Janelle sprang auf und umarmte ihn. „Rachel, das hier ist Dean Lehrman. Er studiert Anthropologie mit mir. Dean, Rachel."

Dean neigte seinen Kopf. „Hey."

Er setzte sich neben Rachel und bediente sich ungefragt an den Nachos.

„Rachel, ich glaube, du und Dean, ihr habt einige Gemeinsamkeiten. Ihr mögt beide Klassiker." Sie beugte sich vor, um Rachel etwas ins Ohr zu flüstern. „Amüsiert euch. Macht nichts, was ich nicht auch machen würde."

Und mit diesen ominösen Worten, die sie offensichtlich vorbereitet hatte, verschwand Janelle. Rachel sah Dean an, der nun den Margerita hinunterkippte, den Janelle stehengelassen hatte, und fragte sich, ob das jetzt die Retourkutsche war oder ob sie einfach nur den Gefallen, verkuppelt zu werden, wie sie Janelle mit Shane verkuppelt hatte, zurückgeben sollte. Wie auch immer, es war ätzend.

„Hey, Babe", sagte Dean. „Meinst du, du könntest wohl für die Getränke zahlen? Bin gerade etwas knapp bei Kasse. Meine

Eltern haben mir den Zuschuss gekürzt, nachdem ich eine Fünf in Statistik bekommen habe."

„Kein Problem." Sie mochte es, bei Dates selbst zu zahlen, besonders bei Blind Dates, wenn sie keine Ahnung hatte, was sie erwartete. „Nenn mich einfach Rachel, okay?"

„Wie du willst", murmelte er, während er die Nachos hinunterschlang. Rachel verlor jeglichen Appetit.

Sie sah sich in der Bar um, hoffte, jemanden zu entdecken, den sie kannte. Nichts. „Also, weswegen interessierst du dich für Anthropologie?", fragte sie und versuchte eine lockere Unterhaltung.

Der Käse tropfte in seinen Bart, doch er bemerkte es nicht. Rachel deutete auf sein Kinn. Er berührte seinen Bart mit seinen fettigen Fingern und erreichte damit absolut nichts. Rachel würde ihn auf keinen Fall anfassen. Sie versuchte, einfach nicht hinzusehen.

„Eine leichte Eins", sagte er. „Ich bin nur da, um mich noch ein bisschen vom wahren Leben zu drücken. Weißt du, was ich meine? Ich *liebe* das Collegeleben."

„Ich bin auch gerne zur Schule gegangen. Aber es wird eben teuer, wenn man nur zur Schule geht und nicht, du weißt schon … arbeitet."

„Dafür sind Eltern doch da."

Rachel war sprachlos.

„Hast du was gegen ein paar Potato Skins und Bier?", fragte Dean.

Rachel war sich sicher, nicht noch eine Runde Essen mit diesem Typen überstehen zu können. Sie wollte das gerade schon sagen, als Barry an ihrer Seite auftauchte. Nie in ihrem Leben war sie so froh gewesen, ein vertrautes Gesicht zu sehen.

„Barry, hi!", sagte sie.

„Schön, dich zu sehen, Rachel", sagte Barry und setzte sich neben sie. „Ist das dein kleiner Bruder?"

„Nein, er ist mein …" Sie konnte es nicht aussprechen. Konnte nicht Blind Date sagen. Definitiv kein Freund.

„Ich bin ihr Date, also verzieh dich", sagte Dean.

Barry machte große Augen.

„Nein, nein." Rachel packte Barrys Arm. „Du bleibst hier. Er ist nicht mein Date. Wir haben uns gerade erst kennengelernt."

Barry nickte und redete Gott sei Dank genug für alle drei zusammen. Rachel entspannte sich langsam, als Barry die Geschichte von dem kleinen Jungen erzählte, der in seinem eigenen Kuhkostüm vom letzten Halloween in seinen Laden gekommen war, und wie sie miteinander getanzt hatten. Es war süß. Wirklich süß. Rachel hatte ein schlechtes Gewissen, dass sie sich mit Shane hinter seinem Rücken so über ihn lustig gemacht hatte.

Das Essen kam und auch Deans Bier. Dean grub in seiner Tasche und holte eine Fünf-Dollar-Note hervor. „Rachel, könntest du mir aushelfen? Hab zu wenig."

Oh ja, du hast von so einigen Dingen zu wenig.

„Sicher", sagte sie zwischen zusammengebissenen Zähnen. *Janelle, das wirst du bezahlen.* Sie öffnete ihren Geldbeutel.

„Ich mach das schon", sagte Barry.

„Hey, danke, Mann", sagte Dean mit dem Mund voller Kartoffeln. „Du bist in Ordnung."

Es wurde schlimmer.

Dean kippte in Rekordzeit drei Bier hinunter und stand auf. „Ich muss pissen."

Rachel atmete erleichtert aus, als er ging. Barry fragte sie nach ihren Plänen für das Café, und sie erzählte ihm von den Erstausgaben, die sie online für die Auslage gefunden hatte, als sie Lärm von den Toiletten her hörten. Eine Frau schrie, und dann schoss Dean wie ein geölter Blitz zur Hintertür hinaus.

„Er hat meine Handtasche gestohlen!", schrie die Frau.

Barry lief ihm nach. Er kam ein paar Minuten später mit leeren Händen zurück. „Er ist weggefahren."

Rachel ging zu der Frau, um mit ihr zu reden, und sagte ihr, was sie von Dean wusste, damit sie bei der Polizei Anzeige erstatten konnte. Sie schrieb Janelle, sie solle herausfinden, wo Dean wohnte. Unglücklicherweise, wie Chief Bailey erklärte, als er am Tatort erschien, konnte die Polizei von Connecticut, da Dean direkt hinter der Grenze in New York lebte, nicht einfach dort hinüberfahren, um ihn wegen Diebstahls festzunehmen. Irgendwas wegen Zuständigkeiten.

Als der Chief ging, wandte Rachel sich einem ernsten Barry zu. „Was trinken?", fragte sie.

Barrys Augen begannen zu strahlen. „Mit dir?"

„Ja, mit mir."

„Großartig!"

Sie setzten sich wieder an die Bar und gingen den Rest des Abends noch einmal den Vorfall mit diesem windigen Dean durch, wobei Barry sein widerliches Verhalten bei ihrem „Date" ziemlich gut imitierte. Sie lachten, sie tranken und Rachel war entspannter, als sie es lange Zeit gewesen war. Barry war ein anständiger Kerl. Er war albern, aber nett. Wenn sie auch nur einen Funken zwischen ihnen gespürt hätte, hätte sie dies als den Beginn eines Dates bezeichnet.

„Wir sind wieder daa-ha!", rief eine Stimme hinter ihr. Als sie sich umdrehte, sah sie Liz' ältere Schwester Daisy und deren Ehemann, Trav, der ihren Sohn, Bryce, auf dem Arm hielt. Sie sahen gebräunt und glücklich aus, frisch zurück aus ihren Flitterwochen. Die Cousins und Cousinen, die von Liz sicher zu erwarten waren, würden wahrscheinlich so nah bei ihm aufwachsen wie Geschwister. Rachel verspürte kurz einen Anflug von Neid, schob ihn aber gleich beiseite. Sie stand auf und umarmte Daisy.

Rachel lächelte die beiden an. „Wie war es auf den Bermudas?"

Daisy strahlte ihr sonniges Lächeln. „So, wie ich es mir erträumt hatte."

Trav küsste Daisys Haare. „Naja, wir hatten ein bisschen Sand an wenig angenehmen Stellen."

Daisy versetzte ihm einen Stoß mit dem Ellbogen, und Trav lachte. Er setzte Bryce ab, der gleich mit freudigem Quietschen in die Arme seiner Großmutter lief.

„Da ist ja mein Babyengel", sagte Mrs. Garner. Sie musste aus der Küche gekommen sein, als sie sie kommen gehört hatte.

„Hey, Barry", sagte Trav und schüttelte ihm die Hand. „Stören wir?" Er deutete zwischen ihnen beiden hin und her.

„Ach, nein." Rachel schüttelte den Kopf. „So ist das nicht. Wir sind nur Freunde."

„Naja, noch", sagte Barry lächelnd.

Oh-oh.

Trav hob seine Brauen. „Dann macht mal weiter."

„Bis bald, Rachel!", rief Daisy, bevor sie mit Trav ging, um die Angestellten zu begrüßen. Daisy hatte mal als Kellnerin im Restaurant ihrer Eltern gearbeitet.

Rachel setzte sich wieder neben Barry. „Ich hoffe, du weißt—"

Ihre Antwort wurde von seinem Mund, der ihren bedeckte, erstickt. Es war ein unbeholfener Streifkuss, und sie wich zurück. Sie wischte sich den Mund mit dem Handrücken ab. „Tu das nie wieder!"

Sie stand auf, knallte einen Zwanziger auf die Theke und eilte zur Tür.

Barry folgte ihr. „Rachel, warte! Es tut mir leid! Manchmal geht es einfach mit mir durch. Wir hatten doch so viel Spaß. Bitte bleib." Er gab ihr den Zwanziger zurück. „Die Getränke gehen für den Rest des Abends auf mich."

Sie verschränkte die Arme.

„Bitte, es tut mir wirklich leid." Er sah auf seine Schuhe hinab. „Ich habe nicht viele Freunde in der Stadt. Bleib noch ein bisschen."

Oh, Himmel. Jetzt hatte sie auch noch Mitleid mit ihm.

„Keine Küsse mehr", sagte sie.

Er hob zwei Finger. „Pfadfinderehrenwort."

„Warst du wirklich Pfadfinder?"

Er nickte heftig. „Ich war sogar Eagle Scout. Der höchste Rang."

Sie atmete vernehmbar aus. „Okay, in Ordnung."

Sie setzte sich wieder zu ihm an die Bar und dank dem Chardonnay, den Barry ihr immer wieder nachfüllte, und seiner ungezwungenen Art verlief der Abend ohne weitere Probleme. Erst spät verließ sie die Bar, lehnte jedoch Barrys Angebot, sie nach Hause zu begleiten, ab. War ja direkt auf der anderen Straßenseite. Es war ganz nett zu wissen, dass es Typen gab, die einfach nur mit einem befreundet sein konnten, ohne einen zu küssen und alles kompliziert und unangenehm zu machen, dachte sie, als sie auf wackligen Beinen zurück zu ihrem Apartment ging.

Moment mal, Barry hat dich doch geküsst. Dummkopf!

Aber jetzt war alles locker, flockig. Ja, sicher. Vielleicht konnte Shane etwas von Barry lernen. Vor dem *Book It* blieb sie stehen und drehte sich um, um zu Shanes Apartment über dem Shane's Scoops hinaufzublicken. Die Lichter waren aus. Er schlief wohl. Das hielt sie nicht davon ab, ihn an etwas sehr, sehr Wichtiges zu erinnern.

„Wir sind nur Freunde!", brüllte sie.

Sie hoffte, dass Shane die Botschaft verstand. Sie hatten eine gute Freundschaft, und jetzt, da sie Geschäftspartner waren, sollte das auch so bleiben. Ganz egal, wie oft er sie auf Küchenschränken küsste. Oder in mexikanischen Restaurants. So. Sie nickte, um das noch zu betonen. Dann drehte sie sich um und lief gegen eine Wand.

Keine Wand. Shane.

Sie sprang zurück und wäre beinahe gestürzt. Er fing sie auf.

Sie schlug ihm gegen die Brust. „Was tust du denn hier? Du hast mich zu Tode erschreckt!"

„Trav hat mir geschrieben, dass du mit Barry was trinken gegangen bist. Ich wollte mich nur vergewissern, dass du gut nach Hause kommst."

Sie betrachtete ihn, nahm seinen Alphashane-Blick wahr, bei dem sie immer überhitzte und verrückt wurde. „Das ist unheimlich. Das weißt du schon, oder?"

Er antwortete nicht. Sie dachte darüber nach, was es bedeutete, dass Shane jetzt hier war nach der Blind-Date-Katastrophe, nach Barrys ungeschicktem Kuss und viel zu vielen Gläsern Chardonnay. Ihr Verstand war zu benebelt, um das zu verarbeiten, deswegen konzentrierte sie sich auf die eine Sache, die sie besonders störte. Dass Shane da war.

„Trav hat dir geschrieben?", knurrte sie. „Das ist doch lachhaft! Du hast Spione!"

Sie ging um ihn herum und blieb einen Moment stehen, ihr war schwindelig.

Er legte einen Arm um ihre Schultern und führte sie zu ihrem Apartment. „Was ist das mit Barry?"

„Und was ist das mit Janelle?", schoss sie zurück.

Er schmunzelte. „Du kannst gut Kontra geben. Lass es raus."

„Was soll ich rauslassen? Ich gebe *kein* Kontra." Sie hielt inne und hob einen Finger in die Luft. „Du bist der eine Fehler hier. Du hast die ganze Woche nicht ein einziges Mal versucht, mich zu küssen."

Seine Lippen zuckten. „Ich gebe dir Raum. Ich kenne dich, Rachel. Wenn ich dich dränge, wirst du all deine nervigen Verteidigungsmechanismen hochfahren. Das kannst du gut. Du bist am Zug. Ich werde gar nichts machen."

Shane war verwirrend. Ihr Zug? Sie hatte keine Züge. Sie war zuglos. Doch ihn hier so vor sich stehen zu haben, so warm, so nett, das sagte ihr etwas. Shane war besser als jeder Typ, auf den sie sich einlassen konnte. Das war er wirklich. Sie sollte es ihm sagen–

Oh, nein. Sie eilte zum nächstbesten Busch und übergab sich. Sie stand schwankend da und hob ihr Kinn. „Gute Nacht, werter Herr."

Shane starrte sie an. Sie ging zum Hintereingang ihres Apartments. Shane folgte ihr in gewissen Abstand. Sie öffnete erfolgreich die Tür und ging hinein, ein wenig enttäuscht, dass Shane nicht wieder den Prinzen gespielt hatte, der die Prinzessin die Treppe hinauftrug. Sie vermutete, dass sie nach ihrer Kotzattacke auf der Attraktivitätsskala weit abgerutscht war. Sie hatte Alkohol noch nie vertragen.

Sie ging direkt in ihr Schlafzimmer und ließ sich aufs Bett fallen, warf ihre Handtasche aufs Nachttischchen. Ihr Handy klingelte. Sie wühlte in ihrer Handtasche danach und meldete sich. „Prinzessin hier."

„Ich wollte mich nur vergewissern, dass du gut in deine Wohnung gekommen bist", sagte Shane. „Gute Nacht, Prinzessin."

„Ihnen auch eine gute Nacht, Sir."

Er schmunzelte, und sie legte auf. Sie schloss das Handy in die Arme und schlief ein.

Shane dachte über den Fortschritt im Café nach, während er für ihr zweites Straßenfesttreffen zur Bibliothek ging. Alles lief gut. Der Installateur war letzten Freitag gekommen und hatte die Wasserzuleitung gelegt, die er für die Espresso- und Kaffeemaschinen wollte, außerdem hatte er die Rohre für zwei Spülbecken, die er in dem Vorbereitungsbereich hinter dem Tresen brauchte, installiert. Der Wasserenthärter kam heute. Der Elektriker sollte am Mittwoch kommen, und der Maler war für Freitag bestellt. Der Maler hatte versprochen, auch am Wochenende zu arbeiten, wenn Shane dafür beim Straßenfest Wasserflaschen mit dem Logo des Malers verteilte.

Auf dem Weg zum Konferenzraum kam er bei der alten Bibliothekarin vorbei. „Hi, Ms. Smith, wie geht's?"

„Mir geht's gut, Shane. Wie schön, Sie wiederzusehen." Sie schob ihre Cateye-Brille an ihrer Nase hinunter und betrachtete ihn von oben bis unten, woraufhin er sich ein wenig schmutzig fühlte. „Lassen Sie mich wissen, wenn ich Ihnen bei irgendetwas behilflich sein kann."

„Danke", sagte er über seine Schulter, während er die Flucht ergriff.

Alle saßen bereits und unterhielten sich, als er den Raum betrat.

„Hey, tut mir leid, dass ich ein bisschen spät dran bin", sagte Shane. „War viel los im Laden. Das Baseballteam hat es ins Halbfinale geschafft und gefeiert."

„Kein Problem, Kumpel", sagte Barry.

Kumpel? Shane hob grüßend seine Hand in Richtung Gabe, Liz, Janelle und Rachel. Zwischen Janelle und Rachel sah er einen leeren Platz. Den nahm er ein.

Großer Fehler.

„Dein Boyfriend ist da", zischte Janelle in Rachels Richtung.

„Er ist nicht mein Boyfriend", knurrte Rachel.

Shane beugte sich aus der Schusslinie zurück.

„Er hat mir gesagt, dass er mit mir nichts trinken gehen kann, weil er Gefühle für jemand anderen hat. Offensichtlich für dich."

Shane spürte, wie seine Wangen brannten. Das war eine private Unterhaltung. Gabe hob eine Braue; ihm gefiel die kleine Szene offenbar.

„Deswegen hast du mich also mit diesem kleinen Arschloch von einem Dieb verkuppeln wollen?", fragte Rachel.

Verkuppeln? Was? Er blinzelte und blickte von Rachel zu Janelle.

„Ich habe dir doch schon gesagt, dass er einen netten Eindruck gemacht hat", sagte Janelle. „Im Seminar liest er Dostojewski. Ich dachte, ihr beide hättet zumindest Literatur gemein."

„Lass mich raten, *Schuld und Sühne*?", fragte Rachel.

Janelles Augen wurden ganz groß. „Woher weißt du das?"

Rachel beugte sich über ihn, ihre Augen schossen Feuer auf Janelle. „Ach, ich weiß nicht, einfach geraten?" Ihre Stimme erhob sich gereizt. „Er hat die Handtasche einer Frau gestohlen!", polterte sie.

„Also, meine Damen", hob Barry an.

Shane hob seine Hand in Barrys Richtung und wandte sich Rachel zu. „Moment mal, du warst auf einem Date, und Barry war auch da?"

„Janelle hat das eingefädelt", sagte Rachel. „Ohne mir etwas zu sagen!" Sie warf Janelle einen tödlichen Blick zu.

„Glücklicherweise ist es am Ende gut ausgegangen", sagte Barry. „Rachel und ich hatten trotz dieses Diebs eine schöne Zeit. Nicht wahr?"

Shane sah Barry irritiert an. Barry wagte kaum zu lächeln, auch wenn er sich nicht einmal ansatzweise im Klaren darüber war, auf welch gefährliches Terrain er sich da begab. Er drehte sich zu Rachel um. „Erst gehst du mit einem Dieb aus, dann betrinkst du dich mit Barry? Was zum Henker machst du?"

Rachel sah ihn finster an und schwieg beharrlich.

„Shane, gönn uns mal eine Verschnaufpause", sagte Gabe.

„Vielleicht sollten wir uns der Agenda des Meetings zuwenden?", schlug Liz vor. „Wir haben immer noch nicht festgehalten, wo genau das Straßenfest stattfinden soll."

„Ja, wenden wir uns wieder dem Geschäft zu", sagte Barry und tippte mit seinem rosa *Dancing Cow* Stift auf seine *Dancing Cow* Serviette.

Janelle beugte sich über Shane und sah Rachel vorwurfsvoll an. „Mann, du kommst ganz schön rum."

Rachel schnappte nach Luft. „Ich komme nicht ganz schön rum!"

Janelle warf ihren Stift und den Notizblock Rachel zu. „Mach deine Notizen selber. Und warte morgen nicht auf mich. Ich kündige."

„Janelle, jetzt geh doch nicht!", rief Rachel. „Ich brauche dich. Du bist doch meine einzige Angestellte."

„Das hättest du dir überlegen sollen, bevor du in meinem Liebesleben herumgepfuscht hast. Machst mich heiß auf einen Typen, den du für dich selbst willst." Sie stand auf und blickte von oben herab auf Rachel. „Ich habe den Job nur angenommen, weil da so wenig los ist, dass ich gleichzeitig noch für mein Studium lernen konnte. Aber ich würde lieber in einer verdammten Bibliothek arbeiten!"

Ms Smith blickte um die Ecke. „Entschuldigung, junge Dame, wenn Sie ein bisschen leiser schimpfen könnten? Wir sind hier in einer Bibliothek."

„Ich weiß, dass das eine Bibliothek ist!", zeterte Janelle.

Ms Smith kniff ihre Augen hinter ihrer Cateye-Brille zusammen. „Es reicht. Ich habe Sie gewarnt. Verlassen Sie augenblicklich das Gebäude."

„Ich wollte sowieso gerade gehen!"

Janelle stapfte davon.

Rachel eilte hinter ihr her, allerdings bremste ihr Knöchel sie immer noch sehr.

Im Raum wurde es still.

„Beim letzten Meeting haben wir über Kinderunterhaltung gesprochen", sagte Barry in die unbehagliche Stille hinein. „Ich kenne einen Clown, der Ballontiere für fünf Dollar pro Ballon macht."

„Wer soll die fünf Dollar bezahlen?", fragte Gabe. „Wir oder die Kinder?"

„Wir", sagte Barry.

„Das ist viel zu teuer", sagte Shane. „Es kommen doch unzählige Familien zum Straßenfest."

Er warf einen Blick hinaus auf den Flur und hielt nach Rachel Ausschau. Sie hatte ihre Handtasche dagelassen, darum wusste er, dass sie zurückkommen würde. Was zum Teufel tat sie nur? Küsste ihn und ging dann mit jemand anderem aus – noch dazu einem Dieb – und trank danach mit Barry. Sie ging lieber mit einem Dieb und diesem lächerlich tanzenden Kuhtypen aus als mit ihm?

„Was würdest du denn zu Unterhaltung vorschlagen?", fragte Barry.

„Warum laden wir nicht den Dieb auf einen Frozen Yoghurt ein?", sagte Shane. „Das klingt sehr unterhaltsam. Oder vielleicht könntest du ja auch wieder mit Rachel was trinken gehen."

Gabe deutete mit dem Kopf auf die Tür. „Shane, lass uns mal kurz rausgehen."

Shane schüttelte den Kopf. „Nein, ich möchte genau hören, was gestern Abend passiert ist."

„Ich glaube, wir entfernen uns von der Agenda", sagte Barry und tippte wie wild mit seinem Stift auf den Tisch.

Shane verschränkte die Arme und schwieg. Liz griff in die Situation ein, und zu dritt arbeiteten sie ein paar Pläne für das Unterhaltungsprogramm aus. Etwas mit Dreiradrennen und Eierlauf. Shane hörte nur mit halbem Ohr zu, da er darauf wartete, dass Rachel zurückkam.

Endlich kam Rachel mit ernstem Gesichtsausdruck zurück in

den Raum. Vermutlich machte sie sich Sorgen, weil sie eine Angestellte verloren hatte. Wenn er darüber nachdachte, war sie besser dran ohne Janelle, wenn Janelle wütend auf sie war und die ganze Zeit nur faulenzte und studierte, anstatt auf die Kunden zu achten.

„Tut mir leid", sagte Rachel leise. „Was habe ich verpasst?"

Barry brachte sie auf den neuesten Stand.

„Klingt gut", sagt Rachel. „Wir könnten doch den Eierlauf bei der *Dancing Cow* starten lassen. Dann könntest du Coupons und Scherzbrillen verteilen. Das würde die Leute auch dazu animieren, später noch einmal für einen Frozen Yoghurt zurückzukommen, und die Brille würde sich gut auf den Fotos machen."

„Exzellente Idee!", rief Barry.

Shane kochte. Rachel hatte ganz offensichtlich das Lager zu Barry gewechselt.

Das Meeting endete. Shane wartete draußen auf Rachel und bemühte sich, seinen Zorn zu bändigen. Es brauchte schon eine ganze Menge, ihn wütend zu machen, doch Rachel hatte ihn weit genug getrieben.

„Ich werde dich nach Hause begleiten", sagte er, als Rachel mit Liz aus der Bibliothek kam.

Rachel starrte ihn an. „Ich wollte mit Liz–"

„Wir können uns später unterhalten, Ei", sagte Liz.

Rachel verzog das Gesicht, als Liz vor ihnen her ging. „Hühnchen!", rief sie Liz hinterher.

Shane konnte es nicht länger zurückhalten. „Du gehst lieber mit einem Dieb als mit mir aus? Und mit einem tanzenden Kuhtypen? Was zum …?"

Rachel sah ihn mit unbewegter Miene an. „Du bist mein Geschäftspartner."

„Und?"

Rachel ging so schnell sie konnte weiter. Sie wäre vermutlich sogar gerannt, wenn sie nicht ein verstauchtes Fußgelenk gehabt hätte.

„Das ist es", sagte sie. „Das ist die Antwort. Das ist *immer* die Antwort. Wir sind Geschäftspartner. Ende."

„Du hast mich geküsst", sagte er und konnte seinen Zorn so gerade noch im Zaum halten. Diese Feuer zwischen ihnen waren nicht einseitig gewesen. Er wusste das, genauso wie er wusste, was eine gute Sauce war oder wann sie heiß genug war, um überzukochen. So war ihr Kuss in Rys Küche gewesen – fast kochend, kaum zu bändigen.

Sie sagte nichts und ging einfach weiter.

„Was läuft da zwischen dir und Barry?", fragte er.

„Wir sind Freunde. Er ist ein netter Typ."

So wie er. Genau das bekamen nette Typen. Die *Freundschafts*nummer.

„Und was ist das mit dir und Janelle?", fragte er.

Sie blieb stehen und sah ihn wütend an. „Du. Du bist da."

„Was habe ich denn getan?"

„Offensichtlich will sie dich, und du willst sie nicht, und irgendwie gibt sie mir die Schuld daran."

Er legte eine Hand unten an ihren Rücken. „Rachel–"

Sie wandte den Blick ab. „Geschäftspartner. Ende."

Er nahm seine Hand herunter, war hin- und hergerissen zwischen dem Drang, sie wegzutragen und ihr zu zeigen, wie viel mehr sie waren als das, und sich zurückzuziehen und ihr genau das zu geben, was sie zu wollen behauptete. Er hatte ihr Raum geben wollen, doch als er jetzt von den beiden Typen gehört hatte, die sie am selben Abend getroffen hatte, fand er das äußerst schwierig. Er hatte Janelle nach einem einzigen Abendessen abserviert, hatte sie nicht einmal geküsst, und Rachel hier war gleich mit zwei Typen ausgegangen. Zwei Typen!

Barry fuhr in seinem Kuhmobil vorbei und muhte. „Du kannst jederzeit für einen kostenlosen Frozen Yoghurt vorbeikommen, Rachel!"

Sie lächelte. „Danke, Barry."

Barry winkte und fuhr davon. Shane ertrug es nicht eine Minute länger, diese beiden zu beobachten. Er war nicht in der gleichen Freundschaftskategorie wie Barry. Wie konnte sie so tun, als wäre er das?

Angespannt schweigend begleitete er Rachel zu ihrer Wohnung. Sie wollte, dass sie nur Geschäftspartner waren, also gut, dann sollte sie das auch haben. Er würde sich ihr gegenüber nicht wieder die Blöße geben, nur damit sie auf seinem Herzen herumtrampeln konnte.

Sie kamen an der Tür ihres Apartments an. „Nacht, Partner", sagte er kühl. Er machte auf dem Absatz kehrt und ging über die Straße zu seiner Wohnung.

„Nacht", sagte sie leise.

Er ging schneller, ignorierte den leisen Ton, bei dem er sie am liebsten ins Bett getragen und nie wieder losgelassen hätte. Er rannte, hoffte, dass die körperliche Erschöpfung Rachel aus seinem Kopf vertreiben würde. Doch alles, was er für seine Mühe bekam, war Erschöpfung.

12

Rachel hatte in den nächsten Wochen im *Book It* viel zu tun, da sie ja jetzt die Einzige im Geschäft war. Sie hatte Liz dazu gebracht, hier und da ein paar Stunden auszuhelfen, damit Rachel weiter mit Shane an ihrem Café arbeiten konnte. Dort lief alles perfekt. Shane überwachte die Baufirmen, und sie waren bereits mit den Rohren, der Elektroinstallation und dem Streichen der Wände fertig. Jetzt bauten sie die Schränke auf und den Tresen, den Shane bestellt hatte. Sie hätte sich großartig fühlen sollen. Alles lief so glatt. Nur, dass Shane so distanziert war.

Die warmen Blicke, an die sie sich so gewöhnt hatte, waren verschwunden. Kein süßes Lächeln mit Grübchen mehr für sie. Keine Alpha-Blicke, die heiße Blitze durch sie hindurchjagten. Er war professionell, höflich, umsichtig. Der perfekte Geschäftspartner.

Sie hasste es.

Sie hängte ein Schild ins Schaufenster ihres Ladens, dass sie in fünfzehn Minuten wieder da sein würde, und lief auf die andere Straßenseite zum Shane's Scoops, um sich den einzigen anständigen Kaffee der Gegend zu besorgen. Zumindest, bis ihr Café eröffnen würde.

Sie stellte sich an. Shane und Matt arbeiteten hinter der Theke.

„Hi, Leute", sagte sie. „Kann ich einen Latte bekommen?"

„Hey", sagte Shane. Er nickte in Matts Richtung.

„Kommt sofort", sagte Matt.

Shane beschäftigte sich damit, eine Schale auszuspülen.

„Was ist los?", fragte sie.

Er hielt inne und sah zu ihr auf, keine Wärme in diesen blauen Augen, nur ein ausdrucksloser Blick. „Die Kaffeemaschinen und die Mühle sollten morgen geliefert werden."

„Oh toll! Wir sollten sie ausprobieren. Den Geschmack testen."

Er nickte. Keine Wärme. Keine Begeisterung. Rachels Magen sank ein Stück tiefer, dem Abgrund der Verzweiflung entgegen. Sie war dabei, ihn zu verlieren. Seine Freundschaft zu verlieren. Die eine Sache, an der sie mehr festhalten wollte als alles andere.

„Freust du dich denn gar nicht?", fragte sie, und ihr gefiel es nicht, dass ihre Stimme so kleinlaut klang. „Wir haben es fast geschafft." Matt reichte ihr den Latte. „Danke."

„Ich freue mich", sagte er einfach.

Doch er klang gar nicht so. Er klang so, als wäre ihm das Café fast egal, als wäre *sie* ihm fast egal.

Sie trat einen Schritt zurück, war verletzt, weil er sich so von ihr abwandte. Sie wollte ihn nach wie vor in ihrem Leben. Sie vermisste es, mit ihm Zeit zu verbringen, wie sie es sonst getan hatten. Sonst war er zum Mittagessen immer mal vorbeigekommen, wenn er Gelegenheit dazu hatte, zwei- oder dreimal pro Woche. Sie schauten auch keine britischen Komödien mehr, wie sie es sonst getan hatten. Sie hatten sich sonst schlappgelacht, wenn sie sich bei ihr zu Hause *The IT Crowd* angeschaut und dabei Popcorn gegessen hatten.

„Hast du heute Abend schon was vor?", fragte sie.

„Ja, ich muss eine ganze Menge Arbeit nachholen. Buchhaltung." Er sah ihr nicht in die Augen.

Sie wusste, wann sie eine Abfuhr bekam. „Okay, na dann, wenn du mal eine Pause brauchst, komm einfach vorbei. Ich habe die Staffeln eins, zwei und drei von *Not Going Out*. Soll wirklich lustig sein."

„Mal sehen."

Sie winkte ihn mit einer Geste beiseite, von Matt fort, damit sie sich ungestört unterhalten konnten. „Bist du wütend auf mich? Ich dachte, wir wären Freunde."

Er verschränkte die Arme. „Das sind wir auch."

„Freunde verbringen Zeit miteinander."

Er sagte nichts, doch seine Körpersprache sagte ganz deutlich: *Verzieh dich.*

Sie schluckte angestrengt den Kloß in ihrem Hals herunter. „Ich vermisse dich."

Er trat von einem Fuß auf den anderen. „Wir sehen uns doch ständig. Wir arbeiten zusammen. Apropos, ich muss zurück an die Arbeit."

Er ging wieder hinter den Tresen, ohne auf ihre Antwort zu warten. Das war in Ordnung. Sie hatte ohnehin keine Ahnung, was sie sagen sollte.

Sie eilte zurück in ihr Geschäft und drehte das Schild wieder auf die *Geöffnet*-Seite. Nicht, als hätte sich gerade eine Schlange vor ihrem Geschäft gebildet. Sie vermisste Janelle, vergab ihr sogar ihre fiese Racheaktion. Sie hätte Janelle niemals als Puffer zwischen sich und Shane schieben dürfen. Das war ganz schön nach hinten losgegangen. Jetzt war Janelle nicht mehr zu sehen, und zwischen ihr und Shane war die Mauer höher als je zuvor.

Sie zog ihre abgenutzte Ausgabe von *Stolz und Vorurteil* hervor und tauchte wieder in diese Welt ein, da sie dringend eine Flucht aus dieser hier brauchte.

~

Am nächsten Tag sah Rachel, wie die Kaffeemaschine für das Café geliefert wurde, und Shane kam, um die Installation zu überwachen. Die neue Arbeitsfläche war montiert, warmer, braun-schwarz gesprenkelter Granit, bei dem Shane darauf bestanden hatte, dass das Aussehen und seine Widerstandsfähigkeit gegen Hitze und Flecken den Preis wert waren. Sie ging hinüber, was jetzt nicht mehr schwierig war, da die Wand zwischen den beiden Ladenlokalen eingerissen worden war.

Sie lächelte Shane an. „Das ist aufregend."

Er sah sie an. „Ja. Es wird eine Weile dauern, sie aufzubauen, bis alles funktioniert. Ich glaube nicht, dass wir in den nächsten Stunden schon Kaffee trinken können."

„Brauchst du Hilfe?"

„Nein. Ich sag dir Bescheid, wenn es soweit ist." Er wandte sich von ihr ab und holte eine Kaffeemühle aus ihrer Verpackung.

„Oh."

Er sagte ihr damit ohne Worte, dass sie verschwinden sollte. Sie ging zurück zur Kasse in ihrem Geschäft, ihre Kehle wie zugeschnürt. Sie war nicht der Typ, der weinte. Sie konnte sich nicht einmal an das letzte Mal erinnern, dass sie geweint hatte, doch jetzt war sie gefährlich nah dran. Diese Distanz zwischen ihnen war grässlich. Gott sei Dank kam Liz genau in diesem Moment herein. Sie brauchte schnell eine Ablenkung.

„Hey, Rachel, brauchst du heute Hilfe?", fragte Liz.

„Nein, aber schön, dich zu sehen." Sie umarmte ihre Freundin ganz fest.

Liz zog sich zurück und sah sie besorgt an. „Geht es dir gut, Ei?"

Rachel schniefte. „Nenn mich nicht Ei. Ich nenne dich ja auch nicht mehr Huhn."

„Okay", sagte Liz vorsichtig. „Was ist los?"

„Es ist dumm." Sie sah zum Café hinüber. „Wahrscheinlich ist es nur so eine Kopfsache. Ich bausche alles unnötig auf. Vergiss es."

Liz blickte zum Café und zu Shane hinüber. „Ärger mit einem Typen."

„Genau genommen überhaupt kein Ärger. Alles läuft perfekt."

Liz hob eine Braue und rief der Quelle von Rachels Elend zu: „Hey, Shane!"

Shane winkte und lächelte. Seit Wochen hatte Rachel kein Lächeln mehr von ihm bekommen.

„Ich werde mir mal euer Café ansehen", sagte Liz.

Rachel blieb, wo sie war, während Liz hinüberging, um sich alles anzusehen. Sie steckte ihre Nase in ihr Buch, ignorierte die freundschaftliche Unterhaltung zwischen Liz und Shane. Er zeigte Rachel ganz definitiv die kalte Schulter. Es war wenig offensichtlich, doch sie spürte die Distanz enorm. Kurz darauf kehrte Liz zurück.

„Ihr beiden macht das wirklich großartig", sagte Liz und setzte sich hinter den Tresen neben Rachel. „Die Wandfarbe gefällt mir."

Rachel schaffte es zu lächeln. „Danke, die habe ich ausgesucht."

„Hübsch. Was müsst ihr eigentlich noch machen? Die Böden und vielleicht die Wanddeko?"

„Jupp. Shane hat noch eine gekühlte Auslage für die Backwaren bestellt und einen kleinen Kühlschrank, der unter den
Tresen kommt."

„Habt ihr Tische und Stühle bestellt, oder wollt ihr das benutzen, was da ist?"

Rachel erwärmte sich für das Thema. „Das kommt bald, aber
wir wollen erst die Böden verlegt haben."

„Die niedlichen Lampenabhängungen gefallen mir."

Rachel lächelte. „Die habe ich auch ausgesucht. Shane wird
ein paar Hängeregale anbringen für die Erstausgaben, die ich
gerne ausstellen möchte. In meinem Apartment warten auch
schon einige Buchcoverposter. Die werden wir als letztes
aufhängen."

„Du bist also für die Deko zuständig und er für das Essen
und die Getränke", sagte Liz.

„Im Grunde schon. Obwohl wir viele Sachen gemeinsam
eingekauft haben. Doch sobald wir öffnen, ist er für das Essen
und die Getränke zuständig, und ich kümmere mich um das
Geschäft."

„Klingt nach der perfekten Partnerschaft", sagte Liz.

„Jupp, perfekt", sagte Rachel. Irgendwie klangen ihre Worte
nicht echt.

„Aber …", versuchte Liz sie zu locken.

Liz kannte sie in- und auswendig, und es hatte keinen Sinn,
ihr etwas vorzumachen. Rachel nahm ihre Brille ab und putzte
sie an ihrer Bluse. Manche Dinge konnte man leichter sagen,
wenn man dem anderen nicht scharf in die Augen sehen konnte.

„Shane hat sich so schrecklich distanziert", flüsterte Rachel.
„Ich meine wirklich distanziert. Ich glaube, er möchte nicht
einmal mehr mit mir befreundet sein."

„Ich bin mir sicher, dass das nicht stimmt. Shane hat noch nie
einen Freund einfach so fallen gelassen. Er ist immer noch mit
den Leuten befreundet, die er im sechsten Schuljahr in New
Jersey gekannt hat. Ich glaube, er ist sogar noch mit seinen Ex-
Freundinnen befreundet."

Na, *das* war ja mal ein Trost. Rachel setzte die Brille wieder
auf. „Also bin ich die einzige."

Liz sah hinüber und beobachtete, wie Shane dabei half, die
riesige Kaffeemaschine aufzustellen. „Shane hat nicht einen

bösen Knochen im Leib. Wenn er distanziert ist, glaube ich nicht, dass er das tut, um dich zu verletzen."

„Warum sonst sollte er das tun?"

„Hast du ihn um Raum gebeten? Ihm gesagt, dass er Abstand wahren soll?"

Rachel wand sich. „Irgendwie schon. Ich habe ihm gesagt, dass wir Geschäftspartner sind, Ende der Unterhaltung."

Liz verzog das Gesicht. „Also, versteh das jetzt bitte nicht falsch —"

„Auf diese Worte kann nichts Gutes folgen."

„Du kannst manchmal ein bisschen … harsch sein."

„Ich habe das nicht harsch gesagt! Ich habe es nur als Tatsache ausgesprochen." Rachel warf ihre Hände in die Höhe. „Es *ist* eine Tatsache!"

Liz machte eine Geste, damit Rachel leiser fortfuhr. „Ich glaube, du hast ihm weh getan. Du weißt, dass ihm etwas an dir liegt. Aber du hast ihm genau genommen gesagt, dass er dich in Ruhe lassen soll. Ich glaube, er macht einfach, was du verlangt hast."

Seine Worte fielen ihr wieder ein: *Du bist am Zug. Ich werde gar nichts machen.*

Aber Rachel wollte nicht am Zug sein. Sie wollte, dass die Dinge wieder so waren wie früher. Sie rang sich die Hände und blickte zu Shane hinüber. „Ich möchte, dass wir wieder befreundet sind. Wie kann ich das hinbekommen?"

„Gib ihm einfach Zeit. Er schmollt nie lange. Ich bin mir sicher, dass er sich wieder einkriegen wird."

„Rachel, komm her, und sieh sie dir an!", rief Shane.

„Siehst du?", sagte Liz. „Er ist nicht gemein."

„Ich habe nie gesagt, dass er gemein ist", murmelte Rachel, während sie ins Café hinüber ging. Es war eher eine kühle Distanz. Rachel stellte sich neben ihn, um das neue Kaffeemaschinen-Wunder zu bestaunen. Es war glänzend silbern und schwarz mit vielen Knöpfen und Hebeln. „Wow."

„Ja. Komm her, ich zeige dir, wie sie funktioniert. Als erstes müssen die Bohnen gemahlen werden." Er öffnete eine Tüte Kaffeebohnen. „Ich habe verschiedene Sorten bestellt, um sie auszuprobieren, bevor wir die Speisekarte zusammenstellen. Die hier kommen aus Peru, Medium-Röstung." Er schnupperte an den Bohnen und nickte beifällig, bevor er ihr die Tüte hinhielt, damit sie daran riechen konnte. Das tat sie.

„Die riechen ja irgendwie nach Beeren", sagte sie.

Er lächelte und schien über ihre Bemerkung erfreut zu sein.

„Sehr gut. Viele lateinamerikanische Bohnen duften nach Beeren. Die Bohnen aus Äthiopien riechen eher wie Zitronengras. Das wirst du sehen. Es hängt davon ab, wo sie gewachsen sind. Ich möchte ein paar Bohnen ausprobieren, bevor wir uns für die Sorten und Geschmäcker für das Café entscheiden."

„Okay."

„Also, als erstes mahlen wir die Bohnen. Die kommen hier rein." Er maß die Bohnen mit einem Messbecher ab und schüttete sie in die Mühle. „Wir sollten immer nur kleine Mengen mahlen, wann immer wir Kaffee brühen wollen. Es ist wirklich wichtig, dass für den besten Geschmack alles frisch ist."

Er sprach weiter, und erklärte den ganzen Prozess von den Bohnen über das Mahlen hin zum Brühen, und Rachels Laune verbesserte sich. Sie sollte sich wirklich Notizen machen und sich alles ernsthaft einprägen, doch sie konnte nur den Enthusiasmus in seiner Stimme hören. Sie sog gierig alles in sich auf – wie seine blauen Augen leuchteten, seine Leidenschaft für die Werkzeuge und Techniken, die letzten Endes zu wunderbarem Kaffee führten. Sie hatte diese entspannte Stimmung zwischen ihnen vermisst.

„Ziemlich cool", sagte Rachel, als er fertig war. Sie lächelte strahlend. „Wie lange dauert es noch, bis wir sie ausprobieren können?"

Seine Miene verschloss sich wieder. „Bis dahin ist es noch ein weiter Weg", murmelte er. „Ich möchte sie erst ein paar Testdurchläufen unterziehen." Er wandte seine Aufmerksamkeit wieder der Maschine zu und schien sich wieder an die Wand zu erinnern, die er zwischen ihnen beiden errichtet hatte.

„Okay", sagte sie. „Ich bin ja da."

Geknickt ging sie wieder zurück in ihren Laden. Irgendwie hatte sie ihre Freundschaft ruiniert, indem sie versucht hatte, sie zu bewahren.

∼

Shane verbrachte den Rest des Nachmittags damit, die Kaffeemaschine zu testen. Es war ein hochwertigeres Modell als das, das er in seinem eigenen Geschäft hatte. Er brühte kleine Mengen Kaffee in den Thermokannen, die er bestellt hatte. Er musste Rachel noch erklären, wie man die Espressomaschine und seine ältere Kaffeemaschine bediente, sobald er sie aus seinem Geschäft herübergebracht hatte. Er stellte eine ganze Reihe Kaffeebecher auf, damit sie den Kaffee probieren konnten, und ging hinüber ins *Book It*.

Rachel hatte ihren Kopf über ein Buch gebeugt, saß allein an der Kasse. Sie drehte das Ende ihres Zopfes, ein deutliches Zeichen dafür, dass sie ganz tief in der Geschichte versunken war. Er spielte mit der Idee, sich hinter sie zu schleichen – wenn ihre Nase so tief in einem Buch steckte, war das die perfekte Voraussetzung, um ihr einen Schrecken einzujagen –, doch er wollte nicht, dass sie vom Hocker fiel und sich wieder den Knöchel verletzte. Er entschied sich für etwas Harmloseres und legte seine Hand über die Seite, die sie gerade las.

Mit weit aufgerissenen Augen schnellte ihr Kopf in die Höhe. Er hatte sie damit überrascht, dass er überhaupt existierte. So, wie sie sich in ihren Büchern verlor, verlor er sich beim Kochen.

„Oh, Shane, hi", sagte sie, und ihre Stimme quietschte beinahe. „Ich habe dich gar nicht gehört."

„Ich weiß, ich weiß. Du sagst ja immer, dass ich wie eine Katze bin, aber ich glaube, in Wahrheit bist du nur so verloren in …" Er hob das Buch, um den Titel zu lesen. „Schon wieder *Stolz und Vorurteil*?"

„Ist ein Klassiker", sagte sie defensiv.

Er nahm ihre Hand und zog sie vom Hocker. „Komm. Es ist soweit. Genieß es, solange sie am Höhepunkt ist."

Sie versteifte sich. „Das klingt schmutzig."

Verwirrt blieb er stehen. „Was klingt schmutzig?"

Sie wurde rot und winkte ab. „Ach, egal. Es duftet wunderbar."

Schnell gingen sie ins Café hinüber, und er trat schnell hinter die Theke, um die Tassen zu befüllen. Sie blieb auf der anderen Seite stehen.

„Das nennt man Cupping", sagte er.

Sie verengte die Augen. „Warum klingt alles, was aus deinem Mund kommt, schmutzig? Machst du das absichtlich?"

Er grinste. Es gefiel ihm, wo ihre Gedanken offensichtlich

waren. Er hatte nur zwei Dinge gesagt, die sie gleich zweideutig ausgelegt hatte. „Das bist nur du. Du hörst nur das, was du hören möchtest."

Sie stemmte die Hände in ihre Hüfte. „Das bin ganz sicher nicht ich. Du hast Cupping gesagt, wie BH-Cup." Sie umfasste ihre Brust. Der Anblick dieser Berührung fuhr ihm geradewegs in seine Boxershorts. Er stellte sich näher an die Theke, um den Beweis dafür zu verbergen.

Er räusperte sich und konzentrierte sich auf die Kaffeebecher. „Cupping nennt man das Degustieren von Kaffee. Wir haben eine leichte Röstung, Medium, dunkel und Haselnuss. Das ist purer Kaffee, keine Sahne, kein Zucker, kein Milchschaum. Ist ziemlich stark, also trink nicht die ganze Tasse. Nur einmal nippen." Er begann, aus den Thermoskannen einzugießen, die er vorbereitet hatte. „Nimm erst einmal einen großen Schluck, um eine Ahnung von dem Aroma zu bekommen, dann einmal laut schlürfen, damit der Kaffee hinten auf deine Zunge kommt. Achte auf das Mundgefühl, die Textur, während er über deine Zunge läuft. Achte auf den Geschmack, den Nachgeschmack."

Als er aufblickte, stellte er fest, dass Rachel ihn anstarrte, die Lippen geöffnet. Er musste seine ganze Willenskraft aufbringen, um sich nicht über die Theke zu beugen und auf diesen Blick in ihren Augen zu reagieren. Sie schüttelte den Kopf und starrte auf den Tresen. „Du machst es schon wieder."

„Was?"

„Du sprichst über das Mundgefühl und den Geschmack", sagte sie zur Holzoberfläche.

Er hob ihr Kinn und blickte in ihre schokoladenbraunen Augen. „Darum geht es bei Kaffee nun mal. Bereit loszulegen?"

Die Frage hing zwischen ihnen in der Luft. Dieses Mal war die Doppeldeutigkeit gewollt. Er wollte wissen, ob sie bereit war, die Sache zwischen ihnen anzufangen. Die Küsse waren nur ein Vortesten gewesen. Er wollte sich an ihr laben und dabei alle Geschmäcker genießen.

Sie sagte nichts, nahm nur die Tasse Kaffee in die Hand und inhalierte den Duft. Verdammt. Da hatte er seine Antwort. Nicht bereit.

Er nahm die Tasse neben ihrer und trank einen kleinen Schluck. „Das ist die leichte Röstung. Da ist eine Menge Koffein drin. Probier mal. Nur einen schlürfenden Schluck.

Sie schlürften beide. Der Geschmack war leicht und körnig, angenehm, nicht überwältigend.

„Schmeckt ein bisschen nach Malz oder Gerste", sagte Rachel. Shane lächelte und nickte, froh, dass sie die Feinheiten des Geschmacks so wahrnahm. Er würde es lieben, für sie zu kochen.

„Das Mundgefühl gefällt mir", sagte er, er senkte seine Stimme ein wenig, um sie zu ärgern. „Reichhaltiger Körper, einige blumige Noten im Abgang."

Sie wand sich und konzentrierte sich auf den Becher in ihrer Hand. „Finde ich auch. Der nächste!"

Er schmunzelte und goss ihnen beiden ein Glas Wasser ein. „Hier, trink das, um deine Geschmacksknospen zu spülen."

Sie beobachtete ihn über ihren Brillenrand. Er war versucht, so sehr versucht. In drei kurzen Wochen würden sie das Café eröffnen. Dann würde er wieder in seinem Geschäft arbeiten und das Café nur noch beliefern. Vielleicht würde sie dann diesen ganzen Unsinn, dass sie alles zwischen ihnen geschäftlich halten sollten, aufgeben. Sie würden nicht mehr im selben Raum zusammenarbeiten. Er konnte warten. Er hatte ja schon Monate darauf gewartet, überhaupt den ersten Schritt zu machen. Als er erneut über diesen Schritt nachdachte, diesen verdammten Kuss, der jeden Tag und jede Nacht in seinem Kopf wie ein Film in Endlosschleife ablief, gab er Rachel die nächste Tasse und ließ seine Finger ihre Hand streifen.

Sie errötete, sah ihm aber nicht in die Augen und sagte auch kein Wort. Sture Frau.

Sie probierten weiter und entschieden, dass alle Sorten gut waren, nur nicht die dunkle Röstung. Die war zu bitter. Er würde bei seinem Kaffeebohnenlieferanten nach einer anderen dunklen Röstung suchen, dann würden sie es erneut probieren.

„Für Donnerstagabend habe ich eine andere Art von Geschmacksprobe geplant", sagte Shane. So langsam machte es ihm Spaß, sie zu provozieren. Er sah so gerne, wie sie rot wurde, etwas, das sie selten tat, da nichts sie zu beeindrucken schien. „Bist du dabei?"

Sie schürzte ihre Lippen und sah ihn misstrauisch an. „Was für eine Art Geschmacksprobe?"

Dich.

Gott, er wünschte sich, er hätte das einfach sagen und es durchziehen können. Und zwar jetzt. Er beschäftigte sich damit, die Becher abzuspülen. „Ich lasse meine Familie immer erst alles testen, bevor ich etwas auf die Speisekarte setze. Wir treffen uns alle in Grans Haus, um die gebackenen Teilchen zu probieren, die ich mir überlegt habe."

Er blickte auf. Ihr Mund hatte sich so verzogen, dass er bei jeder anderen gedacht hätte, sie würde schmollen, nur, dass er bei Rachel noch nie ein Schmollen gesehen hatte. Hatte sie auf einen anderen Vorschlag gehofft?

„Oh", sagte sie leise.

Er hielt ihre Enttäuschung für ein gutes Zeichen. Rachel zu provozieren, war ein bisschen wie einen Topf zum Kochen aufzustellen und ihn dann zu beobachten. Es ging nervtötend langsam, und doch würde sie irgendwann soweit sein. Er hoffte nur, dass das Überkochen zu seinen Gunsten ausfiel. Er flog hier ohne Netz und doppelten Boden, etwas, das ihm sonst nicht gerade gefiel, aber bei Rachel hatte er keine bessere Methode gefunden. Das direkte Vorgehen hatte nicht funktioniert. Überhaupt nicht.

Sie nahm ihre Brille ab und putzte sie am Saum ihres „Leserliebe" T-Shirts, wobei sie ihm einen winzigen Blick auf die glatte gebräunte Haut ihres Bauches gewährte. Sein Mund wurde trocken, und er trank einen großen Schluck Wasser.

Sie setzte die Brille wieder auf. „Klar, ich komme."

„Großartig. Willst du deine Familie auch einladen? Es ist immer gut, verschiedene Meinungen zu hören."

Sie verzog das Gesicht. „Deine Familie ist doch schon so groß."

„Zu viele, wie?"

„Nein, deine Familie ist großartig. Meine ist in kleinen Dosen besser. So einmal die Woche."

Er zuckte die Schultern. Er war ihrer Familie schon öfter in der Stadt begegnet und auch in seinem Laden; sie waren nett. Rachel hatte vermutlich das ein oder andere an ihnen auszusetzen. Die meisten Leute schienen sie irgendwie zu stören, doch er nicht. Jedenfalls nicht, bis er angefangen hatte, sie bewusst zu provozieren.

„Hilfst du mir, diese Becher eben hinten in die Spülmaschine zu bringen?", bat er. „Dann zeige ich dir, wie die Maschine funktioniert."

„Klar." Sie nahm einige Becher, und sie gingen zurück in den

Lagerbereich, wo eine Gastronomie-Spülmaschine stand. Sie stellten die Becher hinein.

„Das ist ziemlich einfach", sagte Shane. „Das Reinigungsmittel, das Desinfektionsmittel und der Klarspüler sind bereits in den Rohren. Hier hinten." Er zog das Bedienelement vor, um es ihr zu zeigen, dann schloss er es wieder. „Dann schließt du nur die Klappe und drückst auf Start."

„Ganz schön einfach", sagte Rachel und betrachtete die Spülmaschine ganz genau. Offensichtlich war ihr dabei gar nicht bewusst, wie nah sie ihm stand. Er konnte ihre Hitze spüren und atmete ihren blumigen Duft ein.

Tu es nicht. Küss sie nicht. Sie ist am Zug.

Sie sah ihm in die Augen, zuckte zurück und legte ihre Hand an die Kehle. „Ich glaube, das reicht jetzt hier. Ich sollte besser zurück in meinen Laden gehen."

Sie eilte so schnell sie konnte davon.

„Hast du da gerade viel zu tun?", rief er ihr hinterher, obwohl er wusste, dass dem nicht so war. Er merkte nur, dass sie ihm aus dem Weg ging, wann immer sie einander näherkamen. Diese Anziehung zwischen ihnen verschwand einfach nicht, ganz egal, ob sie sich der Tatsache stellen wollte oder nicht.

Über ihre Schulter zeigte sie ihm den Mittelfinger.

Er schüttelte den Kopf und lächelte vor sich hin. Endlich musste er einmal nicht auf Zehenspitzen um eine Frau herumschleichen und auf ihre zarten Gefühle Rücksicht nehmen. Rachel teilte genauso gut aus, wie sie einstecken konnte. Er konnte es nicht abwarten zu sehen, wie viel sie austeilen würde, wenn er endlich diese Linie im Sand, die sie gezogen hatte, überschreiten durfte. Es würde bald passieren. Er konnte es spüren.

13

Rachel traf am Donnerstagabend ein wenig zu früh vor Maggies Haus ein und bemerkte schnell ihren Fehler. Es waren nur sie, Maggie und Shane da. Die ältere Dame nutzte die Gelegenheit und tat das, was sie am besten konnte – sich einmischen.

„Rachel, ich freue mich ja so, dass du da bist, um zu probieren, was Shane so zu bieten hat." Maggie wackelte mit den Augenbrauen. Das Brauenwackeln zusammen mit ihrem Outfit – ein rosafarbenes, gestricktes Schlauchoberteil und ein passender Strickhut – hätte komisch gewirkt, wenn Rachel sich nicht vor weiteren Kuppelversuchen hätte in Acht nehmen müssen.

„Gran", warnte Shane. Er verteilte gerade Teller mit Backwaren auf dem Esstisch – Scones, Hefezöpfe, Muffins, Teilchen, Törtchen, kleine Kuchen.

„Er ist ein großartiger Bäcker", sagte Rachel und weigerte sich anzubeißen.

„Und wie läuft es mit dem Café?", fragte Maggie. „Wie war noch mal der Name?" Sie tippte sich ans Kinn. „Da braut sich was zusammen zwischen Freunden?"

„Ha-ha", sagte Rachel.

Maggie betrachtete sie mit scharfem Blick. „Also Mädchen, was hält dich zurück? Mein Shane ist doch ein guter Fang. Und er wird auch nicht jünger. Einunddreißig ist nun wirklich alt genug, um eine Familie zu gründen."

Rachel sah zu Shane, der rot anlief und an die Decke blickte, während er vermutlich um Kraft betete, um die unverhohlenen Kuppelversuche seiner Großmutter zu ertragen.

„Ich gehe mal ein paar Getränke aus der Küche holen", sagte Rachel und eilte davon. Shane brummte eine Antwort auf die Bemerkung seiner Großmutter, und sie hörte Maggies schnippische Reaktion darauf laut und deutlich.

„Nun mach endlich deinen Zug. Die sexuelle Anspannung zwischen euch kann man ja mit einem Messer schneiden!"

Shane brummte erneut etwas vor sich hin, was genervt klang. Rachel blieb in der Küche und betete, dass es an der Tür klingeln möge. Stattdessen kam Maggie zu ihr.

„Anscheinend ist *jemand* der Meinung –", rief Maggie laut in Shanes Richtung „– dass ich eine Grenze überschritten habe. Das tut mir leid."

Nur, dass sie nicht so klang, als täte es ihr leid. So gar nicht.

„Ist schon in Ordnung", sagte Rachel.

Maggie holte ein paar Teller und Gabeln. „Habe ich dir schon mal erzählt, wie Shane im siebten Schuljahr angefangen hat zu backen? Er ist zu mir gekommen, nachdem seine Mutter gestorben war, so traurig und fast stumm. Genau genommen *war* er stumm in der Schule."

Rachel erinnerte sich daran, dass er still gewesen war. Ihr war nicht aufgefallen, dass er *gar nicht* gesprochen hatte.

Maggie fuhr fort. „Wir haben Stunden genau hier in dieser Küche verbracht. Das Kochen hat ihn geheilt. Er gießt sein Herz und seine Seele in alles, was er macht, wenn du also eines seiner Rezepte probierst, solltest du wissen, dass es mit Liebe gemacht ist."

Rachel blinzelte kurz. „Ähm, okay."

Maggie atmete vernehmbar aus und senkte ihre Stimme. „Er ist nicht gerade eine Kämpfernatur. Oh, er könnte schon, wenn er müsste, aber er gibt sich eher Mühe, sich anzupassen." Sie wackelte mit ihrem Finger. „Denk einfach daran. Wenn du ihn zu weit von dir stößt, kann es sein, dass er nicht zurückkommt."

„Ich stoße ihn nicht–"

Es klingelte an der Tür. *Gott sei Dank!*

Maggie stellte die Teller und Gabeln auf den Esszimmertisch und ging zur Tür. Rachel brachte die Gläser zum Tisch.

„Hör nicht auf Gran", sagte Shane. „Sie spielt immer die Kupplerin."

„Ich bin mir sicher, dass du so eine Menge Frauen bekommst", sagte Rachel schmunzelnd.

Shane stellte mit lautem Geräusch die Platte ab, die er gerade hielt, und ging geradewegs auf sie zu, einen entschlossenen Blick in den Augen. Sie quietschte und rannte aus dem Wohnzimmer, wo Liz und Ryan, Shanes ältester Bruder, standen.

„Huhn!", rief Shane.

Liz grinste Rachel an. „Weiß er nicht, dass du das Ei bist?"

„Ach, hör doch auf." Rachel umarmte ihre Freundin und flüsterte: „Ich bin so froh, dass du hier bist. Maggie hat versucht, uns zu verkuppeln."

Liz löste sich von ihr und grinste Maggie an. „Nein. Ich bin schockiert. Maggie als Kupplerin?"

„Ich habe nicht gekuppelt", schnaubte Maggie. „Ich habe nur auf Shanes gute Qualitäten hingewiesen, als er plötzlich so empfindlich reagiert hat."

„Hey, Rachel", sagte Ryan. „Gibt's hier irgendwas Gutes zu essen?"

„Definitiv. Ich hoffe, du hast das Abendessen ausgelassen."

Die Tür öffnete sich erneut, und Maggies Ehemann, Jorge, kam herein. „Mmm, hier riecht es aber gut. Hallo, alle zusammen."

Ein Chor von Begrüßungen machte die Runde, dann versammelten sich alle um den Esszimmertisch.

„Wie lange müssen wir auf Trav warten?", fragte Ry. „Der kommt immer zu spät."

„Daisy auch", warf Liz ein.

Trav und Daisy waren frisch verheiratet und hatten ein Kleinkind. Rachel nahm an, dass sie deswegen öfter mal zu spät kamen.

„Sie wohnen auf der anderen Straßenseite", sagte Ry. „Wie schwer kann es denn da sein, pünktlich herzukommen?"

„Es ist nicht so leicht, schnell zur Tür raus zu kommen, wenn man ein Kleines hat", sagte Maggie mit vielsagendem Blick. „Ich bin mir sicher, dass ihr das bald auch erfahren werdet."

Ry warf Liz, die mit ihrer Serviette beschäftigt war, einen sehnsuchtsvollen Blick zu. Es war kein Geheimnis, dass Ry gerne eine Familie gründen wollte, während Liz es hinauszögerte. Als sie sich um ihren Neffen Bryce mit seinen Koliken hatte kümmern müssen, hatte Liz Angst bekommen.

„Ich finde, wir sollten noch warten", sagte Maggie. „Shane will doch von allen gleichzeitig Feedback bekommen. Nicht wahr, mein einziger Enkel, der noch zu haben ist?"

Shane blickte zur Decke und konnte dennoch nicht verhindern, dass er rot wurde. „Wir warten."

Sie sprachen über das Little League Sommer Team, das Ry trainierte, Kinder so groß wie ein Bierglas voller Elan, bis sie hörten, dass sich die Haustür öffnete und Bryce einen Kleinkinderschrei ausstieß. „Na-na!"

Maggie strahlte und stand auf. „Bryce!"

Der Junge lief geradewegs auf sie zu und klammerte sich um ihr Bein, während sie sein Haar zerzauste. Trav hob ihn hoch, und Maggie rieb ihre Nase an Bryce' Näschen. Und dann war er weg und lief in die Küche. Trav eilte ihm hinterher. „Hi, alle zusammen! Bin gleich zurück."

„Tut mir leid, dass wir zu spät sind", sagte Daisy. „Gerade, wenn man meint, dass man jetzt gehen kann, muss man noch mal zurück, um die Windeln zu wechseln. Es ist immer das Gleiche." Sie betrachtete den Tisch voller Essen. „Shane, du hast dich selbst übertroffen. Wow. Einfach wow."

„Danke", murmelte er und wurde wieder rot.

Rachel fand es sonst immer lustig, wie Shane rot wurde, doch jetzt, da sie in letzter Zeit selbst so oft rot geworden war, hatte sie Mitleid. Es war schon schlimm genug, wenn einem etwas peinlich war, aber dass auch noch alle Welt das mitbekam, machte es noch schlimmer. Trav kam mit Bryce auf seinen Schultern zurück. Der kleine Junge hielt einen Trinkbecher mit Affenmotiv in der Hand.

„Halte die Tasse gut fest, Bryce", sagte Trav. „Wenn du sie über mir ausschüttest, bekommst du Ärger."

Bryce trank einfach weiter, eine Hand in Travs Haaren.

Ry rieb sich die Hände. „Lasst uns anfangen."

„Wartet!", befahl Shane. „Wir beginnen mit dem Obst und arbeiten uns dann vor zu den supersüßen Sachen." Shane nahm einen Notizblock und einen Stift, die er in die Nähe gelegt hatte. „Als erstes Maismuffins mit Blaubeeren. Bitte einfach erst einen Bissen probieren, dann sagt ihr mir das erste, was euch in den Sinn kommt. Daumen nach oben oder nach unten, ob es auf die Speisekarte kommt."

„Keine Brownies?", fragte Trav und betrachtete den Tisch.

„Auf Brownies und Schokocookies habe ich verzichtet, weil ich schon wusste, dass ihr die mögt."

„Was, auch keine Cookies?", fragte Ry und sah enttäuscht aus. „Nur fruchtiges Zeug? Ich bin hergekommen, weil ich mich auf ein sündiges Dessert gefreut habe."

„Du bist deinem Bruder zuliebe hergekommen", korrigierte Maggie.

„Ich hab dich lieb, Mann", sagte Ry, klopfte sich auf die Brust und deutete auf Shane. Shane lächelte und zeigte zurück.

Maggie grinste. „Schon besser. Trav?"

Trav schnaubte. „Was ist das hier, ein Liebesfest?"

Wie aufs Stichwort bekam er den Trinkbecher an den Kopf. „Autsch!" Er nahm Bryce von seinen Schultern und setzte ihn auf den Boden. „Ich hab dich auch lieb, kleiner Bruder. Können wir jetzt was essen?"

„Ich habe euch auch alle lieb", sagte Liz und lächelte alle an.

„Ich bin so froh, dass ich Teil dieser Familie sein kann", warf Jorge ein.

„Ihr solltet wissen, dass ich euch alle liebe", sagte Maggie.

„Ich auch", sagte Daisy und sah Trav verliebt an.

Rachel schwieg, diese offenen Gefühlsbekundungen waren ihr unangenehm. Sie konnte sich nicht an das letzte Mal erinnern, dass irgendwer in ihrer Familie *ich liebe dich* gesagt hatte.

„In Ordnung, in Ordnung", sagte Shane. „Und jetzt esst alle."

Die Platten wurden herumgereicht, und jeder bediente sich. Rachel fragte sich, wie oft sie sich wohl für solche Probeessen trafen. Als sie erst einmal anfingen, bewegten sie sich wie ein Uhrwerk, gaben die Teller weiter, probierten, berichteten von ihrer ersten Reaktion. Das Essen war fabelhaft, alles war frisch und passend zur Jahreszeit. Sie hatten Glück, dass August und gerade Blaubeer-, Pfirsich- und Himbeerzeit war. Die Blaubeeren in den Maismuffins explodierten vor Geschmack in ihrem Mund. Die Pfirsichminikuchen waren samtig und köstlich. Und die Himbeerscones waren so gut, dass sie nicht nach einem Bissen aufhören konnte. Ihr Café würde so ein Hit werden.

„Shane, das ist fantastisch", sagte Rachel, als sie sich durch die erste Hälfte der Köstlichkeiten probiert hatte. „Die Leute werden allein schon für die Backwaren vor der Tür Schlange stehen."

Alle unterbrachen ihre Unterhaltung und sahen Shane an.

„Danke", sagte er. „Das bedeutet mir sehr viel."

Sie lächelten einander an. Rachel stellte plötzlich fest, dass niemand mehr aß. Sie sah sich in der Gruppe um, die wiederum sie und Shane ansah. Alle lächelten.

„Der Kaffee ist auch großartig", sagte sie unbehaglich.

„Da bin ich mir sicher, Liebes", sagte Maggie mit einem wissenden Lächeln. „Wir werden in der Schlange ganz vorne stehen."

Sie machten sich wieder ans Essen. Zitronenkuchen, Schokomuffins mit Himbeerfüllung, Éclairs.

„Ein Hoch auf die Éclairs!", rief Rachel, überwältigt von dem köstlichen Dessert. Es war himmlisch, eine dicke Schokoladenganache oben drauf, süße Sahne drinnen. „Das ist das Beste, was ich je probiert habe!"

Shane grinste.

Maggie hielt ein Éclair in die Höhe, das plötzlich sehr, sehr phallisch aussah. „Ich sagte ja, mit Liebe gemacht!"

Rachel wurde furchtbar rot. Alle lachten.

„Shane hat viel Liebe zu geben", stichelte Travis.

Jetzt wurde Shane rot. „Machen wir weiter", knurrte er.

Sie beendeten die Verkostung mit vielem Seufzen und Stöhnen, weil sie zu viel gegessen hatten.

„Klingt so, als sollte ich alles nehmen und das Angebot einfach rotieren", sagte Shane. „Rachel, du musst dokumentieren, was sich am besten verkauft, dann bleibt das dauerhaft auf der Speisekarte."

„Klar", sagte sie.

Shane wandte sich an die Gruppe. „Im Herbst gibt es noch mal ein Testessen mit Kürbis-, Apfel-, Birnen- und Cranberrys."

Alle ächzten und stöhnten gut gelaunt.

Shane begann, die Platten abzuräumen.

„Ich muss mich doch sehr wundern, Brüderchen", bemerkte Trav, „warum ihr Geschäftspartner werden musstet und du nicht den einfachen Weg gegangen bist und sie zu einer Verabredung eingeladen hast."

Rachel versteifte sich.

„Halt die Klappe", blaffte Shane.

„Wäre das wirklich der einfache Weg?", fragte Maggie. „Was, wenn er sie eingeladen und sie nein gesagt hätte, dann wär's das gewesen."

„Ich habe ihm gesagt, dass es nicht hilfreich wäre, wenn sie gemeinsam ein Geschäft gründen", sagte Ry.

„Aber jetzt, da sie gemeinsam ein Geschäft haben, hat er zahlreiche Gelegenheiten, sie um eine Verabredung zu bitten", gab Daisy zu bedenken.

Das löste eine große Debatte darüber aus, ob es der einfache Weg war, gemeinsam ein Geschäft zu gründen oder der schwierige, wenn zwei Leute zusammenkommen sollten. Mit brennendem Gesicht sah Rachel Shane hilfesuchend an, doch er hatte sich wieder daran gemacht, die Teller zusammenzustellen, und schien gut damit klarzukommen, dass seine ganze Familie ihn aufzuziehen versuchte. Liz warf ihr einen mitleidigen Blick zu.

„Das war mehr als nur eine Investition, wisst ihr", sagte Maggie. „Für Shane war es ein Opfer."

Shane wandte seine Aufmerksamkeit Maggie zu, offensichtlich überrascht. „Tu das nicht", warnte er sie.

„Was für ein Opfer?", fragte Ry.

Rachel sackte der Magen in die Kniekehle. „Shane?"

Er schüttelte den Kopf. „Hör gar nicht auf sie."

„Du solltest es ihr sagen", drängte Maggie.

„Was ist denn los?", fragte Trav.

Alle starrten Shane an.

„Nichts", sagte Shane. „Es ist nichts. Ich habe tief in meine Tasche greifen müssen, aber das ist okay. Überhaupt kein Problem."

Rachel starrte ihn an. „Sag mir, was du getan hast, um an dieses Geld ranzukommen."

Er schüttelte den Kopf.

Rachel wurde es heiß und kalt. Sie hatte plötzlich ein furchtbar schlechtes Gefühl. „Sag es mir!", verlangte sie.

Seine Augen waren vor Entschlossenheit hart. „Nein."

Rachel sprang vom Tisch auf und stürmte aus dem Raum. Etwas war hier schrecklich faul. Was hatte Shane getan? Was hatte er geopfert? *Mist.* Sie ging nach draußen und atmete in der abendlichen Luft tief durch. Sie ging den Weg vor dem Haus entlang, musste einfach aus dieser Versammlung raus. Sie hörte, dass die Stimmen im Haus lauter wurden, darauf folgten Pfiffe, und dann kam Shane auf sie zugelaufen.

„Wovon hat Maggie gesprochen?", fragte sie, als er an ihrer Seite war. „Was hast du getan, um dieses Geld zu bekommen?"

Shanes Mund war eine harte Linie. „Sie muss mit meinem Dad gesprochen haben. Ich habe es nie irgendjemandem erzählt."

„Was erzählt?"

„Ich habe den Shelby verkauft."

„Was ist ein Shelby?"

Er fuhr sich mit einer Hand durchs Haar. „Das ist ein Auto. Ein teurer Oldtimer. Ein 1967er Shelby Mustang GT 500 I, den ich von meinem Dad bekommen habe. Und er hatte ihn von seinem Dad."

Verwirrt runzelte sie die Stirn. „Ich habe dich nie in einem Mustang fahren sehen."

Er zuckte mit den Schultern. „Ich hatte ihn bei meinem Dad untergestellt. Ich wollte nicht, dass meine Brüder gekränkt sind, weil er mir den Shelby gegeben hat und nicht ihnen. Mein Dad hat ihn mir gegeben als Dankeschön dafür, dass ich mir Zeit für ihn genommen habe. Wir haben die Wochenenden damit verbracht, das Auto zu restaurieren."

Rachel fühlte sich plötzlich ganz zittrig. Sie wusste, dass Shane erst vor Kurzem begonnen hatte, Zeit mit seinem Dad zu verbringen, da sein Dad ihn als Kind verlassen hatte. Sie schlug sich die Hand vor den Mund und wich einen Schritt zurück, trat ins Nichts, wo der Gehsteig hätte sein sollen. Shane fing sie auf und hielt sie fest.

„Warum hast du das getan?", fragte sie.

Er sah ihr in die Augen. „Ich habe es für dich getan."

„Wie viel?", flüsterte sie.

„Wie viel was?"

„Für wie viel hast du den Wagen verkauft?"

„Ich wollte ihn bei einer Auktion verkaufen, doch der Typ, dem die Werkstatt gehörte, zu der ich ihn gebracht habe, hat ihn mir für fünfundneunzigtausend abgekauft."

Rachel schnappte nach Luft. Shane hatte seinen Wagen aufgegeben, der so viel Geld wert war, nur um ihr beim Aufbau des Cafés zu helfen? Einen Wagen, der seit Generationen in seiner Familie gewesen war? Der ihn mit seinem Dad verbunden hatte?

O Gott.

Ihre Ohren klingelten, und ihr wurde schwindlig. „Ich muss mich setzen."

„Ich werde es dir sofort zurückzahlen", sagte sie ihm. „Wir werden den Wagen zurückholen."

„Nein, der Vertrag ist perfekt."

„Ich werde einen anderen Investor finden. Du wirst nicht meinetwegen dein Erbe aufgeben." Sie rang ihre Hände. „Ich werde das wiedergutmachen."

Er nahm ihr Kinn und drehte ihr Gesicht zu sich. „Du musst das nicht wiedergutmachen. Es ist gut."

„Shane … Was deine Familie da drin gesagt hat … Hatten sie recht? Du hast das alles nur gemacht, um …" Sie konnte es nicht aussprechen, doch es war da. Shane hatte das Geschäft mit ihr begonnen, um mit ihr schlafen zu können. „Sag mir nur, warum du wolltest, dass wir Geschäftspartner werden. Was ist der wahre Grund?"

Sein Mund war nach wie vor eine dünne Linie. Rachel bekam das beunruhigende Gefühl, dass seine Absichten genau die waren, von denen seine Familie gesprochen hatte.

„Sag es einfach", sagte sie.

Er fuhr sich mit einer Hand durchs Haar, und durch die Feuchtigkeit in der Luft blieb es so zerzaust. Sie glättete es rasch wieder auf die übliche Seite, da sie jetzt nicht in der Lage war, einen sexy-zerzausten Look zu ertragen.

Er sah sie an. „Das habe ich dir doch gesagt, Diversifikation meiner Anlagen wegen dieses Idioten Barry."

„Das ist der einzige Grund? Ehrlich?"

Er atmete tief durch und schließlich sagte er: „Ein Plus war, dass ich dir damit helfen konnte."

„Und?"

„Und was?"

Sie sah ihn unverwandt an. „Was hast du als Gegenleistung erwartet? Dass ich mit dir ins Bett gehe?"

„Du meinst, dass ich dich bezahle, um mit dir zu schlafen?" Seine Stimme war gefährlich tief, und sie hatte zum ersten Mal das beunruhigende Gefühl, dass sie ihn vielleicht zu weit getrieben hatte. „Ich habe noch nie in meinem Leben für Sex bezahlt!"

„Vergiss es", murmelte sie. Sie stand auf und wollte gehen. Sie würde das bald wieder geradebiegen. Sie würde einen anderen Investor finden und ihm all das Geld zurückzahlen, das er ausgegeben hatte. Sie würde dafür sorgen, dass er seinen Wagen zurückbekam.

Er stellte sich vor sie und blockierte ihr den Weg. „Sag, was du denkst."

Sie versuchte, sich nicht vom plötzlich wieder aufgetauchten Alphashane antörnen zu lassen. Sie würde sich nicht mit ihm des Geldes wegen streiten. Sie würde sich darum kümmern, das war's. Trotzdem, seine aggressive Haltung erregte sie.

Sie hob ihr Kinn. „Wir waren monatelang Freunde, und du hast mich nie geküsst, ich meine, *wirklich* geküsst, erst, *nachdem* wir Geschäftspartner waren, hast du …"

Er hob einen Mundwinkel. „Das war aber nicht der Grund, weswegen ich dich geküsst habe."

Er trat näher, und sie wich einen Schritt zurück, versuchte, nicht den Eindruck zu erwecken, sie liefe davon. Das tat sie nicht. Sie wahrte nur ihre Privatsphäre. Er folgte ihr und sie blieb stehen, ganz eingenommen von seinem Duft, seiner beruhigenden Gegenwart, so nah, nachdem er in den letzten Wochen so distanziert gewesen war.

Er strich mit einer Fingerspitze über ihr nacktes Schlüsselbein, und sie schluckte, wurde von der Wärme ganz rot. „Denk darüber nach, Rachel. Denk wirklich darüber nach. Warum habe ich dich geküsst?"

Sie schüttelte den Kopf. „Ich weiß es nicht. Es ergibt keinen Sinn. Wir sind Freunde. Wir hatten gerade einen Vertrag unterschrieben."

Er schob seine Hand in ihr Haar, und sie dachte, *ich sollte gehen*, doch dann war sein Mund nahe an ihrem Ohr, und seine Stimme war leise und seidig, und sie konnte sich nicht rühren. Nicht einen Zentimeter.

„Denk darüber nach, wenn du heute Nacht allein in deinem Bett liegst", sagte er. „Wenn du nach Neal greifst —"

Sie schnappte nach Luft. Sie konnte nicht fassen, dass er ihren Vibrator erwähnte. Sie schob ihn mit beiden Händen von sich. Ihr Gesicht brannte vor Scham. Er lächelte nur und blieb wie angewurzelt vor ihr stehen. Warum hatte sie Shane so viel anvertraut? Er war so ein guter Zuhörer, dass ihr Mundwerk einfach mit ihr durchgegangen war. Jetzt würde er alles, was er wusste, gegen sie verwenden. Das war nur ein weiterer Grund, weswegen man niemals etwas mit seinem besten Freund anfangen sollte.

Er nickte. „Oh ja, ich erinnere mich. Denk heute Nacht an mich, wenn du–"

„Ich hätte dir das nicht erzählen sollen", murmelte sie. Sie atmete vernehmbar aus und starrte seine Brust an. „Halt einfach den Mund. Mir ist alles schon peinlich genug, nur, weil ich Zeit mit deiner Familie verbracht habe. Und jetzt auch noch du. Ist es das, was du willst?"

„Du weißt, was ich will."

Ruckartig hob sie ihren Kopf. Einen prickelnden Moment lang sahen sie einander in die Augen. Seine warme Hand berührte ihre Wange, während er sich langsam zu ihr vorbeugte. Sie vergaß zu atmen. *Okay, nur ein Kuss,* sagte sie sich. Dann hätten sie das aus dem Kopf und konnten weitermachen. Sie schloss die Augen.

Dann nichts.

Er löste sich von ihr, und sie starrte ihn an, während die Enttäuschung durch sie hindurch brandete.

„Ich glaube, wir wollen dasselbe", sagte er.

Dann drehte er sich um und ging zurück zum Haus. Sie stand da und kochte, unsicher, ob sie es ihm oder ihrem eigenen dummen Ich vorwerfen sollte, dass sie etwas wollte, von dem sie wusste, dass sie es nicht haben konnte. Nicht haben sollte.

Er drehte sich um, die Hand bereits am Türgriff. „Wie schon gesagt, du bist am Zug."

„Aargh!" Der Mann war zugleich umwerfend in seiner Großzügigkeit und gnadenlos geizig.

Rachel drehte sich um und ging wie in Trance nach Hause. Eines war sicher. Sie würde heute Nacht keine Zeit mit Neal verbringen und dabei an Shane denken. Sie würde Shane nicht die Genugtuung geben, dass er recht gehabt hatte.

14

Am nächsten Tag saß Rachel an der Kasse in ihrem Geschäft, noch ganz in Gedanken verloren, und überlegte, wo sie einen anderen Investor für das Café finden konnte, als Barry hereinkam.

„Guten Morgen!", rief er gut gelaunt.

„Morgen", erwiderte sie.

Er blieb vor der Kasse stehen und runzelte die Stirn. „Ist alles in Ordnung?"

Sie zwang sich zu lächeln. „Ja, klar. Womit kann ich dir heute helfen?"

„Hast du irgendwelche Empfehlungen für eine Lektüre am Strand?"

„Sicher. Ich habe gerade *Geständnisse eines A-Listers* hereinbekommen, das könnte lustig sein." Sie führte ihn in die Abteilung mit den Memoiren und Biographien und reichte ihm das Buch.

Er sah es sich an. „Danke."

Sie ging zurück zur Kasse, um zu kassieren, immer noch in einer dunklen Wolke verloren. Sie konnte nicht fassen, was Shane für sie geopfert hatte. Warum sollte er das tun und dann nichts davon sagen? Wer tat so etwas?

„Bist du dir sicher, dass es dir gutgeht?", fragte Barry.

Sie rieb sich die Stirn. „Es ist nur so eine Art Schock."

Er reichte ihr seine Kreditkarte. „Möchtest du darüber sprechen?"

Sie schüttelte den Kopf. „Es sei denn, du kennst jemanden, der in mein Café investieren möchte."

Er grinste. „Tatsächlich kenne ich jemanden. Ich möchte investieren."

Überrascht öffnete sie ihren Mund. „Aber du hast doch gerade erst ein eigenes Geschäft eröffnet. Wie willst du dir das leisten–"

„Du hast doch nicht geglaubt, dass ich schon immer im Frozen Yoghurt- Geschäft unterwegs war, oder doch? Ich hatte vorher Geld in ein paar interessante Gelegenheiten investiert."

Sie starrte ihn verwirrt an. „Was meinst du?"

Er grinste. „Kennst du Giggle Snap?"

Giggle Snap war ein Social Media Phänomen, das sich darauf konzentrierte, Geräusche auszutauschen – Lachen, Unterhaltung, merkwürdige Soundeffekte. „Das warst du?"

„Jupp. Hab's an einen der ganz Großen verkauft. Dann habe ich nur so zum Spaß den Frozen Yoghurt- Laden eröffnet. Mom hat sich so gefreut, dass ich endlich etwas mache, was sie auch genießen kann." Er grinste. „Also, was bekomme ich als Investor?"

Sie blinzelte. „Willst du denn gar nicht wissen, wie viel?"

Er sah sich im Café um, musterte den Raum. „Ich schätze hundert, hundertfünfzigtausend."

„Ja, hundert kämen genau hin."

Das war großartig. Sie konnte Shane ausbezahlen und ihm sein Erbe zurückholen. Dann wäre er wieder nur noch der Lieferant. Alles würde wieder normal werden. Sie hätte keine Schulden mehr bei ihm. Klar, sie hätte dann Schulden bei Barry, aber der war so ein lockerer Typ, dass sie sich nicht vorstellen konnte, dass es da je ein Problem geben könnte.

Barry streckte ihr seine Hand entgegen, um mit ihr einzuschlagen. Sie hob eine Hand, hielt dann jedoch inne. „Du wirst zu fünfzig Prozent an den Profiten beteiligt", sagte sie, „aber ich führe das Geschäft. Du wärst nur stiller Teilhaber."

„Klingt perfekt! Bar oder Scheck?"

„Ähm, Scheck wäre gut."

Barry hatte einfach so viel Geld herumliegen? Sie schüttelten die Hände.

„Ich lasse meinen Buchhalter den Scheck ausstellen", sagte Barry. „Du sollst das Geld am Montag haben."

Erleichterung breitete sich in ihr aus. „Danke, ich danke dir so sehr. Das ist sehr großzügig."

Er lächelte. „Ich erkenne eine gute Investition, wenn ich sie sehe."

Jetzt musste sie es nur noch Shane sagen. Sie entschied sich, Barry nicht namentlich zu nennen, da Shane ihn immer noch bestenfalls nervtötend fand, schlimmstenfalls sogar als seinen Feind betrachtete. Sie würde ihm einfach sagen, dass er seine Investition zurückbekommen würde und sich sein Erbe zurückholen konnte.

∾

Shane lächelte, als Rachel in seinem Laden auftauchte. Das Shane's Scoops war leer, es war die ruhige Zeit zwischen Morgenkaffee und dem Nachmittagseis. Er war sich nicht sicher gewesen, ob sie zu ihm kommen würde, nach dem, wie sie gestern Abend auseinander gegangen waren und er sie daran erinnert hatte, dass sie am Zug war, doch sie war hier. Er würde es ihr nicht schwer machen. Es reichte schon, dass sie zu ihm kam.

„Hey", sagte er. „Lange nicht gesehen. Wie geht's dir?"

Sie spielte mit dem Ende ihres Zopfes, ein sicheres Zeichen dafür, dass sie nervös war. „Mir geht's gut." Sie biss sich auf die Lippe. „Hast du eine Minute zum Reden?"

Ihm drehte sich der Magen um. Er hatte das Gefühl, dass das hier keine gute Unterhaltung werden würde.

Er nahm seine Schürze ab und kam hinter dem Tresen hervor. Sie setzte sich an einen Tisch nahe dem Fenster zur Straße. Wollte sie Zeugen?

„Was ist?", fragte er.

„Ich wollte dir nur sagen, dass ich einen anderen Investor gefunden habe."

„Hast du?"

„Ja. Ich werde das Geld am Montag bekommen. Genug, um dich auszubezahlen und den Anteil abzubezahlen, den du mir für meinen Teil gegeben hast. Dann kannst du dir deinen Shelby zurückholen."

Er verschränkte die Arme. „Und was, wenn ich meinen Anteil gar nicht verkaufen will?"

Sie sah ihn mit flehenden Augen an. „Bitte, lass mich das machen."

„Warum?"

„Ich möchte keine Schulden bei dir haben. Ich möchte nicht, dass du ein solches Opfer für mich erbringst. Es ist zu viel."

„Rachel, für mich ist das in Ordnung."

Sie rang sich die Hände. „Es ist dein Erbe. Ich möchte, dass du es zurückbekommst."

„Ich werde den Shelby nicht zurückkaufen", sagte er. „Und das Geld interessiert mich nicht."

Sie versteifte sich. „Bitte mach es nicht noch schwieriger, als es ohnehin schon ist. Nimm einfach das verdammte Geld!"

Etwas daran gefiel ihm nicht. Sie stieß ihn von sich.

„Sag mir nur eins ..." Er unterbrach sich, fürchtete sich beinahe vor der Antwort. „Versuchst du, mich aus dem Café oder aus deinem Leben zu stoßen?"

„Nur aus dem Café", sagte sie vorsichtig. „Ich möchte nur nicht, dass du investierst. Außerdem vermisse ich dich. Ich vermisse unsere Freundschaft. Wir verbringen gar keine Zeit mehr miteinander."

Dahin zurück? Freunde?

„Du hast Angst", sagte er. „Angst davor, einer wirklichen Beziehung eine Chance zu geben. Ich bin nicht einer dieser Losertypen, über die du endlos mit deinen Freundinnen diskutieren musst, bei denen du dir was einfallen lassen musst, um sie geradezubiegen, und die du dann zum Teufel jagst."

Sie kniff die Augen zusammen. Sie stand auf. „Barrys Buchhalter wird den Scheck ausstellen, dann bekommst du dein Geld."

Er sprang so plötzlich vom Stuhl auf, dass er unter ihm umkippte. „Barry? Barry von der *Dancing Cow*? Willst du mich verarschen?"

Sie nickte kurz und wich dann vorsichtig zurück.

„Ich werde nicht an Barry verkaufen!", schrie er.

„So oder so werde ich dir dein Geld schicken", sagte sie, dann verließ sie das Geschäft, ließ ihn wutentbrannt zurück und bereit, Barry und dessen idiotische tanzende Kuh zu vernichten.

Er schloss das Geschäft und stieg in sein Auto, entschlossen, dieser Sache sofort ein Ende zu bereiten.

Spät am Montag ging Rachel aufgeregt über die Straße zu Shanes Laden, um ihm den Scheck zu geben, den sie von Berry erhalten hatte. Sie hatte ihn gebeten, ihn auf Shane auszustellen. Sie nahm außerdem die Papiere mit, die ihre Schulden bei Shane als getilgt bestätigten und in denen Barry als stiller Teilhaber des Geschäfts genannt war. Gabe hatte ihr mit den Papieren geholfen, dabei jedoch den Kopf geschüttelt. Es hatte ihr nicht gefallen, daran erinnert zu werden. Sie wusste, dass Shane nicht gerade glücklich sein würde. Doch es war die einzige Möglichkeit, alles wieder ins Lot zu bekommen.

Sie hatte Shane nicht angerufen, um ihn vorzuwarnen, denn sie hatte zu große Angst gehabt, dass sie die Nerven verlieren würde. Stattdessen hatte sie auf diesen Moment gewartet, kurz, bevor Shane sein Geschäft für den Tag schließen würde, und war dann über die Straße gerannt, um ihn abzupassen.

„Hi, Shane!", rief sie.

Er war gerade dabei, die Kasse zu schließen. Er sah sie an. „Hallo, Rachel", sagte er emotionslos.

Sie schluckte und trat näher. „Können wir uns unterhalten? Über das Geschäft."

Er deutete auf einen Stuhl, und sie setzte sich. Ihre Hände zitterten. Himmel, warum war sie denn so aufgeregt? Es ging doch nur ums Geschäft, und sie tat einfach nur das, was getan werden musste. Er gesellte sich ein paar Minuten später zu ihr, ließ sie gerade lange genug warten, dass sie sich überlegte, ob sie aus dem Geschäft rennen sollte.

Sie reichte ihm den Scheck. „Das ist genug, um deinen Teil auszubezahlen und meine Schulden zu tilgen."

Er starrte ihn an. Oben auf dem Scheck stand in Großbuchstaben Barry Furnukle Enterprises. „Ich habe Barry doch bereits gesagt, dass ich nicht verkaufe."

„Ich weiß. Aber ich habe ihm gesagt, dass das nicht deine Entscheidung ist."

Sein Kiefer verkrampfte sich.

Sie schob die Unterlagen und einen Stift in seine Richtung. „Ich brauche nur deine Unterschrift, dass ich meine Schulden abbezahlt habe und, ähm, unterschreib bitte hier, um die Partnerschaft aufzulösen."

Er unterschrieb die Bestätigung über die Schuldentilgung. Sie atmete erleichtert auf.

Dann nahm er den Scheck und zerriss ihn in winzige Stücke.

„Shane! Was tust du da?" Sie sammelte alle Teile zusammen.

„Ich nehme Barrys Geld nicht, und ich werde nicht verkaufen."

Rachel war vollkommen verzweifelt. „Ich versuche doch nur, dir zu helfen! Ich versuche, alles wieder geradezubiegen!" Sie versuchte, den Scheck wieder zusammenzusetzen, und überlegte, ob sie ihn vielleicht mit Klebeband reparieren konnte, doch die Stücke waren einfach zu klein. Sie gab auf und starrte die Schnipsel an. „Jetzt muss ich einen neuen Scheck holen", sagte sie kopfschüttelnd.

Sie sah ihm die Augen. Er starrte mit wütender Miene zurück, und ein unwillkommenes Verlangen durchzuckte sie. Sie stieß sich vom Tisch ab.

Er sah zu, wie sie aufstand und die Unterlagen zusammensammelte.

„Wir sind noch nicht fertig", sagte sie. „Ich komme bald mit einem neuen Scheck zurück."

Sie eilte zur Tür. Er packte sie am Arm und wirbelte sie herum. Sie schnappte nach Luft. Sie hatte nicht einmal gehört, dass er sich ihr genähert hatte.

„In einem Punkt hast du recht", sagte er und drang in ihre Distanzzone ein. Sie wich einen Schritt zurück, doch plötzlich lag seine Hand auf ihrem Rücken und hielt sie fest. „Wir sind noch nicht fertig."

Sein Mund traf ihren in einem heftigen Kuss. Sie presste ihre Hände auf seine Brust und schob ihn von sich, doch er küsste sie vorsichtiger, und ihre Hände wurden weich und wanderten über die harten Muskeln seiner warmen Brust. Er ließ sich Zeit, langsam und zärtlich, und kapitulierte, legte ihre Arme um seine Taille und schmiegte sich an ihn.

Er löste sich von ihr, um ihr in die Augen zu sehen. Seine Arme hielten sie immer noch in einer lockeren Umarmung. „Rachel, ich habe alles auf eine Karte gesetzt."

Sie schluckte. „Ich – ich möchte nicht, dass du das tun musst."

„Das will ich aber. Die Frage ist nur, ob du auch den Mut dazu hast?"

Ihr Herz pochte in ihren Ohren. „Ich werde alles tun, damit das Café funktioniert, aber ich finde immer noch–"

„Das ist nicht, was ich meinte, und das weißt du auch."

„Shane, bitte. Du machst das alles so kompliziert."

Sein Gesichtsausdruck verschloss sich, und er ließ seine Arme sinken. „Kann sein, aber mit dir ist es auch nicht gerade ein Picknick."

Er drehte sich um und ging zur Hintertür seines Ladens hinaus.

Rachel stand eine Minute lang sprachlos da.

Hatte Shane recht? War sie zu ängstlich, um einer Beziehung eine Chance geben? Sie hatte noch nie eine ernste Beziehung gehabt. Hatte sie sich deshalb in der Vergangenheit immer mit Verlierern eingelassen? Sie hatte gedacht, dass sie einfach nur Pech gehabt hatte. Dass sie verflucht war. Doch jetzt …

Mist. Er hatte recht.

Sie hatte Angst. Große Angst. Aber was war schlimmer? Ihre Angst vor einer richtigen Beziehung und allen Möglichkeiten, wie sie schief gehen konnte, oder ihre Angst, Shane zu verlieren?

Rachel hatte eine unruhige Nacht, dachte an Shane und sein Opfer. Seine Frage ging ihr ständig durch den Kopf: *Die Frage ist nur, ob du auch den Mut hast?* Als sie sich endlich aus dem Bett aufraffte, hatte sie immer noch keine befriedigende Antwort darauf.

Am Vormittag kam er vorbei, um sich das Café anzusehen, und sie ging hinüber. Sie musste einfach mit ihm reden. Sie fand ihn hinten, wo er Regale aufbaute.

„Hattest du vorgehabt, mir je vom Verkauf des Shelby zu erzählen?", fragte sie.

Er blickte auf und hielt dabei immer noch ein Regalbrett an die Wand. „Nein. Ich habe das ja nicht gemacht, weil ich ein Dankeschön von dir wollte. Es bedeutet mehr, wenn man etwas macht, ohne dass man dafür Dankbarkeit erwartet. Verstehst du, was ich meine?"

Sie hatte noch nie jemanden gekannt, der durch die Gegend lief und anonym Gutes tat.

„Ich schätze schon", sagte sie.

Mit einem Hammer befestigte er das Regal. „Wenn ich hier fertig bin, komm rüber in meinen Laden, dann werde ich dir zeigen, wie man die Espressomaschine bedient."

„Okay."

Kurz darauf folgte sie Shane über die Straße, entschlossen, das Beste aus ihrer Partnerschaft zu machen und das Café zu einem Erfolg zu führen. Das war das Mindeste, was sie für all das, was er geopfert hatte, tun konnte. Sie begannen mit der Espressomühle, um einen Schwung mexikanischer Bohnen dunkler Röstung frisch zu mahlen.

„Für den Espresso muss man sie besonders fein mahlen", sagte er, bevor er die Bohnen einfüllte. „Deswegen habe ich dafür eine separate Mühle."

Sie ertappte sich dabei, wie sie seinen festen Po betrachtete, und zwang sich, den Blick wieder auf die Mühle zu richten. Das war der Schlafmangel. Der machte sie schwach.

„Gut zu wissen", sagte Rachel, und ihre Stimme klang gehaucht und wie die von Marilyn Monroe.

Nun reiß dich zusammen! Er versucht, dir was Wichtiges beizubringen!

Shane hob eine Braue, und jegliche weitere Unterhaltung wurde durch den Lärm der Mühle unterbrochen. Er nahm den Behälter mit dem Espressopulver und zeigte ihn ihr.

„Nimm dir eine Prise", sagte er ihr und machte dasselbe. „Reib sie zwischen deinen Fingern. Spür die Körner. Wenn sie sich wie Zucker anfühlen, sind sie zu grob. Wie Mehl wäre aber auch nicht gut."

Rachel rieb es zwischen ihren Fingern. „Definitiv sandig."

Er nickte. „Dann mahlst du jetzt die nächste Portion und das so lange, bis du genau weißt, wie lange es dauert, dass sie in der Mühle sandig werden."

„Okay", hauchte sie. In Gedanken gab sie sich eine Ohrfeige. Sie klang, als wäre sie einen Marathon gelaufen und nicht, als stände sie gerade in seinem Laden, um alles über Espresso zu lernen. Sie konzentrierte sich auf die Eiskarte und versuchte, sich damit abzukühlen. Aus den Augenwinkeln sah sie seine effizienten Bewegungen, während er zur Espressomaschine hinüberging. Shane, der in einem T-Shirt, Jeans und Schürze dastand, war beunruhigend sexy.

Es war nicht ihre Schuld, dass sie plötzlich Lust verspürte. Er war derjenige, der sie geküsst hatte. Zweimal lang, zweimal kurz. Sie dachte oft an diese langen Küsse.

„Komm her", sagte er, woraufhin sie in einem lusterfüllten Nebel zu ihm eilte.

„Ich habe das Pulver abgemessen", sagte er. „Jetzt geben wir es in den Siebträger und stampfen es fest." Er nahm ein hölzernes wie ein Pilz geformtes Werkzeug und legte den Siebträger auf eine Stahlplatte hinten auf dem Tresen. Dann drückte er das Pulver hinein und drehte den Stampfer, um es noch flacher zu bekommen. Rachels Augen wanderten von dem Werkzeug in seiner Hand zum Spiel seines Bizeps' und des sinnlichen Muskels, der seinen Unterarm hinab verlief. Er hielt inne und drehte sich zu ihr um. Sie hob ihren Blick wieder zu seinem Gesicht.

Er lächelte. Nein es sah beinahe wie ein Grinsen aus. Sie erwiderte das Lächeln, verzieh ihm seine Arroganz angesichts der männlichen Schönheit, die er repräsentierte. Sie war jetzt für seine Gänge ins Studio sehr dankbar.

Er reichte ihr das Werkzeug und schüttelte den Siebträger. „Versuch es mal. Erst das Pulver verdichten, damit das heiße Wasser nur langsam hindurch fließt."

Sie rammte den Stampfer auf den Siebträger und hätte das ganze Ding beinahe hinuntergeworfen.

„Vorsicht", sagte er, stellte sich hinter sie und legte seine Hände über ihre. „Wir wollen den Kaffee verdichten, nicht tottrampeln."

Sie nickte und ging ganz in seiner Wärme auf. Sie lockerte ihren Griff und ließ es zu, dass er ihre Hände führte. Die Hitze lief durch sie hindurch, als sie an den gestrigen Kuss dachte. Gerade, als sie meinte, vielleicht den Mut aufbringen zu können, sich in seinen Armen umzudrehen und den ersten Schritt zu tun, hielt er inne und löste sich von ihr.

„Sieht gut aus", sagte er. „Jetzt setzen wir es da ein, wo das heiße Wasser rauskommt. Achte darauf, dass der Träger festsitzt, sonst drückt der Wasserdruck alles seitlich aus dem Siebträger heraus und das gibt dann eine ordentliche Sauerei. Das passiert so ziemlich jedem Anfänger mal. Mir auch."

„Fest", wiederholte sie seufzend. Er setzte den Siebträger in die Maschine, und Rachel atmete den Duft von Espresso und sauberem, sexy Mann ein. Sie beugte sich vor und stellte sich auf Zehenspitzen; selbst seine Haare dufteten.

Er erstarrte. „Riechst du gerade an meinen Haaren?"

Sie zuckte zurück. „Nein. Ich habe an dem Espresso geschnuppert."

Er sah sie misstrauisch an. „Sah aber fast so aus, als würdest du an meinen Haaren riechen."

„Nein." Sie spielte mit ihrem Zopf. „Also, was kommt als nächstes?"

„Wir müssen jetzt schnell brühen, jetzt sofort, sonst verliert der Espresso sein Aroma." Er drückte auf einen Knopf und sprach über den Lärm der Maschine hinweg. „Das ist ganz wichtig." Einen Moment später schaltete er die Maschine ab und zeigte ihr die Tasse Espresso. „Zwanzig Sekunden brühen ist ideal. Sieh dir den Schaum an, das ist die Crema. Wir wollen, dass sie einen halben Zentimeter dick ist und ungefähr eine Minute hält, bevor sie sich auflöst."

Rachel tat so, als beobachtete sie den Schaum, während sie grübelte, wie sie den ersten Schritt machen konnte, ohne dass es zu offensichtlich wurde. Vielleicht sollte sie ihren Zopf öffnen und ihre Haare ausschütteln. Oder ihr T-Shirt an einer Seite über die Schulter schieben. Nein, ihre Lippen befeuchten. Das machten die Frauen in den Filmen immer.

„So", sagte er. „Perfekt." Er nippte am Espresso und reichte ihr die Tasse. „Probier mal."

Sie leckte sich die Lippen, doch Shane stand einfach nur da und wartete darauf, dass sie probierte. Sie trank einen Schluck. „Der ist gut."

Er nickte. „Jetzt werfen wir das Pulver weg und reinigen die Maschine. Wir lassen den Siebträger in der Maschine, damit er warm bleibt." Sie sah zu und nippte an ihrem Espresso, während er gekonnt die Maschine für die nächste Portion vorbereitete.

Sie war aufgeregt und fühlte sich ein bisschen albern. Wahrscheinlich war sie von dem Koffein aufgedreht. Oder von Shane. Er war ihr Geschäftspartner. Sie durften nicht zulassen, dass ihre Dankbarkeit für seine gute Tat ihre Gefühle für ihn beeinflusste. Dennoch schien sie nichts dagegen tun zu können. Ihr Blick wanderte zu seinem knackigen Po. Ein sehr hübscher Po.

Er drehte sich um. „Die Augen hier oben hin."

Sie wurde furchtbar rot. „Ich habe nicht ... Ich war nur gerade in Gedanken, und du hast zufällig in meinem Blickfeld gestanden."

„Mhm. Jetzt bist du dran."

Ihr Herz begann zu pochen. „Womit?"

Er hob seine Brauen. „Was meinst du wohl?"

Sie wischte sich ihre plötzlich klammen Hände an den Shorts ab. „Ich – ich weiß nicht."

Er sah sie merkwürdig an. „Geht es dir gut? Du bist ganz rot." Er legte seinen Handrücken an ihre Stirn. „Du fühlst dich ein bisschen heiß an."

Das bin ich. Ich bin viel zu heiß auf dich.

Sie wich von seiner Hand zurück. Ja, sie war heiß auf ihn, aber sie wurde furchtbar nervös, wenn sie nur daran dachte, dem nachzugeben. War sie bereit für das, was es zwischen ihnen beiden auslösen würde? Sie wusste, dass Shane nichts halbherzig machte. Vielleicht war es das, was sie überhaupt erst abgeschreckt hatte. Auf der Highschool war er drei Jahre lang mit Kerry Habinowski zusammen gewesen, bis sie ans College gegangen war. Sie hatte gehört, dass er an der Kochschule mit einer Frau fünf Jahre zusammen gewesen war. Die ganze Zeit, die sie wieder in Clover Park war, hatte sie nicht mitbekommen, dass er mit irgendwem ausging. Abgesehen von dem einen Date mit Janelle. Sie hatte das Gefühl, dass es Shane nicht reichen würde, mit jemandem, an dem ihm wirklich etwas lag, nur einmal zu schlafen.

Mit ihr.

Ihr Puls raste. Hatte sie den Mut, alles auf eine Karte zu setzen?

Würde sie ihn am Ende verlieren?

Er lächelte und sagte leise: „Du bist dran, den Espresso zu machen."

„Oh! Okay." Sie drehte sich zu der Espressomühle um und stellte fest, dass sie sich nicht an eine einzige Sache erinnern konnte, die er ihr gerade erklärt hatte. Sie hatte auf nichts anderes geachtet als auf das Spiel seiner Muskeln, während er gearbeitet hatte, und ihre Überlegungen, ob sie den ersten Schritt gehen sollte oder nicht. Gott, sie war krank. Sie drehte sich zu ihm um. „Kannst du mir noch mal helfen?"

Er lächelte. „Klar."

Er verbrachte Stunden damit, den ganzen Prozess wieder und

wieder mit ihr durchzugehen, bis sie endlich den perfekten Espresso im Schlaf hätte zubereiten können. Nicht, dass in absehbarer Zukunft auch nur an Schlaf zu denken war, nachdem sie so viel Koffein getrunken hatte. Sie verbrachte eine weitere unruhige Nacht in Gedanken an Shane. Neal war ein sehr kümmerlicher Ersatz.

15

Shane eilte am Ende eines letztlich großartigen Tages zum Straßenfestmeeting in der Bibliothek. Das Café sah fantastisch aus. Er war darauf vorbereitet gewesen, dass es, wenn man mit mehreren Bauunternehmen und Lieferanten zu tun hatte, unterwegs Komplikationen geben konnte, doch alles war glatt gelaufen. Heute waren die Leute, die den Fußboden verlegen sollten, pünktlich gekommen und hatten den Boden an einem Tag fertig bekommen. Das dunkle Holzlaminat ließ das Rot der Wände wirklich strahlen. Die Möbel würden am Donnerstagmorgen geliefert werden.

„Hey, schöner Mann!", rief Miss Smith und wackelte mit ihren Fingern. Sie war von Freundlichkeit zu ganz offenem Flirten übergegangen, da er diesen Sommer jeden Montagabend in der Bibliothek gewesen war.

Trotzdem wurde er rot. *Verdammt.* „Hi, Miss Smith, wie geht es Ihnen?"

„Mir geht es sehr gut, danke." Sie streckte den Hals, als er vorbeiging, betrachtete ihn ganz eindeutig von hinten.

Was konnte er schon tun? Er war ein Augenschmaus für die Senioren der Stadt. Er lächelte in sich hinein und erinnerte sich daran, wie er Rachel vor einer Woche beim Starren erwischt hatte, als er ihr beigebracht hatte, Espresso zu machen. Rachel erwärmte sich definitiv für die Idee, so langsam zum nächsten Level überzugehen. Sie hatte ihn öfter angelächelt, seitdem sie herausgefunden hatte, dass er den Shelby verkauft hatte. Hätte er gewusst, dass er diese Art von Reaktion von ihr erwarten durfte, hätte er es vielleicht schon früher erwähnt. Die ganze Woche über hatte sie oft seinen Arm berührt, und er hatte sie dabei erwischt, wie sie ihn beobachtete, während er mit den Arbeitern im Café beschäftigt war. Gute Zeichen, aber nicht ausreichend. Er wollte, dass sie 100% an Bord war, schlicht und einfach. Er wollte keine zwei Schritte vor, einen Schritt zurück mehr.

Er eilte zum Konferenzraum, in dem Rachel und Liz bereits saßen, erleichtert, als er feststellte, dass Barry noch nicht da war.

„Hey, Shane", sagte Liz. „Rachel hat mir gerade erzählt, dass heute der Fußboden verlegt worden ist. Ihr seid jetzt so nah dran!"

Shane grinste. „Sieht großartig aus. Morgen kommen die Möbel. Rachel, komm rüber, wenn die Möbel da sind, und zeig mir, wo du die Hängeregale und die Buchposter haben willst, dann hänge ich alles auf."

„Großartig!" Rachel lächelte herzlich.

Shane erwiderte das Lächeln und sog ihre ganze Wärme in sich auf.

„Noch eine Woche", sagte Shane.

„Seid ihr wirklich schon soweit?", fragte Liz.

„Ich glaube schon", sagte Rachel. „Der Gastraum ist fast fertig. Die Küchensachen sind alle da. Shane arbeitet gerade die Barista ein, die ich diese Woche eingestellt habe."

Shane nickte. „Ich habe ein paar Rezepte für Eiscafé und Eistee mit verschiedenen Geschmackssirups gefunden, weil es draußen immer noch so furchtbar heiß ist."

„Hallo, hallo!", rief Barry, als er hereinkam. Er entfaltete ein großes Banner auf dem Konferenztisch. „Ich habe ein Schild entworfen."

Darauf stand Clover Park Summer Street Fair. Und dann in neonpinkfarbenen Buchstaben darunter: *Sponsored by The Dancing Cow!*

„Oh, nein. Ganz sicher nicht", sagte Shane.

„Auf gar keinen Fall", sagte Rachel.

Barry runzelte die Stirn. „Was stimmt denn damit nicht?"

„Ich glaube nicht, dass das funktionieren wird", sagte Rachel vorsichtig. „Das ist eine Veranstaltung, die allen Geschäften zugute kommen soll, nicht nur deinem. Außerdem hast du nichts gesponsert. Wir haben nicht einmal Sponsoren."

„Ich habe die Kinderunterhaltung gestiftet und ein paar wirklich gute Deals ausgehandelt", sagte Barry.

„Das gehört einfach dazu", sagte Shane.

„Wie viel würde es denn kosten, Sponsor zu sein?", fragte Barry.

Gabe kam herein, warf einen Blick auf das Banner und lachte. „Shane, du hättest auch was stiften sollen, dann könnte dein Name auch da stehen. Vielleicht in glitzerndem Lila."

„Wir haben keine Sponsoren", zischte Shane zwischen zusammengebissenen Zähnen hindurch.

„Warte mal. Moment", sagte Rachel. Sie drehte sich zu Barry um. „Wie viel würdest du denn gerne beisteuern?"

„Rachel!", protestierte Shane.

„Fünftausend Dollar", sagte Barry.

„Fünftausend Dollar!", rief Shane.

Gabe stieß einen leisen Pfiff aus. „Lass den Mann das doch sponsern. Niemand von uns hat so viel Geld."

Rachel drehte sich zu Barry um. „Danke, Barry."

Barry strahlte. Er sah aus wie eine liebeskranke Kuh. Krank. Dann wurde Shane sich plötzlich bewusst, dass er vielleicht genauso aussah, wenn er Rachel ansah. Sie *war* ja auch eine atemberaubende Frau.

Liz sah sich am Tisch um. „Ich glaube, das ist eine gute Idee. Mit dem Geld könnten wir ganz schön die Werbetrommel rühren, damit die Leute von überall her kommen. Ganz zu schweigen davon, dass wir das zusätzliche Geld auch für zukünftige Veranstaltungen der Handelskammer benutzen können. Vielleicht eine Kekstauschparty oder ein Weihnachtsnachmittag mit Chor und Pferdeschlitten. Mit fünftausend Dollar kann man schon eine Menge bewegen."

Rachel beugte sich zu Barry hinüber und schüttelte seine Hand. „Abgemacht."

Shane knirschte mit den Zähnen. Das war genug Berührung.

Barry zog eine Kappe aus einer Tüte. „Ich habe auch diese Kappen machen lassen." Er reichte jedem eine Baseballkappe, auf der stand: *Wir sind Straßenleute.* „Das ist für die Geschäftsinhaber, damit die Leute wissen, an wen sie sich mit ihren Fragen wenden können."

„Du meine Güte", murmelte Liz.

Gabe setzte seine Kappe auf und grinste. „Ich bin ein Straßenmann."

Shane weigerte sich, die dämliche Kappe überhaupt anzufassen. „Dir ist schon klar, dass das klingt, als wären wir alle Obdachlose, die auf der Straße wohnen, und keine Geschäftsinhaber."

Barry runzelte verwirrt die Stirn. „Ach so?" Er betrachtete die Kappe von allen Seiten. „Kein Problem. Dann lasse ich einfach noch einen Stapel machen und wir setzen ‚Fest' hinzu. Wir sind Straßenfestleute."

„Ich werde das nicht aufsetzen", sagte Shane.

„Komm schon, Kumpel", sagte Gabe. „Wo ist denn dein Sinn für Stil?"

Shane schnaubte.

„Wie wäre es einfach mit Clover Park Street Fair?", fragte Liz.

„Ja?", fragte Barry. „Findest du nicht, dass das zu platt ist?"

„Überhaupt nicht", sagte Liz.

„Dann soll es so sein!" Barry nahm einen Stift und schrieb das neue Motto auf eine Serviette von der *Dancing Cow*, die er gerade aus der Brusttasche seines grünen Hawaiihemdes gezogen hatte.

„Ich bin so froh, dass das Straßenfest schon nächste Woche ist", murmelte Shane leise in Rachels Richtung.

Sie klopfte ihm aufs Bein, und er war nur noch mehr froh, dass die Eröffnung in einer Woche sein würde. Dann konnte sie nicht mehr ihre gemeinsame Arbeit als Grund vorschieben, nicht mit ihm zusammen zu sein.

„Na, na", ermahnte Rachel ihn leise.

„Der nächste Punkt", sagte Barry. „Dreiräder. Weiß irgendwer, wo wir die leihen können?"

Shane stöhnte innerlich. Liz hatte die Lösung, da sie ein ganzes Netzwerk von Eltern hatte, die sie von ihrem Unterricht an der Clover Park Elementary kannte. Bald näherte sich das Meeting seinem Ende.

Er ging mit Rachel nach draußen. „Komm mit und sieh dir mal den Boden an."

Sie lächelte. „Gerne."

„Oh, kann ich ihn auch sehen?", fragte Liz.

„Ich auch", sagte Gabe.

„Wartet auf mich, Leute!", sagte Barry.

So kam es, dass Shane die ganze Gruppe zum Café führte und seine Hoffnung, Rachel allein zu erwischen und mit ihr zu flirten, begraben durfte.

~

Da Shane sie gebeten hatte, hatte Rachel sich den Nachmittag frei genommen, während das Schild für das Café und die Möbel geliefert worden waren. Er wollte sie mit dem Gesamteindruck überraschen, sobald alles an seinem Platz war. Liz arbeitete an der Kasse des *Book It*, und da jetzt September war, war wieder etwas mehr zu tun. Familien waren aus dem Urlaub zurückgekehrt und kamen vorbei, um sich Bücher für das lange Labor Day Wochenende zu holen, bevor die Schule wieder losging.

Den Nachmittag verbrachte sie bei ihrer Schwester, Sarah, und spielte Schatzsuche mit den drei ältesten Kindern, David, Lea und Olivia, während ihre Schwester mit Baby Jacob ein Nickerchen machte. Nachdem sie eine Stunde geschlafen hatten, kam Sarah aus dem Haus, das Babyphon in der Hand. „Danke dir. Ich habe ein bisschen Schlaf gebraucht."

„Kein Problem."

„Mommy!", rief Olivia und kam unter dem Schreibtisch hervor. Sie schlang ihre Arme um Sarahs Beine und hinterließ matschige Handabdrücke auf der blassrosafarbenen Pyjamahose ihrer Schwester. Sarah drückte Olivia an sich. „Was machst du denn da unten?"

Olivia kicherte. „Mich verstecken."

„Okay, Leute, der nächste Hinweis", sagte Rachel. „Dieser Baum sieht so aus, als könnte man großartig von ihm essen, aber seine Früchte sind wirklich sauer." Sie verzog ihr Gesicht. „Bring mir einen."

„Holzapfel!", rief David. Die Kinder liefen zum Holzapfelbaum davon.

Sarah setzte sich auf die Chaiselongue und legte ihren Kopf zurück. „Du gehst so gut mit ihnen um, Rachel. Du wirst mal eine gute Mom sein."

Rachel schüttelte den Kopf. „Ich hätte Olivia beinahe verloren. Sie hat sich in der Hundehütte der Nachbarn versteckt."

Sarah winkte das ab. „Bei mir verschwindet sie auch andauernd. Aber normalerweise ist sie im Garten oder nebenan."

Die Kinder kamen zurückgerannt und jeder hatte einen Holz-apfel in der Hand. Rachel nahm sie ihnen ab. „Der nächste Hinweis: Da können sich Geheimclubs verstecken. Bringt mir eine Blume von dort."

Die Kinder liefen zum Spielplatz davon.

„Wie läuft es zwischen dir und Shane?", fragte Sarah.

„Gut", sagte Rachel. „Das Café ist fast fertig. Das Schild und die Möbel werden heute geliefert. Ich soll um fünf rüber gehen, um es mir anzusehen. Er wollte mich überraschen."

Sarah lächelte. „Gut. Aber du weißt schon, dass das nicht das war, wonach ich gefragt habe. Meinst du, ihr beide könntet jemals …"

Rachels sonst so schnelles *Nein* kam dieses Mal nicht heraus. Es war nicht das erste Mal, dass Sarah ihr diese Frage gestellt hatte. Ihre Schwester fand es merkwürdig, dass Rachel einen niedlichen Typen kannte, mit dem sie so viel Zeit verbrachte, und dass der nur ihr guter Freund war. „Vielleicht", gestand sie sich ein.

Ihre Schwester setzte sich auf und grinste. „Vielleicht? Vielleicht! Rachel, das ist ja so aufregend!"

„Mach jetzt bitte keine große Sache draus." Die Kinder kamen zurückgerannt, keuchten und kicherten und reichten ihnen ein paar Butterblumen. „Der letzte Hinweis, und da befindet sich der große Preis … Er ist da, wo die Rosen wachsen. Aber pflückt sie nicht!"

Die Kinder liefen zum Garten neben dem Haus.

„Dann hast du also endlich deinen Mr. Darcy gefunden", sagte Sarah.

Rachel schüttelte den Kopf. „Das ist er nicht. Er ist nur … er ist gut zu mir." Sie wollte nicht mehr als das mit ihr teilen. Ihre Gefühle waren noch zu zart, zu neu. „Wie geht es dir und Mark?"

„Großartig!"

Rachel beobachtete die Kinder, die herumliefen und ununter-brochen in Stadiumlautstärke miteinander plapperten. Sie blickte zurück zu ihrer Schwester in ihrem schmutzigen Pyjama, die ganz erschöpft aussah. „Macht es dir nichts, dass er so selten da ist?"

„Er hat nun mal einen Job in der Stadt. Das kenne ich ja."

„Ich weiß nicht, wie du das machst. Ich wäre so wütend, wenn ich zu Hause alles allein machen müsste."

Sarah winkte ab und lächelte zu den Kindern hinüber. „Er liebt mich, ich liebe ihn. Wir sind glücklich. Ja, ich fände es schön, wenn ich ihn öfter sehen könnte, aber wenn er hier ist, ist er großartig zu den Kindern."

„Du fühlst dich also nicht wie eine alleinerziehende Mom?"

„Nein! Ich bin keine alleinerziehende Mom. Mark ist immer da, wenn ich ihn wirklich brauche." Sie grinste. „Ich kann es nicht erwarten, dass du und Shane Kinder bekommt."

Sarah sagte das, als wäre es die natürlichste Sache der Welt, als schmiedeten sie und Shane schon Heiratspläne. Warum drängten sie nur alle, Shane zu heiraten? Sie hatten sich doch erst viermal geküsst! Sehr schöne viermal, aber trotzdem.

Als Rachel schwieg, fuhr Sarah fort. „Die Kinder könnten zusammen aufwachsen. Wäre das nicht nett?"

„Himmel, Sarah, ich will dir ja nicht zu nahe treten, aber wenn ich du wäre, würde ich mich dauernd betrinken. Die Kids plappern ja ununterbrochen."

„Ja, nicht wahr?", sagte Sarah und lächelte fröhlich.

„Ich hab den Schatz gefunden!", rief David und tauchte triumphierend von der Seite des Hauses wieder auf. „Fünfzig Cent!"

Leah und Olivia brachen in Tränen aus.

„In Ordnung, alle bekommen fünfzig Cent, weil ihr so gut zusammengearbeitet habt", sagte Rachel.

Die Mädchen hörten sofort auf zu weinen und streckten ihre Hände aus.

„Du bist ein Naturtalent", sagte Sarah.

Ein wenig erleichtert ging Rachel zurück zum Café. Sie parkte hinter dem Laden und ging zum Haupteingang, um es sich anzusehen. Shane saß in einem schmiedeeisernen Stuhl davor.

Sie zuckte überrascht zusammen. Shane hatte draußen einen Sitzbereich mit mehreren schmiedeeisernen Tischen und Stühlen aufgebaut. „Woher kommen die denn?"

Er lächelte mit seinen Grübchen. „Die habe ich bestellt. Ich wollte dich überraschen. Gefallen sie dir?"

Sie konnte es nicht fassen. Sie hatte nicht einmal an Sitzplätze draußen gedacht. Obwohl, jetzt, da sie es sah, konnte sie nicht fassen, dass sie diese Möglichkeit übersehen hatte. „Das ist perfekt! Ich find's toll!"

Er stand auf, zog sie ein Stück vom Café weg und zeigte nach oben. „Sieh es dir an."

Sie sah zu dem Schild hinauf. Es war rot mit weißen erhabenen Buchstaben: *Something's Brewing Café*. An einer Seite war eine Kaffeetasse mit Dampf, der daraus hervor stieg. Es war wunderschön.

„Ich habe ihnen gesagt, dass sie noch die Kaffeetasse hinzufügen sollen", sagte er. „Was meinst du?"

Sie warf ihre Arme um ihn. „Ich liebe es!"

Er drückte sie an sich und legte einen Arm um ihre Schultern. „Komm rein. Ich möchte, dass du das Ganze auf dich wirken lässt." Er öffnete ihr die Tür und sie trat ein.

Den Boden und die Tresen hatte sie schon gesehen, doch jetzt, da alle Möbel an ihrem Platz waren, sah es aus wie ein richtiges Café. Langsam ging sie hinein, ließ die Anordnung der Tische auf sich wirken – einen langen Tisch, vom Tresen ausgehend, an der einen Seite, kleinere Tische weiter vorne, einen Lesebereich mit zwei Ledersesseln und einem Sofatisch. Sie setzte sich in einen der weichen Ledersessel.

„Das ist perfekt zum Lesen." Ihr Blick fiel auf die hintere Wand, wo Shane ein Buchcoverposter aufgehängt hatte. Eines, das sie nicht bestellt hatte. Es waren die *Genau-so-Geschichten* von Rudyard Kipling, ein rotes Cover mit einem schwarzen Elefanten. Ein Kinderbuch.

Sie stand auf und ging hin. „Du hast all das bestellt ..." Ihre Stimme versagte, als ihr klar wurde, was er getan hatte. In der hinteren Ecke hatte er eine kleine Tafel mit bunter Kreide aufgestellt, einen Holztisch mit vier Stühlen in Kindergröße und einen kleinen Korb mit Bilderbüchern.

Er folgte ihr. „Ich habe an Bryce gedacht. Dann fiel mir ein, dass Moms mit kleinen Kindern es vielleicht schön fänden, wenn ihre Kinder ihren eigenen Bereich hätten."

Sie konnte sich Daisy und Bryce hier gut vorstellen, und Sarah mit ihrer Bande. Ihre Kehle schnürte sich zu. Sie würde jetzt *nicht* weinen.

„War das falsch?", fragte er.

Sie schüttelte den Kopf. „Nein, es ist perfekt." Sie schluckte den Kloß in ihrem Hals hinunter. „Einfach perfekt."

Er nickte. „Gut. Und jetzt tu so, als wärst du der Gast, um es ganz zu erleben." Er stellte sich hinter den Tresen und legte sich eine Schürze um. Sie war rot mit weißen Buchstaben, und passend zu dem Schild draußen war sie bestickt mit *"Something's Brewing Café."*

„Du hast ja wirklich an alles gedacht!", rief Rachel erstaunt. „Ich fasse es nicht, dass du mir das nicht erzählt hast!"

„Es macht mehr Spaß, wenn ich dich überraschen kann." Er schmunzelte. „Was darf ich dir heute bringen?"

Sie sah sich die Speisekarte an, doch sie kannte sie bereits auswendig. „Ich nehme einen Cappuccino und ein Stück Pfirsichkuchen bitte."

„Kommt sofort." Sie beobachtete, wie er das Getränk zubereitete, obwohl sie das nach seinem gründlichen Training auch selbst hinbekommen hätte. Ein paar Minuten später hatte er zwei Cappuccino serviert, einen Pfirsichkuchen und einen Apfelmuffin. Der Cappuccino hatte die perfekte Schaummenge und einen dekorativen Wirbel darauf, der aussah wie ein Herz. Gott, er war so süß. Wie konnte sie damit nur mithalten?

Sie bot an zu zahlen.

„Soll das ein Scherz sein?", fragte er und tat so, als wäre er außer sich. „Setz dich."

Sie nahm ihr Getränk und den Kuchen und entschied sich für einen Tisch am vorderen Fenster. Er gesellte sich zu ihr. Sie trank einen Schluck durch den Schaum. „Hmmm ... Das ist ein guter Cappuccino."

Auch er trank einen Schluck. „Das ist er."

Sie sah sich um. „Das Café ist fantastisch, und du hast eine so große Rolle dabei gespielt, es zu dem zu machen, was es ist. Ich weiß gar nicht, was ich ohne dich getan hätte. Wahrscheinlich hätte es bei mir so ausgesehen wie das *Book It* 2.0. Aber du hast es auf ein ganz neues Level gehoben. Danke."

Er nahm ihre Hand und drückte sie. „*Wir* haben das gemacht. Zusammen."

Sie spürte, wie Tränen in ihren Augen brannten, und wandte sich ab. Seit wann war sie denn so emotional? Das Café war perfekt. Sie hatten es gemeinsam geschafft. Das hier war ihr Baby.

16

Rachel ging am Sonntag zu Daisys und Travs Haus hinüber, um den Sommer mit einem Barbecue ausklingen zu lassen. Am nächsten Tag sollte die Eröffnung des Cafés stattfinden, und sie konnte es nicht abwarten. Sie wusste einfach, dass es ein Hit werden würde. Das musste damit zusammenhängen, dass Shane dahinterstand. Sie folgte der Ballondekoration zum Garten hinterm Haus, wo mehrere Tische mit Klappstühlen auf der Wiese nahe der Terrasse aufgestellt worden waren. Bryce planschte im Planschbecken herum. Er trug einen niedlichen Sonnenhut mit Punkten und eine Schwimmwindel. Hagar pirschte sich immer wieder an das Planschbecken heran und schoss dann jedes Mal davon, wenn Bryce ihn mit Wasser bespritzte, und schrie: „Ha-ha!" Kurz für Hagar?

Shane und Trav saßen auf Strandstühlen neben dem Planschbecken, beide trugen Sonnenbrillen und sahen *sehr* cool aus.

„Hi, Bryce!" Rachel näherte sich dem Planschbecken, hielt aber sicheren Abstand zur Spritzzone.

Bryce drehte sich um und sah sie kurz an, dann machte er sich wieder an seine wichtige Arbeit, ein Plastikboot durchs Wasser zu schieben.

„Hey, Leute", sagte sie und drehte sich zu den Brüdern um.

„Hey, Rachel", sagte Trav und stand auf, um sie auf die Wange zu küssen. „Jetzt ist der große Tag fast da, was?"

„Oh ja! Ich bin völlig durch den Wind."

Shane lächelte und stand auf, um sie zu begrüßen. Er küsste sie auf die Wange, wie sein Bruder es getan hatte, doch in seinem Fall sorgte es dafür, dass sie so viel mehr wollte. Mit seinem erbrachten Opfer und den wunderbaren Gesten war er dabei, ihre Entschlossenheit aufzuweichen.

„Hey", sagte er. „Lange nicht gesehen."

Rachel wedelte ihren Finger in Shanes Richtung. „Geh wieder an die Arbeit."

„Ja, die Arbeit hört nie auf, stimmt's?"

„Bist du nervös wegen morgen?"

Verspielt zog er an ihrem Pferdeschwanz. „Nein, ist doch alles erledigt. Es wird gut werden."

„Autsch!", rief Trav. Rachel drehte sich um und sah, wie er sich das Schienbein rieb. „Wann lernen Kinder, nicht so grob zu sein?" Er drehte Bryce' Boot in die andere Richtung.

„Gib ihm noch ein paar Jahre", schmunzelte Rachel.

„Ich fass' es nicht, dass er schon ein Jahr alt ist", sagte Trav und sah seinen Sohn an.

Rachel lächelte. „Ich wette, ihr könnt es nicht abwarten, noch eins zu bekommen."

Trav schob seine Brust vor Stolz vor. „Ich hätte gerne noch zwei von seiner Sorte." Sein Blick wanderte zu Daisy, die lachte und sich dann weiter mit Maggie und Liz unterhielt.

Rachel erinnerte sich noch daran, als Daisy Bryce bekommen hatte. Sie war nach Clover Park zurückgekehrt und hatte Trav mit der Neuigkeit ziemlich schockiert, dass er der Vater war. Und jetzt waren sie hier, verheiratet und glücklich. Etwas schmerzte in ihrem Herzen. Es war nicht so sehr Neid als vielmehr … bittersüße Freude über das Glück ihrer Freunde. Sie schob das Gefühl beiseite.

„Möchtest du dich zu uns setzen?", fragte Shane. „Ich hole noch einen Stuhl."

„Ist schon in Ordnung. Ich wollte den Ladys Hallo sagen."

Sie ging zu der Gruppe auf der Terrasse und erkannte Liz, Maggie, Jorge und zwei von Daisys Freundinnen, Amber und Zoe. „Hi, alle zusammen! Daze, Trav hat mir gerade erzählt, dass er noch zwei Kinder von Bryce' Sorte haben will."

Daisy schüttelte lächelnd den Kopf. „Das sagt er immer wieder. Bryce ist noch kaum ein Jahr alt. Ich bin noch nicht bereit, noch einmal solche Wehen durchzustehen." Sie schnitt eine

Grimasse. „Und ich war auch so dumm; ich habe erst gar nicht verstanden, dass das die Wehen sind. Ich fand es zu früh und dachte, es wären diese Braxton Hicks Kontraktionen. Weißt du noch, Schwesterchen?"

Liz lächelte. „Das weiß ich noch, doch dann ist er auch wirklich sehr schnell gekommen. Deswegen hast du ihn doch Bryce genannt, weil er es so eilig hatte, hierher zu kommen. Die Krankenschwester hat dir erzählt, dass Bryce schnell heißt."

Amber lachte. „Ich wusste ja gar nicht, dass du ihn deswegen Bryce genannt hast."

Ryan kam mit einem Teller voller Hamburger und Hot Dogs zum Grillen aus dem Haus. „Hey, Rachel, wie geht's dir?"

„Gut. Und dir?", fragte sie.

Er grinste. „Ausgezeichnet." Er lächelte zu Liz hinüber, sein Herz in seinem Blick. Liz lächelte zurück.

Rachel spürte wieder diesen merkwürdigen Schmerz. Dass sie sich so komisch fühlte, lag einfach daran, dass sie von diesen geradezu lächerlich verliebten Paaren umgeben war.

Jack O'Hare kam mit seiner Freundin Gina. Sie fragte sich, ob er wütend war, weil Shane den Shelby verkauft hatte, um ihr zu helfen, doch er ließ sich nichts anmerken, sondern grüßte sie freundlich, wie er es bei allen am Tisch machte. Rachel stellte unweigerlich fest, dass Ryan seinen Vater und Gina höflich, aber kühl behandelte. Jack wurde nur von Maggie und Shane herzlich begrüßt. Rachel beobachtete, wie Jack sich an die Seite stellte, da er sich offensichtlich nicht in die Domäne seines Sohnes drängen wollte. Shane spielte den Vermittler, sprach immer wieder mit seinem Dad und versuchte, ihn mit seinen Brüdern ins Gespräch zu bringen. Trav und Ryan wirkten distanziert, es war ihnen ganz deutlich unangenehm. Sie konnte es ihnen nicht vorwerfen, doch sie musste auch unweigerlich daran denken, was für ein großes Herz Shane hatte, dass er dem Mann, der sie im Stich gelassen hatte, vergeben konnte und dann so hart daran gearbeitet hatte, die Lücke in seiner Familie zu schließen. Der Schmerz in ihrer Brust wurde stärker, bis sie schließlich den Blick von Shane abwenden musste.

Kurze Zeit später, nachdem sie zu Mittag und ein Stück Pfirsichkuchen mit Shanes großartigem Vanilleeis gegessen hatten, spielten die Männer eine Runde Hufeisenwerfen, während die Frauen sich unter dem Verandaschirm versammelten, um sich zu unterhalten. Rachel sah immer wieder zu den Männern hinüber, die laut jubelten, wenn irgendjemand getroffen hatte. Bryce war auf Shanes Schultern, seine Fäustchen in Shanes Haaren vergraben. Die beiden sahen entspannt und glücklich zusammen aus. Shane schien mit ihm zu sprechen, denn hin und wieder blickte er zu Bryce auf.

„Trav hat mir heute Morgen Blumen gebracht", vertraute Daisy ihnen an, und ihre Augen begannen zu strahlen. „Er sagte, er macht das einfach nur, weil er mich liebt."

„Awww", seufzten die Frauen im Chor.

„Ryan bringt mir nie Blumen mit." Liz zog einen Schmollmund.

„Er hat dir einen Welpen gebracht", erinnerte Rachel sie.

„Stimmt." Liz lächelte verträumt, sah zu Ryan hinüber und seufzte.

Maggie meldete sich zu Wort. „Jorge hat mir mal eine Taucherbrille und einen Schnorchel gebracht, und in dem Schnorchel war ein kleiner Zettel versteckt, auf dem stand ‚Gültig für eine Reise zu den Florida Keys.'"

„Awww", seufzten die Frauen erneut im Chor.

„Ich habe von Jack dieses Kreuz", sagte Gina und hielt ihre Kette hoch.

Die Frauen bewunderten die Kette mit dem winzigen Diamantsplitter in der Mitte.

„Mir hat ein Typ mal ein singendes Telegramm geschickt", sagte Zoe. „Und, nebenbei bemerkt, der Typ, der das Telegramm überbracht hat, war ein ganz grässlicher Sänger."

Sie lachten.

„Einer hat sich mal ein Tattoo mit meinen Initialen stechen lassen", sagte Amber. „Natürlich war Al auch sein Name, also war es vielleicht doch nicht solch ein Kompliment."

„Er hat einfach nur gelogen", sagte Daisy. „Was anderes konnte er nicht."

„Was ist mit dir, Rachel?", fragte Maggie. „Irgendwelche süßen oder verrückten Dinge, die ein Mann für dich mal getan hat?" Sie blickte bedeutungsvoll zu Shane hinüber.

Shane hatte in ihr Café investiert, aber das wussten sie. Außerdem war das keine romantische Geste gewesen, eher eine geschäftliche Entscheidung. Zumindest hatte er das gesagt.

Davon abgesehen hatte sie erst ein paarmal von ein paar Ex-Freunden am Valentinstag Blumen und Süßigkeiten bekommen.

Sie zuckte die Schultern. „Ich glaube, bei mir sind die Typen nicht so sonderlich kreativ. Nur ab und zu Blumen und Süßigkeiten."

Sie wandte den Blick ab. Warum sollte ihr das jetzt etwas ausmachen? Sie war ein praktisch veranlagter Mensch. Sie brauchte niemanden auf einem Knie, der ihr einen Welpen schenkte oder sich ein Tattoo stechen ließ.

Sie spürte, dass Liz sie ansah, und wandte ihren Blick zu ihr. Liz' Augen waren voller Mitgefühl.

„Keine große Sache", sagte Rachel. „Nächstes Thema!"

Liz senkte ihre Stimme. „Shane hat eine große Geste gemacht, indem er in dein Café investiert hat. Das hätte er nicht tun müssen."

„Das ist geschäftlich", sagte Rachel defensiv. „Er wollte expandieren."

„Vergiss nicht, dass er ihren Stalker vergrault hat", sagte Maggie.

Rachels Kopf schoss herum. „Er hat was getan?"

„Er hat es dir nicht erzählt", murmelte Maggie. „Ach je, jetzt ist die Katze aus dem Sack."

„Ich dachte immer, Ryan hätte das getan", sagte Liz.

Sie sahen alle zu Shane hinüber, der jetzt einen fest schlafenden Bryce in seinen Armen hielt.

Rachel bekam eine Gänsehaut. Shane – der süße, sensible Shane – hatte diesen Psychopathen Drew vertrieben?

„Ich dachte, das wäre dank des gerichtlichen Kontaktverbots gewesen", sagte Rachel.

„Du hättest nicht gedacht, dass Shane das Zeug dazu hat, wie?" Maggie lachte. „Er ist süß, aber ich habe dir erzählt, dass er den Leuten auch in den Hintern treten kann, wenn es sein muss. Sie drehte sich zu der Gruppe um. „Ich war dabei, als Drew Rachel in Shanes Geschäft gefolgt ist. Rachel, du bist auf die Damentoilette gegangen, und Drew hat einfach nur dagesessen und die Tür beobachtet. Shane hat sich gleich an seinen Tisch gesetzt und ihm gesagt, dass er weiß, dass Drew vorbestraft war, und wenn er sich jemals wieder in Clover Park blicken ließe, würde er ihn verfolgen und dafür sorgen, dass er keine gute Zeit hatte. Und er hat ihm erzählt, dass sein Bruder bei der Polizei ist." Maggie nickte, um das noch zu betonen. „An diese Sache mit der Verfolgung erinnere ich mich noch, weil es sich so nach Al Pacino angehört hat, so bedrohlich und doch so ruhig."

Rachels Gedanken rasten. Sie dachte daran zurück, als Drew endlich aus ihrem Leben verschwunden war. Es war im Januar gewesen, vor mehr als eineinhalb Jahren. Damals hatten sie und Shane einander nicht einmal nahegestanden. Hatte er schon so lange Gefühle für sie? Genug, um einzuschreiten und ihr so zu helfen? Drew hatte ihr Angst gemacht. Am Anfang war er so nett gewesen, hatte sich letzten Endes aber als brutal herausgestellt. Als sie an einem Abend, an dem sie mit ihm etwas trinken wollte, zu spät gekommen war, hatte er sie geschlagen. Sie war zu ihrem Wagen zurückgerannt und geradewegs zu Liz' Apartment gefahren.

Drew hatte sie dann zwei Monate lang verfolgt, selbst, nachdem sie ihm gesagt hatte, dass sie ihn nie wiedersehen wolle. Er hinterließ lange Nachrichten auf ihrem Anrufbeantworter, in denen er ihr seine Liebe gestand, und schob Zettel unter ihrer Tür hindurch, auf denen stand: „Ich werde dich niemals loslassen." Er tauchte zu den unmöglichsten Zeiten an ihrem Apartment auf, bei ihrer Arbeit und in Shanes Geschäft, wo sie so gerne Kaffee trank. Sie hatte ein gerichtliches Kontaktverbot erwirkt, doch sie war paranoid geworden und hätte schwören können, ihn an jeder Ecke gesehen zu haben. Sie hatte unter Schlaflosigkeit gelitten, und jedes Geräusch in dem alten Gebäude hatte sie denken lassen, dass er gerade einbrach.

Er war auch nicht gerade ein Leichtgewicht. Er war muskulös gebaut und stark. Shane hätte verletzt werden können. Nur ihretwegen.

„Shane hat nur ..." Rachels Stimme versagte. „Er hat einer Freundin ausgeholfen."

Sie schluckte kräftig, ihr Gehirn raste durch die Male, die sie mit Shane zusammen gewesen war, seitdem sie vor zwei Jahren zurück nach Clover Park gezogen war. Wie freundlich er gewesen war, als sie in sein Geschäft gekommen war, die Extraportion heiße Karamellsauce, die er ihr immer gab, wenn sie einen schlechten Tag hatte, die vielen Male, die er in ihren Laden gekommen war und große, teure Kochbücher gekauft hatte, von denen ihr jetzt klar war, dass er sie gar nicht brauchte; er entwickelte seine eigenen Rezepte. Er erinnerte sich genau daran, wie sie ihren Kaffee gerne trank, kannte ihren Lieblingseisgeschmack, ihren Lieblingspizzabelag.

Maggie klopfte Rachel auf den Kopf. „Was, ist der aus Holz? Mach die Augen auf, Mädchen. Shane mag keine Konfrontationen. Das war schon immer so. Dass er sich mit deinem verrückten Stalker angelegt hat, bedeutet, dass ihm etwas an dir liegt. Ziemlich viel sogar."

Rachels Herz begann zu pochen, als der Überraschungseffekt nachließ und die harte Wahrheit ans Licht kam. Das war die romantischste, selbstloseste Geste, die ihr jemals entgegengebracht worden war.

„Es ist kein Welpe", nickte Liz. „Aber ich glaube, Maggie hat recht."

Rachel war ein wenig schlecht. Dann war Shane plötzlich da, direkt neben ihr, und hielt einen schlafenden Bryce in seinen Armen. Sie blinzelte kurz, als Shane sich von dem Familientypen, den sie kannte, mit dem süßen Grübchen-Lächeln, in einen verdammten Helden verwandelte. Ein Held mit einem großen, glänzenden H am Anfang. Und er hielt ein Baby im Arm, so natürlich, als machte er das schon sein Leben lang. Ihr Herz schlug einen unangenehmen Salto.

„Ich bringe ihn in sein Bettchen", sagte Shane zu Daisy.

„Ich mach das schon, danke", sagte Daisy. Shane legte ihr Bryce in die Arme. „Ich schätze, die ganze Aufregung hat ihn müde gemacht."

Daisy ging, und alle Frauen lächelten und starrten Shane an. Rachel konnte ihren Blick nicht von ihm abwenden. Held mit einem verdammt großen H.

Er sah von einer zur nächsten. „Was ist denn los?"

Maggie lächelte breit. „Wir bewundern nur deine Männlichkeit."

Shane wurde dunkelrot. „Ähm okay. Apropos ..." Er ging mit den Männern zurück in den Garten.

Die Frauen brachen in Lachen aus, alle bis auf Rachel, die ihm bewundernd hinterher sah. Hatte Shane wirklich schon in den letzten zwei Jahren Gefühle für sie gehabt? In dieser ganzen Zeit, als sie mit Verlierern ausgegangen war und ihm alles von ihren Datekatastrophen erzählt hatte – die ganze Zeit über hatte er Gefühle für sie gehabt? Warum hatte er so lange gebraucht, um etwas zu sagen?

Sie dachte daran, wie sie reagiert hatte, als er sie gefragt hatte, ob sie jemals schon daran gedacht hatte, dass sie mehr als Freunde sein könnten. Sie hatte ihn abgewiesen. Und sie hatte ihm gesagt, er solle vergessen, dass es diesen Kuss auf dem Küchentresen gegeben hatte, während sie selbst ständig daran dachte. Die Erinnerung an seine Küsse kam zu ganz merkwürdigen Zeiten zu ihr, unter der Dusche, direkt vorm Schlafengehen, wenn sie unerwartet bemerkte, dass Shane den Raum betrat.

Ihr Blick wanderte zurück zu ihm. Er warf gerade ein Hufeisen und traf nicht. Travs Freund Rico sagte etwas zu ihm, und Shane lachte gut gelaunt.

Sie musste mit ihm reden. Ihm danken. Ihm sagen, wie viel es ihr bedeutete, dass er ihren Stalker vertrieben hatte. Wow. Einfach wow. Shane war … unglaublich.

~

Als sich die Party ihrem Ende näherte, fand Shane Rachel und bot ihr an, sie nach Hause zu begleiten.

„Ja, lass uns gehen", sagte sie.

Sie gingen zum Gehsteig.

„War es schön für dich, deinen Dad zu treffen?", fragte Rachel.

„Ja, das war gut."

„Deine Brüder waren ja nicht so wild auf ihn."

„Das braucht seine Zeit."

Sie lächelte und sah zu ihm auf. Sah ihn einfach nur an.

„Was?"

„Ich habe bei der Party was gehört, das mich überrascht hat", sagte sie.

Er war gleich beunruhigt. Was hatte Gran ihr denn jetzt schon wieder erzählt? Sie liebte es, ihn bloßzustellen. „Was?"

Sie blieb stehen und sah ihn mit einem merkwürdigen, fast verträumten Ausdruck an. „Maggie hat erzählt, dass du es warst, der dafür gesorgt hat, dass Drew aufgehört hat, mich zu verfolgen. Ich – ich wusste das nicht, aber ich danke dir. Ich danke dir so sehr."

Er schüttelte den Kopf. „Ich habe Gran gesagt, sie soll vergessen, dass sie das mitangesehen hat."

„Ich glaube, sie wollte nur, dass ich weiß, dass jemand für

mich etwas wirklich Großartiges getan hat. Ich kann dir nicht genug danken. Drew hat mir Angst gemacht."

Er betrachtete sie mit ausdrucksloser Miene. „Du hast einen schlechten Männergeschmack."

„*Hatte*", sagte sie. „Aber jetzt nicht mehr."

Und dann küsste sie ihn. Mitten auf dem Gehsteig. Es war ein sanfter, vorsichtiger Kuss, und er ließ ihr die Kontrolle, wusste, dass er, wenn er sie übernahm, nicht würde aufhören können.

Sie löste sich von ihm. „Wie viele andere gute Taten hast du denn noch hinter meinem Rücken vollbracht?"

Er schmunzelte. „Wer weiß."

„Shane!" Sie schüttelte den Kopf. „Jetzt muss ich mir was einfallen lassen, damit wir quitt sind."

„Dem werde ich nicht widersprechen." Er nahm ihre Hand und verflocht seine Finger mit ihren. Schweigend gingen sie eine Weile weiter. „Bist du jetzt bereit, alles auf eine Karte zu setzen, Rachel?"

Sie antwortete nicht gleich, und sein Herz begann zu stolpern.

„Da komme ich schon noch hin", sagte sie endlich. „Ich muss nur–"

Er unterbrach sie, bevor sie irgendeine dumme Ausrede finden konnte. „Wer nicht wagt, der nicht gewinnt."

„Ja, ja", murmelte sie.

„Du bist nach der großen Eröffnung am Zug, wenn nicht, dann werde *ich* meinen besten Zug machen, und du weißt nicht, was dann auf dich zukommt", neckte er sie.

Sie lachte nicht. Stattdessen klang sie todernst. "Okay."

„Okay? Wozu?"

„Zu beidem."

Er grinste. „Dann okay. Das ist ein Date. Morgen Abend wird es so oder so einen Zug geben."

„Halt einfach die Klappe", sagte sie gequält.

Er legte einen Arm um sie und küsste sie oben auf den Kopf. „Sollst du haben."

17

Am Morgen des Straßenfestes standen Shane und Rachel früh auf, um das Café vorzubereiten. Shane überwachte alles, während ihre neue Angestellte Tanya und Rachel gemeinsam die erste Ladung Kaffee und Eistee vorbereiteten.

„Wir kriegen das hin, Boss", sagte Tanya. „Ich mache zwischenzeitlich schon im Traum Espresso, so viel haben wir letzte Woche geübt."

„So eine Nacht hatte ich auch", murmelte Rachel.

Shane nickte. „Gut."

Das war das Geheimnis seines Angestelltentrainings. Er ließ sie eine Sache wieder und wieder üben und dabei auch immer wieder probieren, damit sie gleich merkten, wenn etwas nicht perfekt war.

Rachel wippte auf ihren Fersen auf und ab. Ihr Knöchel war jetzt ganz verheilt. „Shane, ich bin so nervös! Ich fasse es nicht, dass wir das in sechs Wochen geschafft haben! Er ist da! Der große Tag!" Sie runzelte die Stirn. „Was, wenn keiner kommt?"

„Werden sie schon. Wir haben die beste Lage." Das Fest fand auf der Straße im Zentrum direkt vor ihrem Café statt.

„Ahh!" Sie quietschte, umarmte Tanya und dann ihn. Er erwiderte die Umarmung, wünschte sich allerdings, er hätte bleiben und sie einfach weiter so halten können. Er gab sich jedoch damit zufrieden, ihren blumigen Duft einen Moment lang zu inhalieren.

„Ich muss meinen Laden aufbauen", sagte er und ließ sie los. „Hals- und Beinbruch!"

Er belud mit den Eismachern seines Vertrauens, Manny und Sam, den Eiswagen, den er gemietet hatte, um ihn rechtzeitig auf die Straße zu bringen. Barry und Gabe hatten eine Reihe weißer Zelte zur Beschattung aufgestellt. Liz und Daisy befestigten festliche Ballons vor jedem Geschäft auf der Main Street. Barry ließ seine Angestellten die Kinderspiele und eine aufblasbare Rutsche und eine Hüpfburg aufstellen. Shane blickte zu dem Banner über der Main Street hinauf, auf dem in Großbuchstaben *The Dancing Cow* stand, und biss die Zähne zusammen.

Das Fest war ein Riesenerfolg. Noch nie waren so viele Leute gekommen und hatten sich umgesehen. Barry hatte ganz groß die Werbetrommel gerührt. Shane verbrachte den Tag damit, Eis zu portionieren und Kinder zu begrüßen, deren Gesichter wie Löwen und Bären geschminkt waren. Er entdeckte ein paar Scherzbrillen, darum wusste er, dass die Kinder auch in Barrys Laden gewesen waren. Er sah einen kontinuierlichen Strom von Familien, die ins Café gingen, und einige sogar ins *Book It*, wo Liz den Tag an der Kasse verbrachte.

Der Eiskaffee schien großartig anzukommen. Viele Eltern tranken einen, während sie umherliefen oder ihren Kindern dabei halfen, im Planschbecken zu angeln, Bohnenbeutel zu werfen, Lutscher zu ziehen und auf Hüpfburgen zu spielen. Auch das Dreiradrennen auf einer kleinen Bahn am Ende der Straße war ein Hit.

„Dreimal Vanille bitte, Mr. Softie", sagte Trav grinsend zu ihm. Bryce grabschte nach ihm, und Shane gab ihm ein Baby-High-Five.

„Hey, Bryce", sagte Shane. „Sag deinem Dad bitte, er soll mal ein paar exotischere Geschmacksrichtungen ausprobieren."

„Da-da", blubberte Bryce.

Daisy gesellte sich mit Gran und Jorge, die Scherzbrillen und hawaiianische Blumenketten trugen, zu ihnen. Großartig. Noch mehr Überläufer ins Barrylager.

„Shane, euer neues Café sieht toll aus!", sagte Daisy.

„Es ist fabelhaft!", rief Gran.

„Danke", sagte Shane. „Scheint ganz gut zu laufen."

„Natürlich tut es das", sagte Gran. „Alle wissen doch, dass

dein Essen köstlich ist. Kann ich was von dem Kaffeeeis bekommen?"

„Ich nehme Schokomokka", sagte Jorge.

„Sollt ihr haben." Shane portionierte Eis für seine Familie und reichte es ihnen.

Trav hielt ihm einen Zwanziger hin. Shane schüttelte den Kopf. „Geht aufs Haus. Kauft damit ein paar Bilderbücher für Bryce."

Trav steckte den Schein in die Trinkgelddose. „Kauf dir selbst was Schönes."

Shane schüttelte den Kopf. Ein paar Minuten später standen Rachels Eltern vor ihm.

Mr. Miller grüßte ihn fröhlich. „Wie läuft das Geschäft?"

„Gut, danke", sagte er. „Wie geht es Ihnen?"

„Sehr gut", sagte Mr. Miller.

Mrs. Miller strahlte Shane an.

„Was darf ich Ihnen geben?", fragte Shane.

„Rachel ist ganz aus dem Häuschen, dass sie beide ein Café zusammen haben", sagte Mrs. Miller.

Mr. Miller drehte sich zu seiner Frau um. „Ich habe nie gehört, dass sie das gesagt hat."

Mrs. Miller ignorierte diese Bemerkung. „Aus dem Häuschen. Was halten Sie davon, jüdische Feiertage zu begehen?"

„Rita!", ermahnte Mr. Miller sie.

„Ähm, was ich von jüdischen Feiertagen halte?", sagte Shane. „Ich habe noch nie welche gefeiert, aber ich bin mir sicher, dass es nett wäre."

„Gut", sagte Mrs. Miller und strahlte ihn an. „*Sehr* gut."

„Ich hätte gerne Schokolade in einem Becher", sagte Mr. Miller.

„Ich nehme *Erdbeer*", sagte Mrs. Miller mit breitem Lächeln.

Shane hatte keine Ahnung, worauf Mrs. Miller hinaus wollte mit ihrer besonderen Betonung von Erdbeer, nichtsdestotrotz servierte er es ihnen.

„Tun wir doch nicht so, als wären wir Fremde", sagte Mrs. Miller. „Wir würden uns freuen, wenn Sie Freitagabend zum Abendessen kommen würden."

„Gerne, danke", sagte Shane. Nachdem Rachels Eltern gegangen waren, lächelte er vor sich hin. Zumindest wusste er, dass ihre Familie ihm nicht im Weg stehen würde.

Kurz darauf kam Ry vorbei. „Ein großes Kaffeeeis. Wie läuft's?"

Shane füllte einen Becher. „Gut. Eine Menge Leute gehen ins Café. Und den Eiswagen habe ich schon zweimal nachgefüllt."

Ry sah sich auf der vollen Straße um. „Ich kann gar nicht fassen, dass es so gut läuft. Wie habt ihr es bloß geschafft, dieses Jahr so viele Leute hierher zu bekommen?"

Shane reichte ihm seinen Becher. „Ich schätze mal, Barry ist gut in PR, oder so."

Ry blickte zu dem großen Banner hinauf, das über der Straße hing. „Das würde ich auch sagen. Dann lasse ich dich mal weiterarbeiten. Vergiss nicht, auch eine Pause zu machen und nach dem Café zu sehen. Rachel und Tanya haben furchtbar viel um die Ohren."

Alarmiert zuckte Shane zusammen. Er wollte ja, dass sie gut zu tun hatten, aber nicht zu viel, denn dann wurden Fehler gemacht.

„Ich werde mal nach ihnen sehen", sagte er. Er rief in seinem Laden an und bat Manny, für ihn zu übernehmen. Nachdem Manny gekommen war und übernommen hatte, betrat Shane das klimatisierte Café, in dem die Gäste Schlange standen.

Tanya servierte Getränke, während Rachel die Bestellungen eintippte. Sie hatten auf jeden Fall viel zu tun, schienen aber gut zurechtzukommen. Er trat hinter den Tresen. „Hey, braucht ihr Hilfe?"

Rachel sah zu ihm auf. Ihre Haare waren aus ihrem Zopf gerutscht. „Kannst du vielleicht Tanya helfen?"

„Natürlich." Er stellte sich neben Tanya. „Ich nehme die komplizierteren Bestellungen. Dann musst du dich nur um die leichten kümmern."

Tanya lächelte. „Klare Sache, Boss."

Schon komisch, er sagte seinen Angestellten nie, sie sollten ihn Boss nennen, und doch taten sie es. Er und Tanya fanden schnell einen guten Rhythmus und bedienten einen konstanten Strom von Gästen, mit einem Höhepunkt am Nachmittag, als sich die meisten Eltern in der Nachmittagssonne erholen wollten. Der Schoko-Eiskaffee war wirklich beliebt. Shane schätzte, dass sie mindestens zweihundert Tassen am ersten Tag verkauft hatten. Ein fantastischer Anfang.

Das Fest endete schließlich, und Shane ging zu seinem Laden, um abzuschließen und dabei zu helfen, den Eiswagen und verschiedene Zelte wegzubringen. Rachel und Tanya schlossen das Café und bereiteten alles für den nächsten Morgen vor.

Als er fertig war, kehrte er zum Café zurück, um dort nach dem Rechten zu sehen. Der Gastraum war sauber. Tanya war bereits gegangen.

„Wie haben wir uns gemacht?", fragte er Rachel.

Sie schloss die Tür hinter ihm ab und drehte das Schild auf Geschlossen um. Sie stieß einen Jubelschrei aus und schlug mit der Faust in die Luft. *„Per aspera ad astra!"*

Er grinste und zeigte auf sie. „Über raue Pfade gelangt man zu den Sternen."

Sie strahlte. „Ja! Wir haben heute vierhundert Tassen Kaffee verkauft!"

„Wow." Das war mehr, als selbst er gedacht hatte. Sie würden den Vorrat schneller wieder aufstocken müssen, als er ursprünglich geplant hatte.

„Deine Backwaren waren auch ein riesiger Erfolg", fuhr sie fort. „Und das *Book It* hat heute tonnenweise Bilderbücher verkauft!"

Er grinste. „Großartig! Wir sollten feiern."

Sie hob einen Finger. „Da bin ich dir voraus. Nur eine Minute." Sie ging ins Hinterzimmer und kehrte eine Minute später mit zwei Kaffeebechern und einer Flasche Champagner zurück.

„Champagner in einem Kaffeebecher? Nein, nein, nein. Das wirkt sich auf den Geschmack aus."

Sie verdrehte die Augen. „Wie du meinst. Ich habe Weingläser bei mir zu Hause."

Er folgte ihr durch das *Book It* zur Hintertür hinaus und hielt den Champagner, während sie aufschloss. Er versuchte, nicht zu sehr darüber nachzudenken, dass er jetzt mit Rachel allein in ihrem Apartment sein würde. Er war schon unzählige Male vorher dort gewesen, doch diesmal war er vor Vorfreude bereits steinhart. Das war es. Ihre harte Arbeit zahlte sich aus. Und jetzt war es Zeit zum Spielen. Sie hatten ein Abkommen. Einer von ihnen würde den nächsten Zug machen. Er war es leid zu warten.

Sie gingen hinein und sie reckte sich, um zwei Weingläser aus dem Küchenschrank zu holen. Er musste sich zwingen, seine Hände bei sich zu behalten, als ihr T-Shirt hochrutschte und ihren unteren Rücken entblößte. Er hätte sie am liebsten gleich dort und an unzähligen anderen Orten gekostet.

Sie drehte sich um, sah ihm in die Augen und hielt den Atem an, zweifellos, weil sie den unbändigen Hunger dort gesehen hatte. Er konnte ihn nicht mehr verbergen.

Sie reichte ihm den Champagner. „Könntest du die Flasche aufmachen? Bei mir endet das immer in einer Katastrophe."

„Sehr gerne", sagte er mit rauer Stimme.

Sie seufzte, und da sie sich anscheinend selbst erwischt hatte, schüttelte sie den Kopf und lachte. „Jetzt mach schon!"

Er öffnete den Champagner, und der Korken flog mit einem lauten Plop ins Wohnzimmer.

„Masel tov!", rief Rachel

„Masel tov", sagte er lächelnd. Es gefiel ihm, Rachel wieder begeistert und glücklich zu sehen. Der Sommer hatte für sie schwierig begonnen, doch jetzt war alles wieder gut.

„Ich hole den Korken", sagte sie und lief dazu ins Wohnzimmer.

Er brachte alles ins Wohnzimmer, goss zwei Gläser ein und stellte die Flasche neben den Korken auf den Sofatisch, dann ließen sie sich auf dem Sofa nieder.

Rachel stieß mit ihm an. „Auf unseren Erfolg!"

Er lächelte. „Auf unseren Erfolg."

Sie tranken.

Rachel lächelte ihn strahlend an. Er hatte sie lange nicht in solch guter Stimmung gesehen.

Sie stieß noch einmal mit ihm an. „Und auf guten Kaffee!"

Er wiederholte das, und sie tranken. Er hielt sich zurück und trank nur einen kleinen Schluck, denn er wollte vollkommen in dem Moment sein, wenn der Moment kam.

„Und auf Bücher", sagte sie und leerte ihr Glas.

„Auf Bücher." Er stieß noch einmal mit ihr an und trank einen Schluck. Er hob ihr leeres Glas in die Höhe. „Partner, du solltest ein bisschen langsamer machen, sonst muss ich es dir wegnehmen."

Sie schürzte die Lippen. „Das würdest du nicht tun! Wir feiern doch."

„Ganz genau, und ich möchte, dass du dich an jeden Moment unserer Feier erinnerst." Er füllte ihr Glas erneut und reichte es ihr. Sie verzog das Gesicht in seine Richtung. Er hob sein Glas, um einen Toast zu sprechen. „Auf gutes Essen, und dieses Mal trinkst du nur einen kleinen Schluck!"

Sie stießen an und tranken. Er trank einen kleinen Schluck und beobachtete sie über den Rand seines Glases hinweg. Sie trank erneut einen großen Schluck und ignorierte vollkommen seine Warnung. Er nahm ihr das Glas ab und hielt es außer Reichweite, und als er sah, dass sie nach seinem greifen wollte, zog er auch das weg. Er stand auf, bevor sie seinen Arm packen konnte.

Er hielt die beiden Gläser über seinen Kopf. „Am Ende kippst du noch alles über dir aus."

„Shane! Mir geht es gut. Ich bin höchstens ein bisschen beschwipst. Das ist nicht einfach für mich, weißt du."

Er nahm die Gläser herunter. „Was ist nicht einfach für dich?"

Sie deutete auf seinen Körper. „Du weißt schon."

Erleichterung und gleichzeitig Triumph breiteten sich in ihm aus. Sie war nur nervös, und er wusste, dass es sie beruhigen würde. Er stellte die Gläser auf den Beistelltisch außer Reichweite, dann drehte er sich um, nahm ihre Hand und zog sie mit sich zum Sofa. Langsam rieb er mit seinem Daumen über ihre Handfläche. „Erzähl mir von deinem Tag."

Sie starrte auf seine Hand, die ihre hielt, und sah ihm schließlich in die Augen. Er wartete. Sie begann zu reden, entspannte sich langsam und ging zu einer lockeren Unterhaltung über, wie die, die sie immer geführt hatten, während sie ihm von den Gästen erzählte, die am Morgen auf einen Kaffee vorbeigekommen waren und dann ein zweites Mal am Nachmittag für Eiskaffee und Kuchen. Wie verrückt es gewesen war, mit Tanyas Bestellungen mithalten zu müssen. Dass Liz so viele Bilderbücher verkauft hatte, weil sie von ihrer Erfahrung als Grundschullehrerin wusste, was eine gute Lektüre für Kinder war.

Er gab ihr den Champagner zurück, und sie nippte daran. Er machte das gleiche, während er ihr vom Straßenfest erzählte und wie verrückt es geworden war, als Barry beim Dreiradrennen mitgemacht hatte und beinahe das Zelt umgefahren hätte, in dem sie ein Planschbecken aufgestellt hatten, in dem man Plastikfische angeln konnte. Sie lachten.

Er sah ihr in die Augen und hob sein Glas für einen weiteren Toast. „Auf Freunde."

„Auf Freunde", sagte sie mit einer Stimme, in der so viel

mehr lag. Er blickte ihr in die schokoladenbraunen Augen und wusste es. Er wusste es einfach.

Sie trank einen langen Schluck, und dieses Mal ließ er sie, denn er wusste, dass sie den Mut brauchte. Er stellte sein Getränk ab.

„Auf Liebhaber", sagte sie leise und stellte ihr Glas ab.

Am liebsten hätte er sie gleich in seine Arme gezogen, doch er musste sicher sein, dass nicht nur der Champagner aus ihr sprach. Er wollte, dass sie sich an ihr erstes Mal erinnerte. „Rachel, bist du betrunken?"

Sie legte ihre Arme um seinen Hals und sprach so nahe, dass ihre Lippen seine berührten. „Ich bin nur ein bisschen beschwipst", sagte sie und lächelte an seinem Mund.

„Ich auch." Er nahm ihr Gesicht in beide Hände und küsste sie dann sanft, vorsichtig. Doch das hielt nicht lange an, da sie sich auf ihn warf und ihn aus der Balance brachte. Er fiel zurück aufs Sofa und legte seine Arme um sie. Sie streckte sich auf ihm aus, und all ihre weichen Kurven trafen ihn an den richtigen Stellen.

„Hallo, Liebhaber", sagte sie, bevor sie ihn leidenschaftlich küsste.

Jahre des unterdrückten Verlangens entfalteten sich nun in ihm, und er übernahm rasch den Kuss; seine Hand grub sich in ihr Haar, und seine Zunge wirbelte durch ihren Mund, schmeckte Champagner und einen Hauch Espresso. Er zog das Band aus ihrem Haar, löste ihren Zopf und fuhr mit seinen Fingern durch die weichen Wellen. Sie küssten sich lang, und Shane kämpfte darum, es langsam angehen zu lassen. Mit einer Hand hielt er ihren Hinterkopf, während er seinen Mund mit ihrem verschmelzen und seine andere Hand unter ihr T-Shirt gleiten ließ, um ihren BH zu öffnen.

Sie setzte sich auf und zog ihr T-Shirt und ihren BH aus. Sie war so schön. Ihre Brüste waren noch besser, als er sie sich vorgestellt hatte, voll und üppig. Ihre Nippel stellten sich auf, und er musste einfach kosten. Er beugte sich vor, zog die feste Spitze einer Brust in den Mund. Sie stöhnte und bog ihren Rücken durch, bot sich ihm ganz an. Er ließ sich Zeit, küsste, saugte, schmeckte.

Er schwelgte in ihrem Genuss, süßer Honiglavendel, der ihn gierig nach mehr machte. Er schenkte der anderen Brust die gleiche Aufmerksamkeit und kehrte zu ihren sinnlichen Lippen zurück. Sie zerrte an seinem Hemd. Er zog das Hemd aus und zog sie an sich. Das Gefühl ihrer weichen Haut auf seiner war elektrisch. Nun zerrte sie an seinen Shorts, versuchte, sie ihm auszuziehen.

Er stand auf und zog sie mit sich. Ohne ein Wort hob er sie hoch und trug sie ins Schlafzimmer.

18

Rachel kicherte, als Shane sie ins Schlafzimmer trug. Sie war vom Champagner und von ihrem umwerfenden Erfolg mit dem Café und seiner ganzen Prinzessinnenmasche beschwipst. Er legte sie vorsichtig aufs Bett. Sie schlang ihre Arme um seinen Hals und küsste ihn erneut, dann löste er sich von ihr und sah ihr in die Augen.

„Wir haben zu viele Sachen an", sagte sie. Sie zog sich aus, warf ihre Shorts und das Höschen beiseite.

„Gott, Rachel, ich kann es nicht abwarten, jeden Zentimeter an dir zu kosten."

Und dann machte er sich daran, genau das zu tun: Er knabberte, saugte und leckte und entlockte ihr leises Stöhnen, während er sich an ihrem Körper hinabbewegte und sich an einigen Stellen etwas länger aufhielt, an der Kuhle an ihrem Hals, an ihren Brüsten, wo er sich besonders lange aufhielt, bis zu ihrem Nabel, wo er hineintauchte, um ihn zu kosten, dann weiter hinab, haarscharf an der Stelle vorbei, wo sie bereits heiß und feucht und bereit für ihn war, zu ihrem Innenschenkel, an ihren Beinen hinab ganz nach unten bis zu ihren Zehen.

Ihre Hüfte bewegte sich unruhig. „Shane, bitte, ich–"

Unerwartet drehte er sie um, und mit einem Woosh verließ sie der Atem.

„Shane?", fragte sie unsicher.

„Jeden Zentimeter", sagte er, küsste und leckte wieder an

ihren Knöcheln empor, ihren Waden, ihren ach so empfindlichen Kniekehlen. Wer hätte gedacht, dass Knie so empfindlich sein konnten? Er machte weiter, drückte einen Kuss auf ihren Po und biss dann zu, sodass sie zusammenzuckte. Er beruhigte die Stelle mit einer zärtlichen Liebkosung, arbeitete sich zu ihrem Rücken vor und weiter ihre Wirbelsäule hinauf. Ihr Körper prickelte überall, als er ihre Haare beiseiteschob und an ihrem Nacken schnupperte.

Dann drehte er sie wieder zurück und strich ihr die Haare aus dem Gesicht. „Du schmeckst köstlich."

Ihr ganzer Körper war überhitzt und sehnte sich nach der Erlösung, die nur er ihr geben konnte. „Du hast immer noch zu viele Sachen an."

Er stand auf, zog seine Shorts und die Unterhose aus, und sie nutzte den Moment, um ihn anzustarren. Sie hatte wissen wollen, wie er aussah, nachdem sie gespürt hatte, wie groß er war, und, heilige Mutter des absoluten Wahnsinnshammers, sie war sprachlos.

„Alles gut?", fragte er.

Sie zwang sich, wieder in sein Gesicht zu sehen. Er war ein Bild männlicher Großspurigkeit. *Ha!*, dachte sie im Delirium. *Groß.*

Sie nickte langsam und musste unwillkürlich ein zweites Mal hinsehen. Sie schluckte. „Sehr gut."

Er ließ sich auf sie herab und küsste sie erneut. „Ich werde vorsichtig sein", flüsterte er in ihr Ohr.

„Ich habe keine Angst vor dir", sagte sie und legte ihre Arme um ihn. Sie küssten einander, bis sie sich wirklich entspannte und unruhig wurde, ihn brauchte, ihn in sich spüren musste. Sie fuhr mit ihren Händen an seinem Rücken hinauf und hinab, zwang ihn, ihr immer näher zu kommen. Er unterbrach den Kuss nur, um noch einmal an ihrem Hals zu schnuppern.

„Shane, bitte", flehte sie.

„Ich habe noch nicht genug probiert", sagte er und begann, wieder ihren Körper hinab zu wandern. Er hielt an ihren Brüsten inne und neckte und saugte, während sie sich ihm entgegen bog und ihre Hände in sein Haar grub. Als er sich an ihr gelabt hatte, wanderte er mit heißen Küssen und offenem Mund weiter, was sie zittern ließ, bis seine Lippen sich ihrer Mitte näherten. Sie hob ihre Hüfte von der Matratze. Das nutzte er und schob seine

Hände unter ihren Po. Er beruhigte sie mit sanften Küssen, bis sie sich wieder entspannte.

Er hob seinen Kopf. „Du schmeckst wie Honig, und ich will jeden einzelnen Tropfen."

Sie erbebte, und er fuhr fort, sie mit seinem Mund für sich zu fordern. Er trieb sie in den Wahnsinn – saugte abwechselnd gierig und sanft.

„Bitte, bitte", murmelte sie. So nahe, sie war so nahe dran.

Er ging dazu über, sie besonders sanft, besonders behutsam zu kosten, und ihr Körper verkrampfte sich vor Verlangen, wie ein Bogen der zu fest gespannt war. Sie krallte ihre Hände in seine Haare, flehte, er möge ihr Erlösung schenken. Er saugte an ihrer harten Klitoris, und in einer plötzlichen Woge kam sie. Er labte sich an ihr, nahm sich jedes bisschen Lust, das er bekommen konnte. Jeden einzelnen Tropfen.

Dann erhob er sich über ihr und legte seine Hand auf ihre Scham. Sie schrie auf, da sie immer noch so wahnsinnig empfindlich war.

„Kondom?", fragte er.

„Medizinschrank", krächzte sie.

Er ließ sie los, und sie sank auf die Matratze, hatte das Gefühl, in einem sinnlichen Nebel verloren zu sein. Dann war er zurück, sein Körper wärmte ihren, und sie legte ihre Arme um ihn. Er küsste sie und stieß seine Zunge in ihren Mund, während er langsam in sie eindrang. Sie bog den Rücken durch, bemühte sich, sich an seine Größe anzupassen, schlang ihre Beine um ihn. Er griff unter sie, sodass er den richtigen Winkel bekam, und drang tiefer in sie ein. Sie war noch nie in ihrem Leben so sehr erfüllt worden. Einen Moment lang bewegte er sich nicht, und sie spürte, wie er in ihr pulsierte.

Seine Lippen berührten ihre. „Ich habe so lange darauf gewartet."

„Ich weiß."

Er sah ihr in die Augen. „Du bist so schön."

Sie blinzelte. Niemand hatte sie jemals schön genannt. Hübsch, niedlich, vielleicht, aber niemals schön. „Danke."

Dann küsste er sie, so behutsam, so zärtlich, dass sie unerwartet das Gefühl hatte, vor Emotionen beinahe zu ersticken. Es war zu viel. Sie biss ihm auf die Unterlippe, und er rührte sich in ihr. Sie fanden ihren Rhythmus und bewegten sich drängend miteinander. Ihre Körper hatten sich solange nach dieser Vereinigung gesehnt. Sie schloss die Augen, als sie spürte, wie die süße Anspannung sich wieder in ihr aufbaute. Er presste seine Lippen seitlich an ihren Hals, während er härter und schneller zustieß, und Rachel schrie, als sich ihr Körper bei ihrem Höhepunkt zusammenzog. Sie hörte, wie er etwas vor sich hin murmelte, das wie ein Lob klang, dann packte er ihre Hüfte und stieß in sie hinein, als gäbe es kein Morgen. Plötzlich erstarrte sie und stieß einen gutturalen Laut aus, als ein weiterer Orgasmus durch sie hindurch rauschte. Sie hatte noch nie mehrere Orgasmen hintereinander gehabt.

Heiliger Shane.

Am nächsten Morgen wachte sie nackt auf ihrem Bauch liegend auf. Sie rollte sich auf den Rücken, fühlte sich träge und entspannt. Das war mit Abstand der beste Sex gewesen, den sie jemals gehabt hatte. Sie hörte, wie Shane in der Küche hantierte. *Ich habe mit Shane geschlafen.* Ein unruhiges Gefühl breitete sich in ihr aus und hätte beinahe das ruiniert, was ein sehr glücklicher Morgen danach hätte sein sollen. Was jetzt? Shane war immer noch ihr Partner, Freund und jetzt ihr Liebhaber? Panik begann, sich in ihrem Verstand auszubreiten. Wie viele Rollen konnte er spielen, bevor er ihr Leben ganz übernahm?

Sie machte sich im Bad frisch, zog einen Morgenmantel aus Baumwolle an und ging langsam in die Küche. Früher oder später musste sie sich ihm stellen.

„Guten Morgen, Sonnenschein", sagte Shane. Er war barfuß in seinem Shane's Scoops T-Shirt und den Basketballshorts von gestern. Er sah so aus, als fühlte er sich ganz wohl in ihrer Küche. „Ich dachte, ich lasse dich noch ein bisschen schlafen." Er goss eine Eimischung in die Bratpfanne. „Ich mache gerade Omelettes."

Sie starrte ihn an und versuchte den Mann, den sie als einen Freund kannte, mit dem Liebhaber von letzter Nacht in Einklang zu bringen. Da sie sich entblößt und unbehaglich fühlte, murmelte sie: „Danke."

„Ich habe in deinem Badezimmer eine Ersatzzahnbürste

gefunden. Hoffe, das war in Ordnung. Kaffee ist schon fertig. Es sei denn, du möchtest unten eine Tasse." Er meinte das Café.

„Nein, schon in Ordnung. Sie setzte sich mit ihrem Kaffee an den Tisch. Ihre Vergangenheit mit Männern sagte ihr, dass eines sicher war - sie war großartig darin, ihnen die Kontrolle zu überlassen und keine Warnsignale zu sehen, oder erst, nachdem die Zeit, in der sie hätte aussteigen müssen, längst vorüber war. Das durfte sie bei Shane nicht zulassen. Sie musste sich selbst treu bleiben.

Kurz darauf setzte Shane ihr ein Omelette vor und setzte sich mit seinem zu ihr an den Tisch.

Sie starrte es an. „Ich mag keine Omelettes."

„Oh." Er sah sie merkwürdig an. „Warum hast du das nicht gesagt, als ich angefangen habe zu kochen? Ich hätte dir doch was anderes machen können."

„Ich weiß nicht." Sie stand auf, holte sich ihren üblichen Müsliriegel und hielt ihn in die Höhe. „Ich mag Pappe zum Frühstück."

Er schnaubte. „Wie du willst."

Sie aßen schweigend. Rachel war in ihren panischen Gedanken verloren. Ihr ganzes Leben war an das von Shane gekettet. Das war ein Fehler gewesen. Zu viel Champagner, zu viel feiern.

„Shane, ich …"

Er legte seine Gabel ab und hielt ihre Hand ganz warm in seiner. „Ja?"

„Letzte Nacht war …" Sie suchte nach den richtigen Worten. Sie wollte seine Gefühle nicht verletzen. „Vielleicht haben wir zu viel Champagner getrunken."

„Du hast gesagt, du wärst nur beschwipst."

„Das war ich auch."

„Erinnerst du dich daran? Erinnerst du dich, wie ich dich berührt habe?" Er legte seine Hand an ihren Hinterkopf und zog sie an sich. Sie wollte sich von ihm lösen, doch ein Teil von ihr wollte die Erinnerung. Er knabberte an ihrer Unterlippe, dann küsste er sie. Seine Lippen berührten kaum ihre Unterlippe, dann strich er ein weiteres Mal vorsichtig über ihre Oberlippe, und ihr Mund öffnete sich seufzend. Sein Mund senkte sich zu einem langen, tiefen Kuss auf ihren, und sie vergaß all ihre Bedenken und gab sich dem Gefühl hin.

Als er sich schließlich von ihr löste, blinzelte sie.

Er lächelte. „Du erinnerst dich."

„Ja", sagte sie leise.

„Die letzte Nacht war etwas Besonderes."

Sie rutschte von ihm weg.

Er legte einen Finger unter ihr Kinn und drehte sie zurück. „Jetzt sag mir nicht, dass du so tun möchtest, als wäre *das* nie passiert."

Sie wünschte, das hätte sie gekonnt. Sie dachte, dass sie das niemals vergessen würde. Sie spielte mit der Verpackung ihres Müsliriegels. Alles war ruiniert. Jedes Mal, wenn sie ihn sah, würde sie an ihre gemeinsame Nacht denken. Sie wünschte sich, sie hätten immer Freunde bleiben können. Das hier würde ausgehen wie alle ihre Beziehungen, mit einem wenig erfreulichen Ende – vielleicht weil sie immer wieder mit derselben Leier kam und etwas fand, das sie an ihm reparieren musste. An allen Typen fand sie eine Sache, von der sie wusste, dass es ihnen besser gehen würde, wenn sie die ändern könnte. Ihr war ein wenig schlecht. An Shane musste nichts verändert werden, und sie hatte keine Ahnung, was sie mit ihm anstellen sollte. Sie war bis über beide Ohren verliebt, und das wusste sie auch.

Als sie schwieg, verkrampfte sich sein Kiefer. „Verdammt, Rachel, sag mir *nicht*, dass du so tun möchtest, als wären wir immer noch nur Freunde. Nicht nach der letzten Nacht."

„Ich wünschte ..." Sie unterbrach sich. Sie wusste, dass sie nicht zurückgehen konnte, war sich aber nicht sicher, ob sie vorwärtsgehen wollte. Verdammt, das war so unangenehm. „Ich muss duschen und zur Arbeit gehen. Du kannst dein Omelette zu Ende essen und, ähm, du findest sicher allein hinaus. Ich bin mir sicher, dass auch du zur Arbeit musst."

Sie spürte seinen Blick auf sich, als sie sich vom Tisch erhob und den Raum verließ. Sie stieß erleichtert einen Atemzug aus, als sie das Wasser der Dusche anstellte und darauf wartete, dass es warm wurde. Sie hatte befürchtet, er würde ihr folgen und verlangen, dass sie darüber sprachen. Ihr fehlten die Worte, über das Durcheinander zu sprechen, das sie empfand. Sie erinnerte sich an Kerri, Shanes Freundin in der Highschool, die gesagt hatte, dass sie nie richtig streiten konnten. Shane wollte immer alles zu Tode ausdiskutieren. Rachel wollte diese Sache einfach aus ihrem Gedächtnis streichen. Sie fühlte sich entblößt und verletzlich und obendrein maßlos dumm. Die eine Sache, von der sie gesagt hatte, dass sie sie niemals tun würde, ihre Freundschaft ruinieren, ihre Geschäftsbeziehung gefährden, hatte sie dank einer Feierlaune mit Champagner ohne jedes Bedenken getan.

Sie nahm ein Handtuch und einen Waschlappen aus dem kleinen Schrank, testete die Temperatur des Wassers und ließ den Bademantel fallen. Sie stellte sich unter das heiße Wasser und spürte, wie sich ihr ganzer Körper entspannte. Hoffentlich war Shane weg, wenn sie wieder unter der Dusche hervor kam. Sie wusch sich die Haare. Liz musste heute wieder zu ihrer Arbeit, deswegen wurde Rachel im *Book It* gebraucht, und vermutlich sollte sie auch mal im–

„Ahhh!!!!" Sie stieß einen markerschütternden Schrei aus, als der Duschvorhang beiseite gezogen wurde. Shane legte seine Hand auf ihren Mund, während er nackt zu ihr unter die Dusche trat.

Ohne ihre Brille konnte sie nur Dinge sehen, die sehr nahe waren, und Shane war sehr, sehr nahe. Er sah ernst aus, ein Mann mit einer Mission, und ihr Herz galoppierte wie wild, weil sein plötzliches Auftauchen sie überrascht hatte und weil sie wusste, was er mit einer einzigen Berührung anstellen konnte. Er sagte nichts, nahm nur seine Hand von ihrem Mund und grub seine Hände in ihre Haare. Seine Finger fühlten sich wunderbar an, als er ihre Kopfhaut massierte und über ihre langen Haare strich. Er schäumte sie zu Ende ein und neigte dann ihren Kopf zurück, um das Shampoo auszuwaschen. Dann nahm er den Waschlappen und goss Duschgel darauf.

„Shane, nein", sagte sie, ihre Stimme nicht ganz fest. „Ich kann das selbst."

„So was tun Freunde nun mal", sagte er mit seidiger Stimme. „Sie helfen einander."

„Aber nicht in der ..." Ihre Stimme versagte, als er sie langsam einzuseifen begann, an ihrem Hals hinab, über ihre Schultern, sich besonders aufmerksam um ihre Brüste kümmerte, sie langsam umkreiste. Ihre Nippel wurden hart, und sie stöhnte, als er den Waschlappen immer wieder darüber rieb. Sie packte seine Schultern, wollte ihn näher spüren. Stattdessen senkte er den Waschlappen, seifte ihren Bauch ein und nahm eine scharfe Kurve zu ihrer Hüfte. Er ging in die Hocke, um ihre Beine zu waschen, und fuhr dann an ihrem Innenschenkel wieder hinauf. Sie wappnete sich, dass der raue Stoff gleich ihre sensible Mitte berühren würde; stattdessen war er vorsichtig, geradezu schmerzhaft vorsichtig, dann ließ er den Waschlappen sinken und ersetzte ihn durch seinen Mund.

Ihre Knie gaben nach, und er hielt sie aufrecht. Seine Hände an ihrem Po hielten sie fest, er benutzte seine Zunge, seine Lippen und Zähne, um jedes Nervenende zum Leben zu erwecken. Sie schloss die Augen, während das heiße Wasser über sie rann, während sie dem Orgasmus schnell näher kam.

Er hielt inne und sah zu ihr auf. „Mach die Augen auf, Rachel. Sieh dir an, was dein Freund mit dir macht."

Sie schüttelte den Kopf und ließ ihre Augen geschlossen.

Seine Lippen strichen über ihre empfindliche Klitoris, und sie zuckte zusammen, ihre Nervenenden so empfindlich. „Mehr gibt es nicht, es sei denn, du siehst hin."

Sie zwang sich, die Augen zu öffnen. Er lächelte und machte sich wieder daran, sie intim zu küssen. Sein rotes Haar bildete einen starken Kontrast zu ihren dunklen, seine muskulösen Arme hielten sie hoch. Er saugte gierig, und sie sah Sterne, schrie seinen Namen. Er machte weiter, wrang jeden letzten Tropfen aus ihr, bis sie absolut nichts mehr hatte.

Dann stand er auf und küsste sie, und sie schmiegte sich schlaff und befriedigt an seinen warmen Körper. Er hob sie hoch, unter dem Wasser hervor und legte ein Handtuch um sie.

„Bleib da", sagte er. „Warte auf mich."

Sie nickte und hörte, wie er pfiff, während er sich in der Dusche wusch. Sie stand in ihrem Handtuch da, der Spiegel ihres kleinen Medizinschranks vollkommen beschlagen. Sie wischte ihn ab und setzte ihre Brille wieder auf. Ihre Haare hingen in einem nassen, zerzausten Klumpen hinab. Ihre Lippen waren rosig, ihre Wangen gerötet, ihre Augen glänzten. Um sich von dem Grund abzulenken, warum sie tatsächlich in einem Handtuch wartete, nahm sie einen Kamm heraus und kämmte die Knoten aus ihrem Haar. Als sie damit fertig war, beugte sie sich über das Waschbecken, um sich das Wasser aus den Haaren zu wringen.

Das Wasser in der Dusche wurde ausgestellt.

„Nicht bewegen", befahl Shane.

Über das Waschbecken gebeugt erstarrte sie. „Ähm, Shane?"

Er riss ihr das Handtuch vom Körper. Sie richtete sich ruckartig auf und drehte sich um. Ihr Blick wanderte von allein hinab. Ihr Protestschrei erstarb in ihrer Kehle.

Er trocknete sich mit einem anderen Handtuch ab. „Ich habe doch gesagt, du sollst dich nicht bewegen."

Er drehte sie um und drückte sie wieder herunter, sodass sie sich über das Waschbecken beugte. Sie erbebte, weil sie sich in dieser Position so verletzlich fühlte, bewegte sich jedoch nicht.

Er öffnete das Medizinschränkchen über ihrem Kopf und holte ein Kondom heraus. Sie hörte, wie die Folie knisterte, und wartete darauf, den ersten festen Stoß zu spüren. Stattdessen legte er seinen Arm um ihre Taille und zog sie hoch.

„Ich habe eine bessere Idee", sagte er.

Er hob sie hoch, trug sie aus dem Badezimmer und ins Schlafzimmer.

„Shane! Du musst mich nicht überall hintragen. Meinem Knöchel geht's gut."

„Aber es gefällt dir."

Sie schloss ihren Mund, da das stimmte. Er kannte sie gut, zu gut. Sie hatte ihn an sich heran gelassen, ihn als guten Freund sehen lassen, wer sie war, und jetzt nutzte er das im Intimbereich zu seinem Vorteil. Sie hatte sich nie so verletzlich und doch so angetörnt gefühlt. Er setzte sie vor der Kommode, über der sich ein großer Spiegel erhob, ab.

„Spreiz deine Beine", sagte er, als er sie fast zärtlich über die Kommode beugte. Und, Gott steh ihr bei, das tat sie. Er drang langsam in sie ein, ließ ihrem Körper Zeit, sich ihm anzupassen, und ihr stockte der Atem, als sie sich und ihn im Spiegel sah, den Kontrast ihrer Hautfarbe, er einen Hauch heller als sie, sein rotes Haar gegen ihre dunkelbraunen, der errötete, atemlose Blick in ihrem Gesicht, der angestrengte Ausdruck in seinem.

Seine Hände waren mit ihren verflochten, drückten sie nach unten. Er sah ihr im Spiegel in die Augen. „Würde dein Freund das tun?", fragte er mit hartem Stoß.

„N-nein." Sie schnappte nach Luft.

Er machte weiter, pumpte von hinten in sie hinein. Trotz der Grobheit dessen, was sich nach Inbesitznahme anfühlte, spürte sie, wie sich die glühende Anspannung in ihr wieder aufbaute. Er ließ ihre Hände los, um seine kundigen Finger über ihre feuchte Scham gleiten zu lassen. Bei der Berührung bäumte sie sich auf, immer noch empfindlich von seinen vorigen Liebkosungen, und er drang tief ein. Sie schnappte nach Luft. Seine Finger wurden fordernder, erhöhten den Druck bei jedem festen Stoß. Sie wimmerte zusammenhanglos und schloss die Augen, weil es so intensiv war.

Er schüttelte sie ein wenig. „Sieh zu", presste er hervor.

Sie sah zu, wie er sowohl nahm als auch gab. Der Höhepunkt traf sie plötzlich, überraschte sie in seiner Intensität, und sie stöhnte hemmungslos.

Er murmelte liebliche Komplimente vor sich hin; dann pumpte er schnell und fest. Seine Zähne gruben sich seitlich in ihren Hals, und sie keuchte, fühlte sich tatsächlich wie ein Tier, während er sie für seine letzten, nachlassenden Stöße festhielt. Er stöhnte und verharrte eine Minute über sie gebeugt. Seine Lippen lagen in einem sanften Kuss auf dem Punkt, an dem er sie zuvor gebissen hatte.

Er richtete sich auf und trug sie zurück zum Bett, dann ließ er sich auf seiner Seite neben ihr nieder. Er streichelte ihre Haare, ihre Wange, ihre Flanke, und seine Hand legte sich auf ihre Hüfte.

„Wir sind nicht bloß Freunde", sagte er ihr. Seine blauen Augen betrachteten sie aufmerksam, vermutlich wartete er darauf, dass sie ihm widersprach.

Sie konnte es nicht.

Sie sah ihn einfach nur fragend an, verwirrt durch die Widersprüche dieses Mannes, der zugleich vorsichtig und doch so ... nicht stark, sie hatte nie das Gefühl gehabt, als hätte er seine überlegene Kraft gegen sie eingesetzt, es war eher so gewesen, als habe er das Sagen. Sie wurde wieder rot, als sie sich daran erinnerte.

Er lächelte sie wissend an und schien erfreut darüber zu sein, dass sie so verwirrt war, dann küsste er sie erneut, zärtlich, lange bevor er aufstand, sich anzog und ging.

Sie streckte ihre Arme auf dem Bett aus und stieß einen tiefen, äußerst befriedigten Seufzer aus. Ihre Gedanken wanderten ausnahmsweise mal nicht von einer zur anderen Sache auf ihrer langen To-do-Liste. Wow. Verdammt nochmal, einfach wow.

19

Rachel öffnete das *Book It* ein wenig später als sonst an jenem Tag, und es war ihr egal. Es war ein Dienstag, der erste Schultag, und sie erwartete bis zum Wochenende nicht viele Kunden. Glücklicherweise war Tanya gekommen und hatte das *Something's Brewing Café* rechtzeitig geöffnet.

Sie ging kurz ins Café, um sich einen Latte zu holen und mit Tanya zu sprechen. „Wie haben wir uns heute Morgen gemacht?"

Tanya lächelte. „Gut. Nicht ganz so gut wie gestern, aber wir hatten einen ganz schönen Andrang heute Morgen. Hat sich wohl schon rumgesprochen, schätze ich."

„Wie viel haben wir eingenommen?", fragte Rachel.

„Weiß ich nicht."

Rachel ging zur Kasse, um selbst nachzusehen. Sie lächelte. „Gut. Wir machen uns gut."

„Shanes neuer Lieferjunge ist niedlich", sagte Tanya.

Als sie Shane erwähnte, wurde Rachel am ganzen Körper heiß. Himmel, dabei war er ja nicht einmal hier. Sein Name reichte schon, und sie war schon einem Orgasmus nahe. Sie musste sich dringend beruhigen.

„Ach ja?", sagte sie beiläufig. „Er hat erwähnt, dass er jemanden eingestellt hat, damit er morgens das Backen übernimmt."

„Er heißt Ron", sagte Tanya. „Mir gefällt der Name. Er klingt so stark. Er hat es auch selbst geliefert."

„Cool." Rachel nahm sich einen Blaubeerscone mit Ahornsirup. „Ich bin dann mal nebenan. Lass mich wissen, wenn du eine Pause machst."

„Werde ich."

Sie setzte sich auf den gepolsterten Hocker hinter der Kasse, denn sie hatte ein bisschen Muskelkater von letzter Nacht und den morgendlichen Aktivitäten. Als sie daran dachte, fuhr erneut ein heißer Blitz durch sie hindurch. Sie biss in ihren Scone. Er schmeckte köstlich. Verdammt, Shane hatte Talent. Sie musste aufhören, an ihn zu denken. Nur, weil der Mann wusste, wie er mit den erogenen Zonen einer Frau umgehen musste, hieß das nicht, dass er so viel Platz in ihrem Kopf einnehmen durfte.

Sie holte ihren Laptop und machte sich an die Abrechnung des gestrigen Tages für den Buchladen und das Café. Sie lächelte. Es war wirklich erleichternd zu sehen, dass das *Book It* solch einen Profit gemacht hatte. Zu schade, dass Janelle nicht geblieben war, um das zu sehen. Sie vermisste ihre Freundin, doch sie wusste, dass sie selbst daran schuld war. Sie hätte Janelle nicht dazu benutzen dürfen, um Shane auf Abstand zu halten.

Hör auf, an Shane zu denken!

Sie verwandelte sich gerade in einen dieser lächerlichen, liebeskranken Idioten. Als nächstes würde sie Handtücher mit Monogramm aussuchen und ihre Initialen in Herzchen kritzeln. Sie eilte nach hinten in den Lagerraum. Es war wichtig, dass sie sich beschäftigte. Sie ging die Regale durch und vergewisserte sich, dass alles organisiert war und alle Vorräte gekennzeichnet waren. Eine Stunde verstrich erfreulicherweise ohne einen Gedanken an Shane. Sie atmete erleichtert auf. Okay, sie waren eben nicht einfach nur Freunde.

Shanes Stimme kam zu ihr zurück. *Würde dein Freund das tun?* Bei der Erinnerung wurde sie feucht. Er hatte seinen Punkt klargemacht. Und zwar ganz klar.

Sie brauchte frische Luft.

Es klingelte an der Hintertür, und sie sah einen roten Schopf durch das Fenster. Ihr Herz begann zu pochen. Sie atmete tief ein und öffnete die Tür.

„Lieferung", sagte ein neuer Lieferjunge. Nicht Shane.

Sie war enttäuscht.

„Da drüben hin, danke", sagte Rachel und dirigierte die Liefe-rung von sechs Buchkisten.

Bis zum Ende des Tages hatte Rachel sich beinahe in einen Nervenzusammenbruch hineingesteigert. Sie empfand einfach zu schnell zu viel für Shane, und es machte ihr Angst. Sie schrieb Liz und bat sie, nach der Arbeit vorbeizukommen. Die Clover Park Grundschule war nur ein paar Blocks von ihrem Laden entfernt.

Gott sei Dank tauchte Liz auf, bevor Rachel Gelegenheit hatte, Shane anzurufen und ihn anzuflehen, sie noch einmal daran zu erinnern, dass sie nicht nur Freunde waren. „Hey, Rachel!", rief Liz, als sie hereingeweht kam. Sie hatte eine Handtasche dabei und eine zweite große Tasche voller Unterlagen.

„Hey. Wie war dein erster Tag an der Schule?"

„Großartig! Ich liebe es, neue Kinder kennenzulernen. Diese Klasse scheint ganz großartig zu sein."

„Toll."

Liz wackelte mit ihrem Finger in ihre Richtung. „Erzähl schon. Du siehst so aufgedreht aus wie ich sonst immer."

Rachel zog ihre Freundin in ihr kleines Büro und setzte sich an ihren Tisch.

Liz setzte sich auf die Schreibtischkante. „Uuuund?"

Rachel verzog das Gesicht. „Ich habe mit Shane geschlafen."

Liz klatschte in die Hände. „Yay!"

Rachel runzelte die Stirn. „Warum macht dich das so glücklich?"

„Ich hab euch beide lieb, und ich hatte gehofft, dass ihr zusammenkommt. Das hat jeder."

Rachels Magen verkrampfte sich ein wenig. „Jeder?"

„Naja, du weißt schon. Seine Familie. Und Freunde. Wir wussten alle, dass er dich mag."

Sie verschränkte die Arme. „Ich, ähm, weiß jetzt nicht, was ich tun soll."

„Was meinst du?"

„Ich meine, naja, was jetzt? Er ist mein …" Shanes Stimme kam erneut zu ihr. *Würde dein Freund das tun?* Wieder flatterte es tief in ihrem Bauch. „Er ist mein Geschäftspartner."

Liz winkte das ab. „Und ihr arbeitet gut zusammen. Also, wie war's?" Sie kicherte. „Nein, sag es mir nicht. Er ist mein Schwager. Ich kann nicht einmal so an ihn denken. Sag mir nur eins, ist er rot geworden, als du nackt warst?"

Rachel errötete. Shane war so weit es nur ging davon entfernt gewesen, rot zu werden, viel sinnlicher, als sie es sich jemals vorgestellt hatte. Seine Besessenheit von gutem Essen, dass er immer über Düfte und Geschmäcker Hymnen sang, hätte rückblickend ein Hinweis darauf sein sollen. Ihr wurde erneut heiß, als sie daran dachte, wie er darauf bestanden hatte, jeden Zentimeter von ihr zu kosten.

„Er ist verdammt umwerfend", gestand Rachel.

Liz lachte. „O mein Gott, ich freue mich so für dich."

„Also, was mache ich jetzt? Soll ich versuchen, wieder allein auf die Geschäftsebene zurückzukommen? Du weißt, wie wichtig es ist, dass wir dieses Café zu einem Erfolg machen."

Liz lächelte. „Das Café ist doch schon ein Erfolg. Hab einfach Spaß, Rachel. Du denkst viel zu viel darüber nach."

Rachel atmete vernehmbar aus. „Wahrscheinlich."

Liz strahlte. „Wäre es nicht einfach cool, wenn du meine Schwägerin wärst?"

Bei Rachel brach der kalte Schweiß aus. „Liz!"

„Entschuldige, vergiss einfach, dass ich das gesagt habe." Sie plauderten noch ein paar Minuten, dann ging Liz, um mit Hagar Gassi zu gehen.

Das Problem war nur, dass Rachel nicht aufhören konnte, zu viel darüber nachzudenken. Sie hatte noch nie so viel Angst davor gehabt, dass es nicht funktionieren könnte. Es gefiel ihr nicht, dass Shane so viel Macht über sie hatte. Es war besser, die Sache zu beenden, bevor sie sich zu tief verstrickten. Jemand könnte verletzt werden. Sie zum Beispiel.

Shane ging vor Feierabend am Café vorbei, um nach dem Rechten zu sehen. Er hoffte, dass Rachel nach ihrer gemeinsamen Nacht keine Panik schob. Die letzte Nacht und dieser Morgen waren alles gewesen, was er sich jemals vorgestellt hatte, und noch mehr. Er hatte heute an kaum etwas anderes denken können, und ihr Raum zu lassen, war so ungefähr das Schwierigste gewesen, das er jemals getan hatte. Doch er kannte sie, und er wusste, dass sie Zeit brauchte, um sich an diese neue Seite ihrer Beziehung zu gewöhnen.

„Hey, Boss!", rief Tanya. „Kann ich dir was bringen?"

Er warf kurz einen Blick auf die Auslage und sah sich an, was sich gut verkauft hatte und was weniger gut. „Ich brauche nichts, danke. War heute viel zu tun?"

„Heute Morgen ja."

Er ging hinter den Tresen und sah sich die beiden Kaffeemaschinen an, die Espressomaschine, die Mühlen und die Kannen. Er goss sich eine Tasse der leichten Röstung aus einer Kanne ein und stellte fest, dass er ein wenig bitter schmeckte. „Wie lange steht der schon hier?"

„Seit heute Mittag?"

„Der muss nach dreißig Minuten weggegossen werden, wir verkaufen hier nur frischen Kaffee. Der Kaffee muss frisch gemahlen und frisch gebrüht werden, sonst könnte man ihn ja gleich an der Tankstelle kaufen."

„Tut mir leid." Tanya goss ihn in die Spüle.

„Schon okay. Nur für die Zukunft." Shane ging nach hinten und sah sich die Regale im Lager an. Sah okay aus. Er warf auch einen Blick in die Toilette. Papierhandtücher lagen zerknüllt am Boden. Nicht gut. Er warf die Papiertücher in den Mülleimer, wusch sich die Hände und nahm sich vor, abends eine Reinigungsfirma zu beauftragen. Sie konnten sich nicht erlauben, dass irgendwelche Hygienevorschriften nicht eingehalten wurden. Für die Lebensmittelbranche war das ein Todesurteil.

Er ging hinüber ins *Book It*. Rachel saß an der Kasse und zwirbelte das Ende ihres Zopfes, während sie ein dickes Buch las. Er trat näher. *Schuld und Sühne.* Fühlte sie sich schuldig?

„Hey, Rachel."

Sie zuckte zusammen. „Mach doch bitte ein bisschen Lärm, wenn du reinkommst. Himmel, du bist ja wie eine Katze."

„Ich weiß." Er trat hinter den Tresen, küsste den empfindlichen Punkt unter ihrem Ohr und sah die gerötete Stelle an ihrem Hals, wo er ihr heute Morgen einen Knutschfleck verpasst hatte. Es gefiel ihm, dass er sie markiert hatte. Sie gehörte ihm. Er streichelte mit seiner Hand ihren Rücken.

Sie schüttelte ihn ab. „Mach das nicht hier. Das ist unangenehm. Von der Hauptstraße aus kann man den ganzen Laden sehen."

Er ignorierte ihren Protest und drehte sie auf ihrem Hocker herum, sodass ihr Rücken der Hauptstraße zugewandt war, und zog sie in seine Arme. Er küsste sie mit all der aufgestauten Leidenschaft, die er jedes Mal verspürt hatte, wenn er heute an sie gedacht hatte. Ihr Buch fiel ihr aus der Hand und mit einem lauten Knall zu Boden. Er küsste sie, bis sie ihre Arme um seinen Hals schlang und sich an ihn schmiegte, wachsweich und willig. Er löste sich von ihr, um ihr in die Augen zu sehen.

Sie legte ihre Finger an die Lippen und starrte ihn mit großen Augen an. Es war ein guter Blick. Überraschung und Bewunderung. Ganz zu schweigen davon, was dieser Blick mit ihm anstellte. Er wollte sie schon wieder, und ihre Wohnung war direkt über dem Laden.

„Nach oben?", fragte er.

Sie nahm ihre Hand herunter und verzog das Gesicht. „Nein, wir werden nicht nach oben gehen! Ich muss noch die Abrechnung machen und mich vergewissern, dass das Café für morgen bereit ist. Tanya muss heute ein bisschen früher gehen."

„Ich werde dir helfen."

Sie schielte ihn an, was bedeutete, dass sie gleich wütend werden würde. Diese Verführungsnummer lief nicht so, wie er gehofft hatte.

„Ich dachte, wir wären uns einig", sagte sie mit scharfem Unterton, „du lieferst das Essen und die Getränke, ich kümmere mich um das Café."

Er hob seine Hände. „Ich hab bloß meine Hilfe angeboten. Das ist doch auch mein Laden."

„Ooh! Wusste ich doch, dass du mir das irgendwann unter die Nase reiben würdest." Sie stapfte ins Café.

Er folgte ihr. „Ich reibe dir gar nichts unter die Nase."

„Du kannst gehen, Tanya", sagte Rachel. „Ich übernehme jetzt."

Tanya nahm ihre Handtasche und hängte ihre Schürze an den Haken. „Okay, dann bis morgen."

Tanya ging, und Rachel begann, die Vorräte unter dem Tresen zu überprüfen.

Shane folgte ihr wieder. „Ich sage nur, dass ich ein verständliches Interesse an diesem Geschäft habe, deswegen möchte ich helfen. Außerdem werde ich einen Reinigungsservice beauftragen, damit die Toilette jeden Abend gereinigt wird. Wir wollen ja nicht, dass die Hygienevorschriften nicht eingehalten werden."

Sie richtete sich auf und ging zum Lager. „Das ist zu teuer. Ich mache das."

„Du willst jeden Abend die Toilette putzen?"

„Klar, im *Book It* mache ich das doch auch." Sie holte eine Schachtel mit Rührstäbchen.

„Rachel, ich möchte nicht, dass du das machen musst. Ich werde einen Putzdienst beauftragen."

Sie wirbelte herum und durchbohrte ihn mit einem Blick, der hätte töten können. „Als ich das letzte Mal nachgeschaut habe, war ich noch für den Laden verantwortlich. Das steht in dem Vertrag, den du unterschrieben hast. Also werde ich auch putzen, wenn ich das möchte."

Das war wieder typisch Rachel. Sie waren einander so nahegekommen, und jetzt nahm sie wieder diese furchtbare Abwehrhaltung ein.

Er näherte sich ihr. „Du wirkst ein bisschen angespannt."

Sie wich zurück. „Ich bin *nicht* angespannt."

Er nahm ihr die Schachtel ab und stellte sie auf das Regal. „Als ich dich das letzte Mal gesehen habe, warst du sehr entspannt, aber jetzt …" Er strich mit seinen Fingern über ihre Wange, hob ihr Kinn, dorthin, wo er es haben wollte. Er senkte seinen Kopf und beugte sich zu einem Kuss hinunter.

Sie wandte den Kopf ab. „Shane, ich kann das nicht."

Er verteilte stattdessen Küsse über ihre Wange, hinauf bis zu ihrem Ohr. Sie stieß ihn weg, und er hielt inne, während er einen frustrierten Atemzug unterdrückte.

Ihre Augen blitzten. „Nur, weil wir … *du weißt schon*, heißt das nicht, dass ich dich heiraten werde!"

Whoa. Das war jetzt aus dem Nichts gekommen. Sie dachte an eine Ehe? Nach einer Nacht? Er musste einen wirklich guten Eindruck hinterlassen haben.

Er verkniff sich ein Lächeln. „Ich kann mich nicht daran erinnern, dass ich dir einen Antrag gemacht habe."

Sie wedelte mit der Hand durch die Luft. „Nein, hast du nicht. Vergiss es einfach. Die Sache ist …"

Ihre Stimme versagte, als er das Band aus ihrem Zopf zog und mit seinen Fingern durch ihre seidigen Strähnen strich. Sie bebte, und er interpretierte das als ein gutes Zeichen. Er küsste ihren

Hals und kostete sie dabei. Er liebte ihren Geschmack und ihren blumigen Duft. Sie stieß ein leises Stöhnen aus.

Er löste sich von ihr und nahm ihre Hand. „Lass uns gehen. Wir können ja zum Putzen wiederkommen."

Sie schüttelte den Kopf. „Ich muss alles für morgen früh fertig machen. Du-du solltest gehen. Okay? Geh einfach. Bitte. Ich kann mit dir nicht arbeiten, und-und ..." Sie wedelte mit den Händen. „Geh einfach."

„Rachel", sagte er vorsichtig. „Stoß mich nicht weg. Wir fangen doch gerade erst an. Wir stehen am Anfang eines neuen Kapitels." Er hatte ein gutes Gefühl, weil ihm diese Buchmetapher eingefallen war, etwas, das ihr gefallen würde.

Ihre Augen wurden groß und er las Panik darin. „Und was dann? Noch mehr Kapitel, Ende?"

„Warum denkst du ans Ende, wenn wir erst am Anfang sind?"

„Ich werde nicht" – sie gestikulierte wild – „das alles mit dir diskutieren. Bitte *geh* einfach."

Sie wandte sich von ihm ab, nahm die Schachtel mit den Rührstäbchen und ging an den Tresen zurück. Sie hatte Angst. Und er wusste, dass er die Männer, die ihr noch im Kopf herumspukten, zuerst loswerden musste.

Er stellte sich auf die andere Seite des Tresens ihr gegenüber, um ihr mehr Raum zu geben. Er konzentrierte sich auf den Vorbereitungsbereich. Ein glänzender Aluminiumbehälter fiel ihm ins Auge und er nahm ihn in die Hand, dann wartete er darauf, dass sie sich aufrichtete.

„Rachel?"

Sie drehte sich um. „Was?"

Er besprühte sie mit Schlagsahne und zielte ganz besonders auf ihre Haare, damit er sie noch einmal waschen konnte.

„Ahh!", kreischte sie. Sie nahm einen Shaker und warf ihm Zimt ins Gesicht.

Er legte eine Hand über seine Augen, während seine andere den Tresen abtastete. „Meine Augen!"

Sie eilte um den Tresen herum und wischte sein Gesicht mit ihren Fingern ab. „O mein Gott, Shane, das tut mir so leid! Ich hätte tiefer zielen sollen."

„Vielleicht so?" Er zog ihr T-Shirt vor und goss Schokoladensirup genau an die Stelle, wo er ihn ablecken wollte.

Sie schnappte nach Luft und stolperte zurück. „Mein T-Shirt!"

„Ich kauf dir ein Neues." Vorsichtig zog er das zuvor weiße T-Shirt über ihren Kopf und ließ es zu Boden fallen. Dann wischte er die Schlagsahne von ihren Haaren und warf sie auf das T-Shirt am Boden, obwohl sie niedlich so aussah – vorne Schokolade, oben Schlagsahne – sein persönlicher Nachtisch. „Und ich werde dich gleich wieder sauber lecken."

Als sie nicht sofort protestierte und nur dastand und ihn anstarrte, zog er sie hinunter, außer Sichtweite der Schaufenster zu Boden, und machte sich daran, genau das zu tun. Er leckte über ihr Kinn, wo er Schokolade verschmiert hatte, als er ihr T-Shirt hochgehoben hatte, dann ihr Schlüsselbein, während er die Träger ihres BHs herunterschob und den Vorderverschluss öffnete. Er leckte ihren Ausschnitt sauber, und sie wand sich ganz unruhig, bis er zu ihren Brüsten kam und seine Hände darum legte. Sie bog sich ihm entgegen, bot sich ihm an, und gierig verschlang er den Leckerbissen. Als er mit der anderen Brust fertig war, keuchten sie beide. Er wischte sich den Mund mit den Fingern ab, um verschmierte Schokolade zu beseitigen. Rachel nahm seine Hand, saugte seine Finger in ihren Mund, und ihre Zunge glitt dabei über seine Fingerspitzen. Er stöhnte. Er musste sie haben, und zwar jetzt.

„Rachel", sagte er warnend.

„Gib mir dein T-Shirt."

Er riss sich das T-Shirt über den Kopf und reichte es ihr. Sie zog es an, ergriff seine Hand und führte ihn durch das *Book It*, hinauf in ihr Apartment.

Ihm gehörte vielleicht nicht ihr Herz – jedenfalls nicht so, wie ihr seins gehörte –, doch er würde mit dem arbeiten, was sie ihm bereitwillig gab.

20

„Ich bin so eine Schlampe", sagte Rachel zu Liz. Sie rief ihre Freundin sofort an, als Shane gegangen war, um das Café zu putzen. Die meisten Männer wären nach dem Sex einfach eingeschlafen. Er ließ sie ausruhen und bestand darauf, putzen zu gehen, da schließlich er den meisten Dreck gemacht hatte. Was sollte sie bloß mit so einem Mann anstellen?

„Du bist keine Schlampe", sagte Liz, dann rief sie vom Hörer weg. „Es ist Rachel."

Rachel biss die Zähne zusammen. „Könntest du Ryan bitte nicht jede Einzelheit erzählen?"

Das war genau der Grund, warum Shane ihr Vertrauter geworden war. Der süße, urteilsfreie Shane, der sie zur Schlampe gemacht hatte.

„Ich erzähle ihm nicht jede Einzelheit", sagte Liz. „Er wollte nur wissen, wer dran ist."

Er wollte wissen, wer die Schlampe war. Ryan war ja nicht blöd. Er zählte eins und eins zusammen und wusste gleich, dass sie und Shane miteinander geschlafen hatten.

„Könntest du irgendwo hingehen, wo du ungestörter reden kannst?", fragte Rachel. „Du bist die einzige, mit der ich darüber reden kann. Und du musst mir schwören, dass du Ryan nichts erzählen wirst."

„Okay, ich schwöre es. Warte kurz." Sie hörte ein Rascheln,

dann war Liz wieder da. „Okay, ich bin jetzt oben. Also, warum meinst du, dass du eine Schlampe bist?"

„Ich habe mir vorgenommen, nicht mehr mit Shane zu schlafen, doch ein Tropfen Schokolade hat gereicht, dass ich ihn geritten bin wie ein durchgeknallter Rodeostar."

Liz kicherte. „Er hat dir was Süßes mitgebracht? Das ist so niedlich. Weißt du, Ryan hat mir Schokoladentrüffel von Godiva zum Geburtstag geschenkt, bevor wir offiziell zusammen gekommen sind. Das war so aufmerksam."

Rachel verdrehte die Augen. *Ja, Ryan ist ein Traum, erzähl mir mehr.* „Nein, er hat nicht ... Ach, egal. Ich meine ja nur, dass er irgendwie die Kontrolle über mich hat, und ich ... ich weiß nicht, ich gebe einfach nach oder so."

„Du hast gesagt, dass er toll im Bett ist." Sie kicherte schon wieder. Ihre Freundin konnte es sich offensichtlich nicht vorstellen. Verdammt, Rachel hätte sich das auch nicht gedacht.

„Ich weiß!", rief Rachel. „Ich gebe nach, und es gefällt mir!"

Liz kicherte schon wieder. „Dann verstehe ich nicht, wo das Problem liegt, Ei."

„Hör auf, mich Ei zu nennen! Ich nenne dich auch nicht mehr Huhn!"

„Okay, tut mir leid. Es war nur liebevoll gemeint."

Das war das Problem. Es war zu viel, zu schnell, und sie wollte, dass er es verdammt nochmal langsamer angehen ließ, doch das tat er nicht. Das konnte er nicht. Sie arbeiteten zusammen. Sie wohnten einander gegenüber. Das war genau der Grund, warum sie sich überhaupt nicht auf ihn hätte einlassen wollen.

„Ich habe das hier so richtig vermasselt, Liz. Er spielt so eine großer Rolle in meinem Leben, weil wir so eng zusammen arbeiten und so nahe beieinander wohnen." Ihre Stimme wurde ein schmerzerfülltes Flüstern. „Wenn das hier den Bach runter geht, und du weißt, dass es passieren wird, muss ich den Laden dicht machen und die Stadt verlassen, um darüber hinwegzukommen."

„Vielleicht musst du ja gar nicht über ihn hinwegkommen. Vielleicht ist Shane *der Eine* für dich. Erinnerst du dich nicht daran, als du mir gesagt hast, dass ich Ryan eine faire Chance geben soll? Als ich vor Angst fast durchgedreht bin und befürchtet habe, er könnte auf meinem Herz herumtrampeln?"

Rachel schwieg. Sie erinnerte sich daran. Aber das war anders. Liz war schon, so lange sie sich erinnern konnte, in Ryan verliebt gewesen, Rachel hatte sich gerade erst den Schubs gegeben, den sie gebraucht hatte, um sich an das, was sie wollte, heranzutasten.

„Das hier ist anders", beharrte Rachel.

„Du hast Angst, das verstehe ich, aber jetzt sage ich dir, was du so klug zu mir gesagt hast. Gib Shane eine faire Chance."

Rachel murmelte etwas Unverständliches. „Ich weiß einfach nicht. Ich sollte besser Auflegen."

„Okay, ruf mich jederzeit an. Bye."

„Bye." Rachel legte auf und ging zu Bett. Ihre Haare waren immer noch feucht, nachdem Shane sie so sorgfältig gewaschen hatte. Sie vergrub ihr Gesicht in ihrem Kissen und stöhnte.

Am nächsten Morgen wachte Rachel früh auf, nachdem sie die ganze Nacht lang gut und fest geschlafen hatte, und entschied sich, Tanya dabei zu helfen, das Café aufzuschließen. Bis acht Uhr hatte sich bereits eine Schlange vor der Tür gebildet. Rachel war hocherfreut. Sie plauderte mit jedem Gast und entschied sich spontan, dass sie Bonuskarten austeilen würde – wenn man zehn Kaffee gekauft hatte, würde man einen umsonst bekommen. Sie wollte, dass die Leute auch weiterhin kamen. Sie erzählte jedem von dem Bonusprogramm und versprach, die neuen Karten bald parat zu haben. Wenn sie weiter jeden Morgen mehr Kunden bekamen, würden sie vielleicht noch eine weitere Barista einstellen müssen.

Eine Stunde später wurde es etwas ruhiger.

„Hui", sagte Rachel. „Ich bin froh, dass ich heute früh runtergekommen bin, um dir zu helfen."

„Das war Wahnsinn", sagte Tanya.

„Wenn das so weitergeht, werden wir noch eine Barista einstellen müssen. Kennst du jemanden, der gerne hinter der Bar arbeiten möchte?"

„Ich kann mich ja mal umhören."

„Ich gehe nach nebenan. Ruf mich, wenn du Hilfe brauchst."

„Werde ich tun."

Rachel ging mit ihrem Latte ins *Book It*. Sie hatte ein wirklich gutes Gefühl wegen ihres neuen Cafés. Wenn das so weiterging, konnte sie das *Book It* behalten und Shane noch früher ausbezahlen, als sie vereinbart hatten. Sie wollte wirklich ein voller Partner sein, nicht nur dem Namen nach, mit einem riesigen Kredit, der über ihrem Kopf hing. Nicht, dass Shane sich jemals wegen des Geldes beschwert hätte, aber die Unausgewogenheit in ihrer Beziehung gefiel ihr nicht. In ihrer Geschäftsbeziehung. Ein paar gemeinsame Nächte würde sie nicht als *Beziehung* bezeichnen. Das war eher wie ein ... Techtelmechtel. Ja, ein belangloses Techtelmechtel.

Sie öffnete ihr Geschäft und half ein paar Kunden. Ein paar Rentner kamen herein, sahen sich um, kauften aber nichts. Später kamen ein paar junge Mütter und sahen sich nach Kinderbüchern um. Rachel beriet sie und erzählte ihnen von der Kinderecke im Café. Sie gingen hinüber, und sie dankte Shane im Stillen dafür, dass er diese Idee gehabt hatte. Gegen Mittag gab es eine Flaute, deswegen schloss sie das Geschäft für eine Stunde und ging in den kleinen Bürobedarfsladen am Ortsrand, um Bonuskarten zu bestellen. Dort versprach man ihr, dass die Karten am Ende des Tages fertig sein würden. Sie fuhr noch bei einem Hobbyladen in Eastman vorbei und kaufte einen Stempel mit einer Kaffeetasse, um damit die Karten abzustempeln.

Der Rest des Nachmittags verging ganz schnell, als sie wieder in *Schuld und Sühne* eintauchte, zu dem Mann, der durch seine Tat so schuldig geworden war. Rachel konnte das verstehen. Sie fühlte sich schuldig, weil sie das Versprechen, das sie sich selbst gegeben hatte, sie die Sache zwischen sich und Shane ganz geschäftsmäßig zu halten, gebrochen hatte. Vielleicht hätte Dostojewski am Ende der Geschichte ein paar Antworten für sie. Sie hatte das Buch einmal am College gelesen, doch die Details hatte sie nur noch undeutlich im Kopf. Sie begrüßte ein paar Leute, die vom Café in ihren Laden herüberkamen. Vielleicht sollte sie einen Bereich mit runtergesetzten Büchern am Eingang zum Café einrichten, um so potentielle Kunden anzuziehen. Sie holte einen kleinen Wagen aus ihrem Lager und stellte eine Auswahl verschiedener Genres zusammen.

Am Ende des Tages schloss sie die Kasse und ging ins Café, um Tanya nach ihrem langen Tag abzulösen. Tanya war bereits dabei, den Vorbereitungsbereich zu putzen.

Tanya reichte ihr ein Blatt Papier. „Shane hat dir eine Nachricht dagelassen."

Shane musste wohl vorbeigekommen sein, als Rachel die Besorgungen gemacht hatte.

Rachel,

> *mir ist heute Morgen die Schlange vor deiner Tür aufgefallen. Du musst entweder früher öffnen oder noch eine zweite Barista einstellen, damit alles schneller läuft. Wir wollen ja nicht, dass die Leute wieder gehen, weil sie zu lange warten müssen. Der Putzservice fängt heute Abend um sieben an. Ich habe ihnen einen Schlüssel gegeben, damit sie in den Laden kommen. Achte bitte darauf, dass du die Kasse abschließt, obwohl ich mir sicher bin, dass auch so nichts passieren würde. Die Firma putzt meinen Laden schon von Anfang an.*

> *Habe heute Abend was mit der Familie vor. Ich seh dich dann morgen.*

> *Shane*

Sie las die Nachricht ein zweites Mal, und ihre Wut wuchs. Er verhielt sich, als wäre er hier der Boss. Sie waren *Partner*. Vielleicht hielt er sich wirklich für den Boss, da er das Geld beigesteuert hatte. Sie wusste, dass sie vielleicht eine weitere Barista brauchten, aber sie würde jetzt nicht überstürzt jemanden einstellen, den sie dann nur wieder entlassen musste, wenn das Geschäft doch nicht so gut weiterlief. Na schön, sie würde früher aufmachen. Das hieß, dass sie das selbst tun musste, da Tanya auch so schon einen Achtstundentag hatte. Wie konnte er es wagen, den Reinigungsservice zu engagieren? Sie hatte doch gesagt, dass sie sich darum kümmern würde. Und er hatte den Schlüssel nachmachen lassen und ihnen einen gegeben? Wie viele Schlüssel würde der Reinigungsservice dann noch machen? Jetzt konnte jeder hier reingekommen! Führte er seinen eigenen Laden so? Das war jedenfalls nicht, wie *sie* ihr Geschäft führte.

Sie zerknüllte die Nachricht. Sie konnte es nicht abwarten, ihm seinen Anteil zurückzuzahlen. Eigentlich würde sie ihn gerne ganz ausbezahlen und die Kontrolle allein übernehmen. Sie hatte von Anfang an gewollt, dass es ihr Geschäft war. Sie wusste, ohne ihn hätte sie es nicht hinbekommen, aber jetzt wollte sie es zurück. Sie konnte dieses ständige Einmischen nicht ertragen. Davon hatte sie bei ihrem dämonischen Boss schon genug gehabt.

Deswegen besaß sie jetzt ja ihr eigenes Geschäft. Sie musste niemandem Rechenschaft ablegen, nur sich selbst. Sie warf die Nachricht in den Müll, dann rief sie den Reinigungsservice an, entzog ihnen den Auftrag und verlangte den Schlüssel zurück.

Sie nutzte ihre Wut, um das Café gründlich zu reinigen. Dann füllte sie alles für den Morgen wieder auf und ging zum Schreibwarengeschäft, um ihre Bonuskarten abzuholen. Sie wusste sehr gut, wie man ein Geschäft führte, schönen Dank auch.

～

Als Rachel am nächsten Morgen wieder eine Schlange vor der Tür des Cafés sah, war sie froh. Sie änderte die Öffnungszeiten auf dem Schild auf eine Stunde früher und sagte es jedem Kunden, sobald sie ihm den bestellten Kaffee überreichte. Tanya verteilte die Bonuskarten, auf denen bereits eine Tasse abgestempelt war. Jedem schien das Bonusprogramm zu gefallen, und manche sagten sogar, sie würden früher kommen, damit sich nicht alles um acht ballen würde.

Sie lächelte vor sich hin, als sie hinüber ging, um das *Book It* zu öffnen. Hoffentlich würden einige der Leute, die das Café besuchten, im Laufe des Tages ihre neue Auslage mit heruntergesetzten Büchern entdecken und herüberkommen. Vielleicht konnte sie im *Book It* nach Feierabend sogar Lesungen veranstalten und das Café länger offenlassen. Im Kopf summte sie angesichts all der Ideen, die sie hatte, um sowohl das Geschäft des Buchladens als auch das des Cafés anzukurbeln, glücklich vor sich hin, bis Shane mit einer Bonuskarte in der Hand hereinkam.

„Was bitte ist das?", fragte er und wedelte vorwurfsvoll mit der Karte.

Sie lächelte und erklärte ruhig: „Das ist eine Bonuskarte. Ich habe heute Morgen angefangen, sie zu verteilen. Alle finden sie toll."

Er knallte die Karte auf den Tresen. „Darüber haben wir nie gesprochen."

Vorboten ihres Zorns schlichen sich in ihre Stimme. „*Wir* haben auch nicht darüber gesprochen, dass wir einen Reinigungsservice engagieren, aber *du* hast es einfach getan. Ich führe das Geschäft so, wie ich es für angemessen halte. Das ist mein Job."

„Du hast den Reinigungsservice abbestellt. Warum?"

„Ich habe dir doch gesagt, dass ich mich darum kümmern werde. Wir fangen doch gerade erst an. Ich möchte diese Ausgabe im Moment einfach nicht."

Er seufzte. „Rachel, diese Coupongeschichten gefallen mir nicht. Die Leute kommen wegen der Qualität, nicht wegen der Gutscheine. Das ist genau der Billigverkaufsmist, den Barry für seinen Frozen Yoghurt aufführen muss. Unser Café ist großartig und die Backwaren auch. Wir brauchen das nicht, damit stehen wir nicht gut da."

Sie schob ihr Kinn vor. „Wir brauchen es vielleicht nicht, aber den Leuten gefällt es. Das nennt man Kundenbindung."

Er presste seine Lippen aufeinander. „Wir sollten uns besprechen, bevor du einfach handelst."

Seine Haltung ging ihr wirklich unter die Haut. Sie schaffte es, ihre Wut zu unterdrücken. Aber nur so gerade.

„Du lieferst das Essen", sagte sie mit, wie sie hoffte, kühler, professioneller Stimme. „Ich leite das Geschäft. Das war die Abmachung."

Sein Kiefer verkrampfte sich. „Wir sind Partner."

Sie hätte ihn wirklich ignorieren und mit ihrer Arbeit weitermachen sollen, doch sie konnte nicht zulassen, dass er sich wie der Boss aufführte.

„Du bist der stille Partner", sagte sie. „Ich bin diejenige, die sich um den Laden kümmert."

Er fixierte sie mit einem abschätzenden Blick, der ihr vor Vorfreude einen Schauer über den Rücken laufen ließ. Er bewegte sich ganz schnell. In der einen Minute war er auf der anderen Seite des Tresens gewesen, in der nächsten stand er dahinter und hielt sie fest. Ihr Puls schlug schneller. Er sprach leise, berührte sie nicht, schwebte nur über ihr. „Ich bin *kein* stiller Partner."

Ihr Körper erhitzte sich, und sie spürte, dass ihre Knie weich wurden. Sie konnte nicht nachgeben, nur weil sie ihn wollte. Das war alles vermischt und durcheinander, und sie war hin- und hergerissen, ob sie mit dem Fuß aufstampfen und sagen sollte, er solle sich zum Teufel scheren, oder ob sie sich hier, für alle, die auf der Main Street vorbeiliefen, gut sichtbar, nackt ausziehen sollte.

Zeig es mir, Shane. Zeig mir, dass du kein stiller Partner bist.

Gott, ich bin wirklich eine Schlampe.

„Rachel, großartige Idee das mit den Bonuskarten!", rief eine fröhliche Stimme.

Rachel drehte sich um, als Barry das *Book It* betrat. Shane löste sich von ihr und sah seinen Widersacher mit zusammengekniffenen Augen an.

Rachel atmete tief ein und lächelte Barry, dem die Anspannung zwischen ihr und Shane gar nicht aufzufallen schien, an. Er kam mit zwei Bechern in der Hand zu ihr und reichte ihr einen.

„Danke, Barry, das musstest du aber nicht."

Er wedelte mit seiner Karte. „Dafür habe ich zwei Becher bekommen, nur noch acht, dann bekomme ich einen umsonst! Und der Kaffeestempel gefällt mir auch."

Shane verkrampfte sich an ihrer Seite.

Rachel strahlte. „Danke, ist wirklich gut angekommen."

„Woher hast du die?", fragte Barry. „So etwas hätte ich gerne für mein Geschäft. Vielleicht mit einer Kuh drauf. Hey, Shane, du könntest ja einen mit einem Waffeltütenstempel nehmen."

Shane verkrampfte sich nur noch mehr, wenn das überhaupt möglich war. „Ich muss wieder zur Arbeit."

Frustriert verließ er das Café, Anspannung in jedem Schritt.

Barry nippte an seinem Kaffee. „Das ist der beste Mokka, den ich je hatte. Und ich habe alle probiert."

„Danke", sagte Rachel, und ihr Blick folgte dem Mann, der wusste, wie man göttliches Essen und göttliche Getränke Wirklichkeit werden ließ, aber keine Ahnung davon hatte, wie man mit einem Geschäftspartner umging.

21

In den darauffolgenden Wochen wuselte Rachel zwischen den beiden Läden hin und her und arbeitete härter als je zuvor in ihrem Leben. Durch Mundpropaganda wurden ihr Café und Buchladen plötzlich beliebt und zogen nicht nur Leute aus Clover Park an, sondern auch aus den umliegenden Städten. Das war genau das, wovon Rachel schon immer für das *Book It* geträumt hatte. Shane kam jeden Abend zum Ladenschluss ins Café und half ihr dabei, alles für den nächsten Tag vorzubereiten. Und jeden Abend stritten sie miteinander. Jeden verdammten Abend. Das nahm sie mit. Die langen Tage, die Streitereien.

Sie machte die Abrechnung, bei der alles gleich in ihr Buchhaltungssystem übertragen wurde, dann machte sie die Bankeinzahlung fertig und gab die Bestellungen für den nächsten Tag ein. Shane putzte den Vorbereitungsbereich. Wenn sie miteinander arbeiteten, sagte Shane immer: „Lass uns noch jemanden einstellen, dann ginge das alles viel schneller."

Worauf sie immer antwortete: „Ich komme auch so gut klar. Außerdem haben wir nicht genug Geld, um noch einen Angestellten zu rechtfertigen."

„Wir haben das Geld", sagte Shane stets. „Außerdem muss man Geld ausgeben, um Geld zu verdienen."

„Ich muss meine Schulden abbezahlen. Ich habe nichts anderes zu tun. Ich weiß, wie man das Geschäft führt."

„Das weißt du nicht. Du lernst immer noch."

„Du kannst aufhören, mich zu *belehren*. Ich hab das im Griff."

„Wir sind *Partner*."

„Wir hatten die Abmachung, dass ich es führe. Ich bin der Boss."

„Verdammt, Rachel!"

Sie wusste, dass er alles übernehmen würde, wenn sie es zulassen würde. Deswegen gab sie nicht einen Zentimeter nach.

Wenn sie dann zur Toilette ging, um auch dort zu putzen, sagte er immer: „Wenn wir eine Reinigungsfirma hätten, wären wir jetzt schon hier raus."

Worauf sie sang: „Geld, Geld, Geld."

„Du bist einfach nur stur."

„Und du bist einfach nur eine Nervensäge."

Manchmal lief es auch ein wenig anders ab. Manchmal war Shane so wütend, dass er schnaubte und damit drohte, trotzdem die Reinigungsfirma anzurufen. Sie ignorierte das, denn selbst wenn er es täte, würde sie sie wieder abbestellen. Manchmal ging ihr Temperament mit ihr durch, weil er sich ständig in die Preise und den Bestand einmischte, und am Ende schrie sie ihn an. Er schrie immer zurück.

Maggie hatte gesagt, dass Shane sich nicht gerne stritt, doch mit ihr schien ihm das nicht schwerzufallen. Jeden Abend ging es Zahn um Zahn, immer wieder darum, wie das Café geführt werden sollte. Jeden verdammten Abend. Ehrlich gesagt wusste er nicht, warum er überhaupt immer wieder zurückkam. Er musste ihr nicht dabei helfen, den Laden zu schließen.

Andererseits …

Jeden Abend, wenn das Café sauber und für den nächsten Tag bereit war, nahm Shane ihre Hand, begleitete sie zur Hintertür und zu ihrem Apartment hinauf. Jeden Abend ließ sie es zu. Sie hatten eine unausgesprochene Abmachung, die Arbeit und ihre Streitereien wegen des Cafés unten zu lassen. Oben war nur für sie.

Sie duschten immer lange und ausgiebig, wonach sie quietschsauber und wachsweich war, liebten einander und dann warf sie ihn raus. Sie brauchte ihren Raum und sagte ihm das auch. Er akzeptierte das ohne Widerrede.

Doch sein Duft, seine Berührungen, an die sie sich erinnerte, blieben stets bei ihr, während sie in einen tiefen, erschöpften Schlaf sank.

Shane verbrachte den Freitag in einer Caférösterei, da er hoffte, neue Kontakte für hochwertige Bohnen knüpfen zu können. Er dachte daran, gesundheitsbewusste, sozial verantwortungsvolle Kunden mit Fairtrade-Kaffee zu gewinnen. Die Bohnen waren in vielerlei Hinsicht überlegen, wie er beim Probetrinken heute bemerkt hatte. Als er am Morgen losgefahren war, hatte er wieder eine Schlange vor der Tür des Cafés gesehen. Und auch, wenn es schön war zu wissen, dass das Geschäft so gut lief, nagte es doch an ihm, dass Rachel sich dagegen wehrte, noch jemanden einzustellen. Wenn sie die Kunden zu lange warten ließen, würden sie woanders hingehen.

Rachel stritt sich mit ihm nur deswegen darüber, wie das Café zu führen war, weil sie ihn auf Distanz halten wollte, da war er sich sicher. Sie bestand darauf, kein Geld auszugeben und alles selbst zu machen. Es war lächerlich. Und trotzdem ließ sie ihn jeden Abend herein. Ihr Verstand und ihr Körper waren, was ihn anging, unterschiedlicher Meinung, und auch, wenn er ihren Körper nicht loslassen wollte, wollte er doch, dass auch ihr Verstand mit an Bord war. Sie trieb ihn in den Wahnsinn. Das war nicht die Art, wie er ein Geschäft führte.

Die Tatsache, dass er seit sechs Jahren eine erfolgreiche Eisdiele betrieb, schien ihr gar nichts zu bedeuten. Er kannte sich mit Essen aus. Er wusste, wie man dafür sorgte, dass die Kunden zurückkamen. Er wusste, wie man dafür sorgte, dass alles glatt lief. Auf seinem Weg nach Hause seufzte er frustriert. Er parkte und ging zum Café hinüber, wie er es jeden Abend tat. Er konnte sehen, dass Rachel gerade damit beschäftigt war, abzuschließen. Tanya war bereits gegangen. Rachel arbeitete zu hart – sie öffnete das Café früh am Morgen, half beim morgendlichen Andrang, kümmerte sich sowohl um das Café als auch den Buchladen und blieb lange, um abzuschließen. Im Shane's Scoops hatte er ein gutes Team hinter sich, Leute, die morgens das Backen übernahmen und die Basis für die Eiscreme herstellten, Leute, die sich um die Buchhaltung kümmerten, die Kunden bedienten und den Laden schlossen, und eine Reinigungsfirma. Hin und wieder sprang er ein, wenn der Andrang im Laden zu groß war oder wenn er einfach Lust darauf hatte, doch er war eher ein Manager und kreativer Kopf als jemand, der in Schichten arbeiten musste.

Er klopfte an die Tür des Cafés, damit Rachel sich nicht erschreckte. Sie schloss auf und ließ ihn herein.

„Hey, wie ist es heute gelaufen?" Er sah sich kurz um und vergewisserte sich, dass alles ordentlich, sauber und einladend wirkte.

„War viel zu tun", sagte sie, wandte sich ab und wischte ein paar Tische ab.

Er ging hinter den Tresen, um zu sehen, was gemacht werden musste, doch sie hatte bereits alles geputzt und aufgefüllt. So langsam hatte sie den Dreh raus. Jetzt mussten sie nur noch Angestellte einstellen, damit sie nicht alles allein machen musste. Er wollte nicht schon wieder diesen alten Streit anfangen. Er musste irgendwie um ihren sturen Widerstand herumkommen.

„Ich habe einen Fairtrade-Kaffee gefunden, der wirklich gut ist", sagte er. „Hat beinahe einen Hauch von Pfeffer an sich. Das ist was völlig anderes, was wahre Kaffeeliebhaber anziehen könnte. Wir könnten sogar die Bohnen verkaufen. Ich dachte mir, wir könnten auch Sachen für zu Hause verkaufen. Wie eigene Kaffeemühlen, hochwertige Espressomaschinen. Was meinst du?"

Sie wischte weiter.

„Rachel?"

Sie hielt inne und drehte sich langsam zu ihm um. „Ich muss dir was sagen."

Ihr Tonfall ließ in seinem Kopf sämtliche Alarmglocken schrillen. Das hörte sich nicht gut an. War es das Café? Ein anderer Mann? Hatte sie sich in Barry verliebt? *Nun reiß dich mal zusammen, Mann. Lass die Frau erst mal reden.*

Er ging zu ihr hinüber und setzte sich an den Tisch. Sie setzte sich ihm gegenüber, nahm ihre Brille ab und putzte sie.

„Hör auf, Zeit zu schinden", sagte er.

„Nur, wenn du versprichst, dass du nicht wütend wirst."

Er verschränkte die Arme. „Wie kann ich das versprechen, wenn ich gar nicht weiß, worum es geht?"

„Versprich es."

„Nein."

Sie setzte ihre Brille wieder auf. „Na schön."

Sie stand auf und wandte sich ab, wandte sich tatsächlich von ihm ab und machte sich wieder daran, die Tische abzuschrubben.

Ihre Arme waren ganz steif, während sie das, was auch immer in ihr vorging, am Tisch ausließ.

Er wusste, wie er sie weich bekommen würde. Er stellte sich hinter sie, halb über sie gebeugt, und drückte seine Lippen seitlich an ihren Hals, wo er ihr so gerne Knutschflecke verpasste, während er tief in ihr war. Die Position törnte ihn zugleich an und lockerte sie auf. Sie ließ das Tuch fallen.

„Shane", flüsterte sie, richtete sich auf und drehte sich in seinen Armen um.

Er konnte nicht widerstehen, sie zu küssen. Er umfasste ihr Gesicht und vergaß sofort seine eigentliche Absicht, als er ihre weichen Lippen berührte, ihr Geschmack wie der köstlichste süße Honig, sein persönlicher Nektar. Langsam löste er sich von ihr und dachte bereits daran, das nach oben zu verlagern.

Dann platzte sie heraus: „Das Gesundheitsamt war heute Morgen hier, und wir sind durchgefallen, aber wir bekommen in zwei Wochen eine zweite Chance."

Er zuckte zusammen und trat einen Schritt zurück. Plötzlich war ihm schwindlig. Das war beinahe noch schlimmer als Barry. Sein Ruf stand mit dem Café ebenfalls auf dem Spiel. Er hatte bei all seinen Lieferanten durchblicken lassen, dass man sein Produkt im Café bekam, und jetzt waren sie bei einer Inspektion durchgefallen. Das glich einem Todesurteil.

„Warum?", fragte er. „Mit welcher Note?"

Sie verzog das Gesicht. „Mit einer Fünf."

„Eine Fünf?", entfuhr es ihm. „Wie konnten wir denn eine Fünf bekommen?"

„Schrei nicht so!", zeterte sie.

„Ich fass' es nur nicht! Kunden geben einem keine zweite Chance, wenn sie glauben, dass es nicht hygienisch ist, in deinem Café zu essen. Was haben sie denn gesagt?"

„Im Seifenspender in der Toilette war keine Seife mehr. Ich habe vergessen, sie gestern Abend aufzufüllen, und heute Morgen war so viel zu tun, dass ich nicht gemerkt habe, dass er leer war."

Er hatte gestern Abend auch nicht mehr nachgesehen, da Rachel darauf bestand, dass sie sich allein um die Toilette kümmerte, um ihm zu zeigen, dass sie keine Reinigungsfirma brauchten. Verdammte Toilette! Das Schlimme war, dass es die gleiche Toilette war, die auch die Angestellten benutzten, dadurch sah es so aus, als hätte sich vor der Arbeit niemand die Hände gewaschen. Selbst, wenn das nicht stimmte. Rachel und Tanya waren wahrscheinlich viel zu beschäftigt gewesen, um zur Toilette zu gehen.

Er wischte sich mit einer Hand über das Gesicht. „Das wäre nicht passiert, wenn du zugelassen hättest, dass ich die Reinigungsfirma beauftrage."

Ihre Augen blitzten. „Ich wusste genau, dass du das sagen würdest! Ich kümmere mich darum. Nächstes Mal werden wir bereit sein. Es wird nie wieder passieren. Ich werde jeden Morgen noch einmal nachsehen, bevor wir öffnen."

„Rachel, das ist nicht die Art, wie ich ein Geschäft führe."

„Gut, das ist nämlich die Art, wie ich ein Geschäft führe, und sie ist gut."

Er kniff die Augen zusammen.

„Niemand wird es erfahren", sagte sie. „Sie geben uns ja eine zweite Chance."

Er schüttelte den Kopf. „Ich habe versucht, alles so laufen zu lassen. Dich deinen Kopf durchsetzen zu lassen, aber dafür kann ich *meinen* Kopf nicht hinhalten. Das betrifft nicht nur dich. Auch mein Ruf steht auf dem Spiel. Jeder weiß, dass ich hier das Essen und die Getränke liefere. Ich habe treue Kunden in meinem Geschäft und die Restaurants des Ortes, die ich beliefere. Ich kann es mir nicht leisten, dass irgendwo, wo mein Name draufsteht, die Hygienevorschriften nicht eingehalten werden."

„Das ist ja auch nicht so. Das nächste Mal bestehen wir!"

„Du bist hier die Sture, die darauf besteht, alle Entscheidungen allein zu treffen, während doch wir *beide* von den Konsequenzen betroffen sind. Ich werde nicht tatenlos zusehen und zulassen, dass du alles kaputtmachst, wofür ich so hart gearbeitet habe."

Sie verschränkte die Arme. „Dann geh!"

Wäre das nicht genau das, was sie wollte? Ihn aus dem Café und ihrem Leben drängen, wie sie es mit jedem anderen Mann getan hatte? Er würde nirgendwo hingehen.

Er verschränkte ebenfalls die Arme. „Versuch's doch. Ich bin hier ein Partner. Mehr als ein gleichberechtigter Partner."

Er wusste, dass er sie mit dieser letzten Bemerkung provozierte, doch offensichtlich war sie überfordert, und es war höchste Zeit, dass er die Kontrolle übernahm.

Sie war in Rage, ihre Hände zu Fäusten geballt, und er wartete auf eine scharfe Erwiderung.

Stattdessen stieß sie zu seiner äußersten Überraschung einen Urschrei aus und warf sich auf ihn, sodass sie zusammen zu Boden stürzten.

22

Rachels Fäuste flogen, während sie auf Shanes Brust einschlug, und sie fühlte sich wie ein durchgeknallter Werwolf. „Du bist nicht der Boss! Du wirst niemals der Boss sein! Ich hasse Bosse!"

Er packte ihre Hände und hielt sie still.

„Rachel! Reiß dich zusammen. Hast du den Verstand verloren?"

Sie wehrte sich schwer atmend. „Das ist alles deine Schuld!"

Er blickte zu ihr auf. „Das ist meine Schuld? Ich liege flach auf meinem Rücken, während eine Verrückte versucht, mich zu vermöbeln."

Sie stand auf und klopfte ihre Shorts ab. „Es ist mir egal, ob du das Geld investiert hast. Ich werde dir das sobald wie möglich zurückbezahlen." Sie starrte wütend auf ihn hinab. „Du wusstest das, als du dich darauf eingelassen hast."

Er stand ebenfalls auf und sah sie finster an. „Ich hatte allerdings nicht gedacht, dass du bei der Hygienekontrolle durchfallen oder so stur sein würdest, dass du nicht einmal mit den einfachsten Geschäftsentscheidungen umgehen kannst."

„Einfachste Geschäftsentscheidungen! Ich weiß, wie man ein Geschäft führt!"

„Ich auch!"

Rachel fiel es schwer, sich zu beruhigen. Sie starrte seine Haare an und es juckte ihr in den Fingern, daran zu ziehen. Doch

Gewalt würde gar nichts lösen. Sie schob ihre Hände in die Hosentaschen.

„Können wir bitte rational über die ganze Sache reden?", fragte Shane in einem typisch männlichen, herablassenden Ton, während er wieder aufstand.

Sie hob instinktiv die Hand, und Shane trat einen Schritt zurück und zeigte auf sie. „Du bleibst stehen, wo du bist. Ich gehe da rüber, dann können wir uns unterhalten, ohne dass jemand geschlagen wird." Er ging auf die andere Seite des Tisches.

„Du bist nicht der Boss", zischte Rachel zwischen zusammengebissenen Zähnen hervor.

„Du auch nicht", schoss er zurück.

„Ich bin der Boss von diesem Laden hier. Ich sage, wer eingestellt wird und wie es geführt wird …" Ihre Stimme hob sich, während sie eine Hand in die Höhe warf. „Ich sage auch, dass wir verdammte Bonuskarten ausgeben mit kleinen Kaffeetassenstempeln drauf!"

Er schüttelte den Kopf. „Ich hasse diese bescheuerten Bonuskarten."

Das wusste sie. Doch das war ihre Idee gewesen, und sie funktionierte. „Den Kunden gefallen sie."

Er fuhr sich mit einer Hand durch die Haare. „Hör zu, ich will mich nicht streiten. Ich will nur sicher sein, dass so etwas nicht noch einmal passiert. Du verstehst gar nicht, wie wichtig das ist. Eine schlechte Bewertung, und die Leute kommen nicht zurück. Der Ruf ist für meinen Namen und mein Essen alles. Nichts ist so wichtig wie mein Ruf."

Es war auch ihr Ruf. Glaubte er wirklich, dass sie irgendetwas tun würde, um ihn zu schädigen? Für sie hing genauso viel von dem Erfolg des Geschäftes ab wie für ihn. Vielleicht sogar mehr, da ihr Buchladen vor wenigen Wochen kurz vor der Pleite gestanden hatte. Sie konnte das nicht mehr. Sie hasste es, Shane Rede und Antwort stehen zu müssen, ihre Entscheidungen ständig verteidigen zu müssen.

„Ich kann so nicht arbeiten", sagte sie. „Wenn du nicht wieder einfach nur mein Lieferant sein kannst, dann kann ich das nicht."

„Ich war niemals nur ein Lieferant", sagte er ruhig. „Ich bin ein gleichberechtigter Partner."

„Ich werde einen neuen Partner finden. Vielleicht wird die Bank es sich noch einmal anders überlegen, jetzt, da es dem Geschäft besser geht."

Er starrte sie wütend an. „Dann geh zur Bank. Viel Glück dabei. Vielleicht solltest du dir dann auch gleich einen anderen Lieferanten suchen."

Sie hob ihr Kinn. „Vielleicht werde ich das."

Sie starrten einander an, keiner von beiden war bereit, auch nur einen Zentimeter nachzugeben.

Shane schüttelte den Kopf. „Wie du willst."

Er stapfte davon. Rachel ließ sich auf einen Stuhl fallen. Plötzlich war sie erschöpft. Es war genau das, was sie die ganze Zeit erwartet hatte. Das Ende ihrer Partnerschaft. Das Ende ihrer Freundschaft.

Es hatte sich niemals so katastrophal falsch angefühlt, recht zu haben.

∾

Shane hatte schlechte Laune, als er am Sonntagmorgen nach zwei langen Wochen aufwachte, in denen er nicht mit Rachel zusammen gewesen war. Ohne, dass sein sportfanatischer Bruder ihn dazu aufgefordert hatte, ging er laufen, da er hoffte, dass die körperliche Erschöpfung ihm dabei helfen würde, nicht über sie nachzudenken. Er hatte sich von dem Café ferngehalten. Er hatte es in den letzten Wochen nicht ertragen können, dorthin zu gehen, weil er wusste, dass es die Hygienekontrolle nicht bestanden hatte.

Er konnte es nicht ertragen zu sehen, das Rachel das Café führte, wie sie den Buchladen geführt hatte, ungeachtet der Tatsache, dass es etwas ganz anderes war, Bücher zu verkaufen als Essen und Getränke. Ganz offensichtlich vertraute sie ihm nicht. Sie hatte ihn lieber vor den Kopf gestoßen als seine Hilfe bei der Leitung des Cafés anzunehmen, obwohl sein eigenes Geschäft ein solcher Erfolg war.

Er fragte sich so langsam, warum er jemals gedacht hatte, dass er an ihrer Abwehr vorbei und in ihr Herz kommen könnte. Er lief den Hügel zur Highschool hinauf. Die Strecke war nicht mehr schwierig, seitdem er so oft morgens mit Ryan gelaufen war. Jetzt im Oktober waren die Temperaturen kühler, was das Ganze angenehmer machte. Er verkniff sich ein Stöhnen, als er Ryan und Liz in ihren Laufshorts oben stehen sah, Hagar an ihrer Seite. Er wusste, sie würden ihn wegen Rachel nerven, und das konnte er gerade nicht gebrauchen.

„Shane, jetzt sieh sich das mal einer an!", rief Ry. „Du läufst ja von ganz allein. Bist nicht einmal außer Atem."

Shane blieb stehen und stemmte seine Hände in die Hüften. „Ja, du hast mich mit deinen schlechten Angewohnheiten angesteckt."

Liz stellte sich auf Zehenspitzen und küsste ihn auf die Wange. „Guten Morgen, Shane. Willst du mit uns frühstücken? Wäre kein Ding, ein paar Scheiben Toast mehr zu machen." Sie grinste und sah Ry von der Seite an. „Wir haben einen Toaster für vier Scheiben."

Ry grinste und schüttelte den Kopf. *Ein Insiderwitz*, dachte sich Shane. Doch er tat sich keinen Gefallen, wenn er in seinem Apartment saß und vor sich hinbrütete, darum nahm er die Einladung an.

Sie liefen zu Rys Haus zurück. Hagar versuchte, Liz an der Leine hinter sich her zu ziehen, deswegen übernahm Ry ihn und legte einen schnelleren Gang ein, sodass der Hund ganz natürlich an seiner Seite laufen konnte. Liz und Shane liefen hinterher.

„Das Café läuft gut", sagte Liz. „Rachel hat die neue Hygienekontrolle bestanden. Da hängt jetzt ein riesengroßes A im Schaufenster."

Sie wartete auf seine Reaktion. Rachel musste ihr von ihrem Streit erzählt haben. Er würde Liz gar nichts erzählen. Wenn Rachel bereit war, mit ihm zu reden und tatsächlich zuzugeben, dass da etwas Besonderes zwischen ihnen war, dann würde sie das selbst tun müssen. Er vermisste sie furchtbar, doch er gab ihr Raum, damit sie sich entscheiden konnte, was sie wirklich wollte. Wenn sie ihn als Partner und Freund dabeihaben wollte, dann musste sie ihn auch lassen. Ihre Leben waren ganz eng ineinander verwoben. Er hatte nur Abstand gehalten, weil sie nicht klar denken konnte.

„Jupp, das habe ich auch gehört", sagte Shane. „Das ist gut."

Er hatte jemanden, den er beim Gesundheitsamt kannte, am Freitag angerufen, um sich zu versichern, dass sie bestanden hatten. Jetzt schickte er wieder einen Lieferanten mit Vorräten. Er war nun mal der Lieferant, Punkt. Er schätzte, dass Rachel auch keinen Bankkredit bekommen hatte, denn sie hatte nicht versucht, ihn auszubezahlen.

Frustriert seufzte er. Rachel verstand es einfach nicht. Das Geld war ihm scheißegal, wie er ihr mehr als einmal gesagt hatte. Es war sein Ruf. Wenn es um gutes Essen ging, war sein Name alles.

Sie näherten sich dem *Book It*. Shane blickte absichtlich nicht in die Richtung. Um diese Uhrzeit würde Rachel morgens nicht da sein, doch in letzter Zeit war es schon schwierig, auch in Richtung ihres Ladens zu blicken.

„Rachel sagt, dass du seit mehr als zwei Wochen nicht mehr im Café gewesen bist", sagte Liz.

Shane blieb abrupt stehen. „Sie braucht mich nicht."

Liz blieb neben ihm stehen. Ry lief mit Hagar weiter. Sie legte sanft eine Hand auf seinen Arm. „Ich bin mir sicher, dass das nicht stimmt."

„Wenn sie mich sehen möchte, kann sie selbst mit mir reden", presste er zwischen zusammengebissenen Zähnen hervor.

Ry drehte sich um. „Kommt schon, ihr Schnarchnasen!"

Shane fing an, mit Liz an seiner Seite langsam weiterzujoggen.

„Du musst geduldig mit ihr sein", sagte Liz. „Rachel hatte noch nie eine richtige Beziehung. Nur eine lange Geschichte von Fehlgriffen. Sie weiß wahrscheinlich nicht, was sie mit einem großartigen Typen wie dir anstellen soll."

Shane reagierte mit einem Grunzen. Er war geduldig gewesen. Hatte er nicht geduldig *zwei Jahre lang* gewartet, seitdem Rachel in die Stadt zurückgezogen war, und geduldig zugesehen, wie sie eine ganze Reihe von Verlierern durchgegangen war? Hatte er nicht geduldig sieben Monate lang als guter Freund abgewartet, bis er sich sicher gewesen war, dass sie für mehr bereit war? Er verbrachte gerne Zeit mit ihr, das stimmte, doch er hatte immer mehr als nur eine Freundschaft gewollt. Er liebte sie, doch jetzt war er am Ende seiner Geduld. Ihre Beziehung konnte nicht so einseitig sein.

All das sprach er nicht aus, denn er wusste, dass Rachel es sonst erfahren würde. Er wollte nicht, dass andere zwischen ihnen vermittelten. Er wollte, dass Rachel ganz bei der Sache war. Er wollte ihr Herz.

„Danke, Liz", murmelte er.

Sie lächelte und streichelte seinen Arm. Shane lief weiter, als etwas, das der Verzweiflung sehr nahekam, an seinen Knochen nagte.

Rachel hatte ihren üblichen chaotischen Montagmorgen, als der Pendlerandrang das Café traf. Sie sollte vermutlich eine weitere Barista engagieren, doch es tat so gut, zu sehen, dass sie Profit machten, dass sie es einfach nicht konnte. Sie wollte ihren Teil der Partnerschaft bezahlen und Shane seinen Anteil abkaufen. Sie hatte mehr als sonst das Bedürfnis, der Boss zu sein – vollkommene Kontrolle, volles Eigentum, niemandem Rechenschaft ablegen. Das Geschäft mit Shane zu führen, hatte alles ruiniert.

Mit ihrem Latte ging sie ins *Book It* und seufzte. Nicht, dass ihm an dem Café oder ihr noch etwas zu liegen schien. Seit sie durch die Hygienekontrolle gefallen waren, war er nicht mehr ins Café gekommen. Er hatte die Lieferungen durch Ron bringen lassen. Er half ihr auch nicht mehr, den Laden abzuschließen. Jeden Abend, wenn sie allein saubermachte, dachte sie an ihn. Daran, wie sie Seite an Seite gearbeitet, geputzt und alles für den nächsten Tag vorbereitet hatten, während beide wussten, was als nächstes kommen würde. Ihre gemeinsame Zeit oben in ihrem Apartment. Sie verdrängte den Gedanken. Fantastischer Sex reichte noch lange nicht für ein Glücklich-bis-an-ihr-Lebensende.

Sie vermisste es, sich mit ihm zu unterhalten. Sie mochte ihre täglichen Plaudereien, bei denen sie sich über Gott und die Welt ausgetauscht hatten. Sobald sie konnte, würde sie ihm alles zurückzahlen; dann konnten sie vielleicht wenigstens wieder Freunde sein. Ihr Dad hatte recht gehabt. Sie hätte sich niemals Geld von einem Freund leihen sollen.

Der Tag zog sich hin, da nur wenige Leute ins *Book It* kamen, und Rachels Stimmung sank in Richtung Gefrierpunkt. Sie wollte unbedingt alles mit Shane wieder geradebiegen, doch ohne das Geld, mit dem sie ihn hätte auszahlen können, steckte sie fest. Die Bank hatte auch ihren zweiten Kreditantrag abgelehnt. Es war noch nicht genug Zeit vergangen, in der sie Profit gemacht hatten, um das Café zu einem für die Bank vertretbaren Risiko zu machen.

Vor dem Laden hörte sie eine Hupe. Sie ignorierte sie.

Huup-huup-huup-huup!

Sie stand auf und ging zur Tür hinaus, um dem Autobesitzer zu sagen, dass er die Hupe ausstellen solle. Es war ein glänzender, roter Mustang Cabrio. *Okay, heißer Typ, das hier ist eine ruhige Stadt.* Doch dann sah sie, wer es war – Maggie. Die Frau war im besten Sinne des Wortes durchgeknallt.

Rachel blieb am Wagen stehen. „Hey, Maggie, was ist los?"

Maggie schob sich eine riesige runde Sonnenbrille in ihre Haare. Ihr Ganzkörperanzug im Leopardenmuster überließ so gut wie nichts der Fantasie. *Du meine Güte!* „Ich werde dir sagen, was los ist, Mädchen, wir machen einen Ausflug."

Rachel blickte zurück zum Laden. „Ich schließe erst in zwei Stunden."

Maggie streckte ihren Hals, um an Rachel vorbei zu sehen. „Da ist ja niemand drin. Häng das Geschlossen-Schild auf und steig ein."

Es wäre schon eine Erleichterung, mal nicht die ganze Zeit darüber grübeln zu müssen, was mit Shane schiefgelaufen war und wie sie das Geld auftreiben sollte, um alles wieder geradezubiegen.

„Okay", sagte sie. Sie lief hinein, nahm ihre Handtasche, drehte das Schild auf Geschlossen und schloss ab. Sie setzte sich auf den Beifahrersitz. „Wohin?"

Maggie fuhr auf die Main Street und zur Stadt hinaus. „Das ist eine Überraschung. Magst du Überraschungen?"

„Klar, überrasch mich."

„Also, wie geht es dem Café?", fragte Maggie.

„Richtig gut. Wir machen Profit, und täglich kommen mehr Leute. Außerdem haben wir viele Stammkunden."

„Ich habe von deiner Bonuskarte gehört. Sehr clever."

Rachel lächelte. „Danke."

Zumindest Shanes Großmutter wusste ihre Marketingbemühungen zu schätzen, anders als ihr Dickkopf von einem Enkel.

Maggie erreichte den Highway und fädelte sich ein. Der Wind peitschte um sie herum, und Rachel konnte Maggie über das Radio und den Fahrtwind kaum hören. Sie schob sich eine Haarsträhne, die aus ihrem Zopf gerutscht war, hinters Ohr. Die ältere Frau sagte etwas über Tee oder Kaffee oder vielleicht Toffee? Rachel lächelte nur und nickte.

Endlich bogen sie auf einen Parkplatz ab, auf dem viele Oldtimer standen. Auf dem Schild der großen Werkstatt stand *Exotische und Klassische Restaurierungen*. Maggie stieg aus, und Rachel sah sich verwirrt um.

„Kaufst du dir einen neuen Wagen?", fragte sie überrascht, da das Cabriolet vollkommen neu aussah.

„Komm mit", trällerte Maggie und ging zum Gebäude neben der Werkstatt, wo eine Tür in ein kleines Büro führte. „Hallo, ich suche Kevin."

„Einen Moment nur", sagte eine Empfangsdame. Sie drückte auf die Gegensprechanlage. „Kevin, hier möchte dich jemand sprechen."

Kevin, ein Mann mittleren Alters mit schneeweißen Haaren, kam im Overall aus dem Arbeitsbereich. „Ich bin Kevin."

„Hi, Kevin, ich bin Maggie O'Hare. Wir haben telefoniert. Das hier ist meine Freundin Rachel. Könnten Sie uns bitte die Überraschung zeigen?"

Kevin grinste. „Sicher. Ich habe sie in meiner privaten Garage unter Verschluss. Hier entlang."

Rachel folgte ihnen mit einem unguten Gefühl. Sie gingen über den Hof. Kevin gab einen Code ein, und die Garagentür öffnete sich. Ein älteres Modell eines glänzend roten Mustangs. Das musste der Shelby sein. Das Auto war umwerfend. Dass Shane es hergegeben hatte, war sogar noch schlimmer, als sie gedacht hatte. Wieder brandeten Schuldgefühle durch sie hindurch.

Kevin deutete auf den Wagen. „Sehen Sie ihn sich an."

„Darf ich einsteigen?", fragte Maggie. „Ich habe ihn vermisst."

„Natürlich."

Maggie winkte Rachel hinüber zur Beifahrerseite, während sie auf der Fahrerseite einstieg.

„Das war der Wagen meines verstorbenen Mannes Patrick", sagte Maggie. „Das ist ein Shelby Mustang. Siehst du die Signatur?" Sie deutete auf das Handschuhfach vor Rachel. „Er hat sich so gut darum gekümmert. Hat ihn nur an sonnigen Tagen herausgeholt. Wir haben Abenteuer erlebt, sind zum Picknick in wunderschöne Parks gefahren, den Highway entlang gebraust. Er hat einen starken Motor." Sie drehte sich um und sah Rachel in die Augen. „Man fühlt sich *lebendig*, wenn man in so einem Wagen fährt."

„Da spricht ein wahrer Shelby-Liebhaber", sagte Kevin vor der Garage, wo er rauchte.

„Maggie, es tut mir leid", sagte Rachel. „Ich wünschte, ich könnte ihn zurückkaufen."

Maggie schüttelte den Kopf, streichelte das Holzlenkrad. „Nachdem Patrick gestorben war, stand er jahrelang unberührt in der Garage. Als dann mein Sohn, Jake, in die Nähe gezogen ist, habe ich ihm den Wagen gegeben, damit er ein Projekt hatte. Mein Junge hat schon immer Autos geliebt. Er hat viele, viele Wochenenden mit Shane daran gearbeitet."

„Ich habe versucht, Shane auszubezahlen, damit er den Wagen zurückbekommt", sagte Rachel mit einem Kloß in ihrem Hals. „Ich habe ihm einen Scheck von einem anderen Investor gegeben, doch er hat ihn in kleine Stücke gerissen."

Maggie hob ihre Brauen. „Das klingt ganz nach meinem Shane. Es geht nicht um das Geld. Es ist dein Café. Er hat es getan, damit dein Traum wahr wird."

Ihre Stimme klang ganz leise: „Warum hast du mich hierhergebracht?"

„Ich wollte, dass du mit eigenen Augen siehst, was du Shane bedeutest."

Mit verzweifeltem Blick drehte sie sich zu Maggie um. „Wie kann ich ihm das jemals zurückzahlen?"

Maggie streichelte ihre Hand. „Ich bin mir sicher, dass dir etwas einfallen wird. Denk nur daran, dass es nicht ums Geld geht."

Rachels Magen drehte sich um. Sie hatte keine Ahnung, was sie tun sollte. Sie hatte einfach nur dieses grässliche, grässliche Gefühl, dass sie die ganze Zeit falsch gelegen hatte, nicht Shane.

Sie fuhren zurück nach Clover Park, während der Wind ihnen durchs Haar wehte. Rachel war zu deprimiert, um auch nur eine Unterhaltung zu versuchen.

Maggie setzte sie vor ihrem Geschäft ab. „Bis bald!"

Rachel winkte halbherzig, ging am *Book It* vorbei, direkt ins Café. Sie setzte sich in den Gastraum, in dem nur ein paar Leute saßen und an ihren Laptops arbeiteten. Sie hörte kaum Tanyas fröhliche Begrüßung. Sie starrte nur auf den Tisch. Sie schuldete Shane so viel. Und wie hatte sie sich bei ihm revanchiert? Indem sie ihm in den Hintern getreten hatte. Dafür konnte sie sich wenigstens entschuldigen. Sie hoffte, dass ihr der Rest einfallen würde, sobald sie ihn sah.

23

Shane stand hinter dem Tresen seines Ladens, fühlte sich angespannt und ruhelos. Jetzt, da sich das Wetter etwas abgekühlt hatte, ging es in seinem Laden ein wenig ruhiger zu. Er ging zurück in die Küche und überlegte, ob er etwas mit Kürbis fürs Café backen sollte. Vielleicht würde er diese Kürbis-Cupcakes mit Frischkäsecreme machen. Er hatte gerade alle Zutaten zusammengesucht, als er hörte, wie das Glöckchen über der Tür einen Kunden ankündigte. Er trat zurück hinter den Tresen. Rachel.

Er seufzte. Er würde das Thema Café oder Hygienekontrolle oder weitere Angestellte nicht ansprechen. Er hatte sie zu sehr vermisst, um all das wieder zu thematisieren.

„Hey", sagte er.

„Hey", sagte sie leise.

Als sie weiter nichts sagte, sah er sich um, ob er vielleicht etwas parat hatte, das sie mochte. „Möchtest du Eis? Ich habe einen neuen Geschmack. Honigwirbel."

Er hatte die Geschmacksrichtung entworfen, während er an sie gedacht hatte. Er hatte immer gesagt, dass sie wie Honig schmeckte. Die neue Sorte war ein ganz schöner Hit bei seinen Kunden.

Sie sah ihn an. Er lächelte. Sie erinnerte sich sehr gut daran.

„Können wir reden?", fragte sie.

Verdammt. Wenn eine Frau reden wollte, ging es normalerweise um die Beziehung. Und so, wie sie das letzte Mal, als er sie gesehen hatte, auseinandergegangen waren, konnte das nichts Gutes bedeuten.

Er nahm die Schürze ab und setzte sich zu ihr an den Tisch. „Worüber möchtest du denn reden?"

Sie sah ihn mit ihren schokoladenbraunen Augen an, die voller Reue waren. „Ich möchte mich für mein Verhalten neulich entschuldigen. Das war verkehrt. Ich hätte dir nicht so in den Hintern treten sollen. Gew—"

Er hob eine Hand. „Du hast *versucht*, mir in den Hintern zu treten. Du hast mir nicht wirklich in den Hintern getreten."

Sie winkte ab. „Ich habe dich umgerissen, und ich habe auf deine Brust eingeschlagen–"

„Du hast mir nicht in den Hintern getreten", wiederholte er.

„Ähm, okay." Sie wandte ihren Blick ab. „Wie auch immer–"

„Du könntest mir niemals in den Hintern treten. Mir hat nie ein Leichtgewicht in den Hintern getreten."

Sie nickte. „Okay. Ich, ähm, weiß, dass ich dir das, was du alles getan hast, nie wieder zurückzahlen kann, aber–"

„Ich dachte, das hätten wir durch. Du schuldest mir gar nichts."

„Wirst du jemals zurück ins Café kommen?"

„Möchtest du das denn?"

Sie starrte ihn mit ernster Miene an. „Ich will das Sagen haben."

„Dann ist das deine Antwort."

Sie ließ ihre Schultern hängen. „Ich muss wieder rüber. Man sieht sich." Ihre Stimme klang am Ende ganz erstickt.

Er hatte sie nicht traurig machen wollen. „Rachel, warte."

Sie winkte über ihre Schulter und ging weiter.

„Ich liebe dich!"

Sie erstarrte, und er hielt den Atem an, während er darauf wartete, dass sie zu ihm zurückkommen und das Gleiche sagen würde.

Doch zu seinem vollkommenen Entsetzen, drehte sich Rachel – seine starke, sarkastische, toughe Rachel – um und brach in Tränen aus.

Rachel schämte sich so sehr, dass sie vor Shane weinte, doch sie schien jetzt einfach nicht aufhören zu können, jetzt, da ihre Tränen erst einmal flossen. Sie weinte nie. Es war nur, dass Shane so liebevoll und süß war, und das hätte sie beinahe weggeworfen. Sie spürte starke Arme um sich, und dann saß sie auf seinem Schoß und schluchzte in sein Hemd. Sie konnte das gleichmäßige Pochen seines Herzens hören, das stark und zuverlässig klopfte.

Sie nahm sich eine Serviette vom Tisch und wischte sich die Tränen ab. Dann putzte sie sich damit die Nase und zerknüllte es in ihrer Hand.

Er streichelte ihr die Haare. „Erzähl mir, warum du weinst."

„Weil mir endlich klar geworden ist, dass die Probleme, die ich beheben muss, die Sache, die in unserer Beziehung falsch gelaufen ist, ich bin!" Sie schluchzte erneut und fühlte sich absolut lächerlich, doch sie konnte nicht aufhören. „Ich bin Mr. Darcy!"

„Du bist wer?"

Sie schluchzte. „Ich bin der arrogante Gentleman, der von der Liebe vernichtet worden ist." Frische Tränen strömten ihre Wangen hinunter.

Er wischte ihre Tränen mit dem Daumen weg. „Oh, Mr. Darcy. Dann bin ich Elizabeth Bennet? Ich muss schon sagen–"

„Nein, du bist nur Shane", brachte sie erstickt hervor. „Der perfekte Shane."

„Sweetheart, ich bin nicht perfekt."

„Du bist um einiges näher dran, perfekt zu sein, als ich." Sie ließ die Schultern hängen. „Du hast alles getan, was du konntest, um mir zu zeigen, dass du mich liebst, du hast meinen Stalker zur Rede gestellt, du hast dein Erbe verkauft–" Sie warf ihre Hände in die Höhe, und die Serviette flog durch die Luft. „– Du hast all diese Kochbücher gekauft! Und wer weiß, was du noch für wundervolle Dinge getan hast, von denen ich nichts weiß! Und was habe ich für dich getan? Ich habe dich weggestoßen."

„Nein–"

„Doch! Du weißt, dass ich das getan habe!"

Er hob ein wenig einen Mundwinkel. „Vielleicht ein bisschen."

Sie nickte. „Ein bisschen? Erst habe ich dir gesagt, dass wir nur Freunde sind und nicht mehr, obwohl ich immer wusste …"

„Was wusstest du, Liebling?"

„Ich wusste immer, dass ich starke Gefühle für dich habe", gestand sie.

Er küsste ihre Haare.

Sie war noch nicht fertig. „Und als wir dann einmal miteinander geschlafen hatten, habe ich mir gesagt, dass wir nur Geschäftspartner sein könnten, aber dann habe ich immer wieder mit dir geschlafen. Und jeden Tag habe ich mich wieder mit dir gestritten, habe versucht, alles geschäftlich zu halten, und bin dabei kläglich gescheitert." Seine warme Hand streichelte über ihren Rücken. „Und als du dann wütend geworden bist wegen der geschäftlichen Seite, habe ich versucht, auch das zu beenden."

„Aber davon wollte ich nichts hören."

Sie sah ihn an. „Nein, wolltest du nicht. Und dann … Ich habe den Shelby gesehen, Shane! Er ist wunderschön! Ich kann nicht fassen, dass du diesen Wagen hergegeben hast!"

Er schüttelte den Kopf. „Gran", murmelte er.

Sie nahm ihre Brille ab und wischte die Tränen ab. „Ich schulde dir viel zu viel. Zu viel Geld, zu viel Wiedergutmachung dafür, wie ich dich behandelt habe." Sie setzte ihre Brille wieder auf. „Ich meine, ich habe dir in den Hintern getreten, als–"

„Ich dachte, wir wären uns einig, dass du mir *nicht* in den Hintern getreten hast."

Sie lächelte durch ihre Tränen, und er küsste sie. Sie erwiderte den Kuss, nahm sich jedes bisschen Trost, das sie bekommen konnte, denn sie hatte es vermisst, sich so ganz und gar mit jemandem verbunden zu fühlen, der sie so gut kannte.

Sie lehnte sich zurück und streichelte sein markantes Kinn. „Ich liebe dich. Es macht mir Angst, aber das tue ich." Überrascht schüttelte sie den Kopf. „Endlich passiert es mir doch."

„Ich liebe dich auch", sagte er mit rauer Stimme. „*Amor vincit omnia.*"

Sie biss sich auf die Lippe. „Liebe besiegt alles."

Er lächelte. „Das hatte ich mir noch aufgehoben. Komm, lass uns gehen."

Shane schloss ab, dann gingen sie nach draußen. Rachel blieb auf dem Gehsteig stehen und atmete einmal tief durch, um Mut zu schöpfen. Jetzt, da sie zusammen waren, wirklich zusammen, wollte sie, dass sie nie wieder getrennt waren. Sie holte ihren Schlüsselbund aus der Handtasche. Sie nahm einen Schlüssel zu ihrem Apartment ab und gab ihn ihm. „Ich möchte, dass wir eine gemeinsame Wohnung haben. Ich möchte nicht mehr von dir getrennt sein. Ich möchte jeden Tag und jede Nacht mit dir zusammen sein."

Er schloss seine Hand um den Schlüssel. „Bist du dir sicher? Sei sicher. Denn, wenn ich erst einmal eingezogen bin, wirst du mich nicht wieder los."

Sie nickte, ihre Augen brannten vor Tränen. „Ich bin mir sicher."

Er zog sie in eine warme Umarmung und küsste sie zärtlich. „Dann lass uns nach Hause gehen."

Sie gingen zu ihrer Wohnung, und Shane blieb an der Tür stehen, um sie zu küssen. Sie warf sich in diesen Kuss, ihre Hände liebkosten ihn, mussten diese Nähe zu ihm wieder spüren. Ihre ganze Welt reduzierte sich zu einem brennenden Verlangen. Er unterbrach den Kuss und sah ihr mit hungrigem Blick in die Augen. Sie wussten, dass sie beide an dasselbe dachten – Bett. Jetzt.

Er schob ihr eine Haarsträhne hinter das Ohr. „Natürlich läuft da nichts mehr zwischen uns, solange du nicht einwilligst, mich zu heiraten. Wir sind nicht mehr an der Uni, und ich habe ja jetzt den Schlüssel."

Sie starrte ihn an. Sie hatte sich gerade erst eingestanden, dass sie ihn tief und wahrhaftig liebte. Sie war noch nie verliebt gewesen. Eine Ehe jedoch war ein ganz neues, furchteinflößendes Level.

Sie zwickte ihm in den Arm. „Sehr lustig, Mister, und jetzt beweg deinen Knackpo nach oben!"

Ein Mundwinkel zuckte. „Okay, aber du bekommst immer noch nichts, solange wir nicht verheiratet sind."

„Was!"

Rachels Gesichtsausdruck war unbezahlbar, und Shane musste sich ein Lachen verkneifen. Eine Sache verstand er langsam an Rachel: Sie musste ein wenig angeschubst werden, damit man erfuhr, was wirklich in ihrem Herzen vorging, bevor ihr Verstand Gelegenheit hatte, es in etwas anderes zu rationalisieren.

Sie brummte etwas vor sich hin, und er küsste sie erneut. Er streichelte mit einer Hand an ihrer Flanke auf und ab, brachte sich absichtlich nahe an ihre Brust. Sie atmete schneller. Er schob sie ein wenig weiter, drückte einen Kuss seitlich auf ihren Hals an die Stelle, bei der sie immer wachsweich wurde. Dieses Mal war keine Ausnahme. Sie sank gegen ihn.

„Okay, ich werde dich heiraten!", rief sie.

Er grinste. „Mit dir ist es so einfach."

„Das kannst auch nur du sagen."

Er hob sie von ihren Füßen, trug sie nach oben in ihr Apartment und erinnerte sich an das erste Mal, als er sie die Treppe hinaufgetragen hatte, als sie sich den Knöchel verstaucht hatte. Und jetzt? Jetzt wollten sie heiraten. Er stellte sie in ihrem Apartment ab. Er musste nur noch eine Sache klarstellen.

Bevor er ein Wort herausbringen konnte, stürzte sie sich auf ihn. Er fing sie auf und ging rückwärts zum Schlafzimmer, während Rachels Arme und Beine fest um ihn geschlungen waren. Während sie ihn wild küsste, legte er sie aufs Bett und erwiderte ihre Leidenschaft mit all dem, was er in seinem Innersten spürte. Endlich schnupperte er an ihrem Hals und bewegte sich zu ihrem Ohr hinauf, damit er ihr sagen konnte, was ihm durch den Kopf ging.

„Ich möchte eine große Familie", flüsterte er, und seine Hand glitt unter ihr Top und streichelte ihre Brust. „Ein Haus voller Liebe."

„Bist du verrückt?", fragte sie und schob seine Hand beiseite. „Ich habe gerade erst gesagt, dass ich dich heiraten will, und jetzt willst du mich gleich schwängern?"

Er lachte. „Ja."

Sie dachte darüber nach. Er lehnte sich gegen das Kopfteil und zog sie an sich, kuschelte sie in seinen Schoß, labte sich an dem Lavendelduft ihrer Haut, während er ihren Hals küsste und ihr Kinn und darauf wartete, dass sie sich entschied. Jetzt, da er ihre Liebe hatte, sollte sie wissen, wie ernst es ihm war, wie viel er sich für sie erträumte.

„Wie viele Kinder?", fragte sie atemlos, weil er durch ihr Top an ihrem erigierten Nippel saugte.

Sie schob ihre Hand in sein Haar. Er zog ihr das Top und den BH aus und saugte an ihrer anderen Brust, neckte sie mit seiner Zunge und seinen Zähnen. Wieder stöhnte sie, und er sah auf. Ihre Augen waren geschlossen; der Kopf zurückgelegt.

„Sechs", sagte er.

Sie riss die Augen auf. „Vier."

Er ließ eine Hand über die Innenseite ihrer Oberschenkel gleiten und schob ihre Beine auseinander. Seine Fingerknöchel berührten ihre Mitte, und sie zuckte zusammen.

„Wirklich? Vier?", fragte er.

Ihre Augen blitzten Feuer. „Du bist furchtbar. Willst du wirklich unbedingt jetzt darüber sprechen?"

Er küsste sie atemlos, dann legte er sie flach aufs Bett, zog ihr die Jeans und das Höschen aus und spreizte ihre Beine weit. Ihre Brille ließ er ihr, damit sie zusehen konnte. Er küsste einen Pfad ihren Körper hinunter und hielt an ihrem Bauch inne. „Vier Kinder klingt gut."

Sie sahen einander in die Augen. Er grinste. Sie sah ungeduldig aus. Er küsste ihre Mitte und blickte liebevoll zu ihr auf.

Sie stöhnte und schloss die Augen. „Warum hast du sechs gesagt?"

Er lächelte verschmitzt. „Weil ich wollte, dass du vier sagst."

„Ich fasse es nicht! Du wolltest–"

Er erstickte ihren Protest, indem er seine Lippen um ihre geschwollene Klitoris legte. Sie reckte sich ihm entgegen, und er labte sich an ihrem persönlichen Nektar. Innerhalb weniger Minuten hatte er sie, wo er sie haben wollte. Er neckte sie mit sanften Küssen und dem Schnalzen seiner Zunge, bis sie sich unter ihm wand und flehte: „Bitte, bitte."

Dann stieß er sie über die Klippe, denn er liebte es, sie in voller Ekstase zu beobachten. Als sie zurück auf der Erde war, zog sie ihn an sich.

„Ich liebe dich so sehr", sagte er und glitt in sie.

Sie legte ihre Arme um ihn. „Ich liebe dich auch. So sehr, sehr."

Jetzt hatte er ihr Herz, wie sie schon immer seins gehabt hatte.

EPILOG

Rachel goss noch eine Kanne Kaffee zu den Pfannkuchen auf, die Shane gerade dutzendweise beim jährlichen Clover Park Frühstück mit Santa briet. Shane meldete sich immer freiwillig, um beim Frühstück zu kochen, doch für Rachel war es das erste Mal, dass sie mithalf. Ihr Diamantverlobungsring blitzte, während sie geschickt die Maschine mit frisch gemahlenen Bohnen füllte. Sie konnte es immer noch nicht fassen, dass sie in ein paar Wochen heiraten würde. Sie wollten an Silvester heiraten, denn beide wollten auch gleich mit der Familienplanung beginnen. Sie waren sich einig, dass sie ihre Kinder sowohl jüdisch als auch katholisch erziehen wollten, um damit die Feiertage zu verdoppeln. Ihre Eltern waren begeistert. Maggie freute sich, dass ihre Urenkel sie zu Weihnachten immer besuchen würden.

Daisy und Trav brachten Bryce, um Fotos mit Santa zu machen. Bryce zog an Santas Bart und streichelte sein Gesicht. Dieses Jahr hatte Travs Freund Rico sich in letzter Minute bereit erklärt, Santa zu spielen. Er fühlte sich äußerst unbehaglich. Sie hatten den ganzen Morgen über Rico gelacht. Bryce erkannte ihn ganz offensichtlich, doch da er noch nicht sprechen konnte, konnte er Rico nicht verraten.

„Hey, Rachel, sieh dir das mal an", sagte Shane und zeigte auf Maggie, die sich auf Ricos Schoß setzte.

Maggie hatte offensichtlich eine lange Liste für Santa.

Rachel kicherte. „Meinst du, sie war böse oder brav?"

Er hielt den Pfannenwender in die Höhe und deutete damit auf seine Großmutter. „Sie ist ungezogen, bringt dich aber dazu zu glauben, dass sie brav ist."

„Ich bin auf der braven Liste", sagte Rachel.

„Heute Nacht definitiv nicht."

Ein heißer Blitz durchzuckte sie, als sie den hungrigen Blick in seinen Augen sah. Gott sei Dank stand der ein Stück entfernt. Sie drehte sich wieder zur Kaffeemaschine um. Zwei große Hände umschlangen sie von hinten. Shane küsste ihren Hals. Er konnte sich immer noch an sie heranschleichen, doch ihr Körper erkannte seinen Duft und erkannte seine Berührung sofort. Er knabberte an ihrem Hals, und sie spürte als Reaktion das Pochen zwischen ihren Beinen.

„Shane, hör auf", sagte sie atemlos. „Nicht hier, hier sind Kinder."

Er schmunzelte, drehte sie für einen kurzen Kuss um, dann machte er sich wieder an die Pfannkuchen. Sie ertappte sich dabei, dass sie seinen Rücken anstarrte. Es erstaunte sie, wie ein Mann in Schürze so sexy aussehen konnte.

Er drehte sich um. „Gefällt dir, was du siehst?"

„Mmm-hmmm."

Er lachte. Ryan und Liz kamen vorbei, um noch mehr Pfannkuchen und Kaffee für ihre Familien zu holen.

„Braucht ihr hier Hilfe?", fragte Liz.

„Alles gut", sagten Rachel und Shane gleichzeitig.

Ihnen ging es besser als gut. Sie waren ein Team, sowohl bei der Arbeit als auch zu Hause. Ihrem Café ging es so gut, dass sie eine zweite Barista und einen Reinigungsservice engagiert hatten. Gemeinsam hatten sie ein Handbuch entworfen, in denen die Regeln und Abläufe im Café für alle Angestellten zusammengefasst waren. Und dank seiner gründlichen Ausbildung ging nie etwas schief. Das *Book It* schrieb jetzt schwarze Zahlen, und mit ihrem neuen Bonusprogramm ging es dem Laden sogar noch besser: Wenn man zehn Bücher kaufte, bekam man eines zum halben Preis. Und jetzt, da sie verstand, was es bedeutete, verliebt zu sein, hatte sie auch eine Abteilung mit Liebesromanen eingerichtet. Das war der Bereich des Geschäfts, in dem sich die Bücher am besten verkauften.

Rachel hatte ein Sparkonto eröffnet, wo sie einen Teil der Profite des Cafés einzahlte, um für ein Haus zu sparen. Sie strich mit einer Hand über ihren Bauch. Sie würden dieses Haus bald brauchen. Shane hatte sie das noch nicht gesagt.

Das sollte sein Weihnachtsgeschenk sein.

Verpassen Sie auch nicht das nächste Buch dieser Serie, *Ein Weihnachtsmann zum Küssen*, mit einigen fantastischen Neuigkeiten aus der O'Hare Familie!

Samantha Dixon ist im Begriff, dem Weihnachtsmann ihren geheimsten romantischen Wunsch zu gestehen. Was hat sie schon zu verlieren mit ihrer desaströsen romantischen Bilanz? Wie mit diesem Playboy auf dem furchtbaren Blind Date, das ihre Mutter letzte Woche eingefädelt hatte. Doch dreimal dürft ihr raten, wer Santa ist ...

Rico del Tor liebt Frauen, darum war das eine schlechte Date mit der schönen Samantha nur einer von vielen – ähem – erfolgreichen Abenden und somit keine große Sache. Doch als er einem Freund einen Gefallen tut und den Weihnachtsmann spielt und unerwarteterweise Samantha für eine romantische Beichte auf seinem Schoß landet, ist er fasziniert. Er hat noch nie eine Frau derart ihr Herz ausschütten hören.

Doch wenn der Weihnachtsmann eine zweite Chance will, muss er seine Frauengeschichten aufgeben und sie davon überzeugen, dass er das perfekte Gesamtpaket ist.

Abonniere meinen Newsletter & verpasse keine meiner Neuerscheinungen: kyliegilmore.com/DEnewsletter

WEITERE BÜCHER VON KYLIE GILMORE

Happy End Buchblub Reihe

Hollywood Inkognito (Buch 1)

Ärger im Anzug (Buch 2)

Gewagtes Spiel (Buch 3)

Förmliche Vereinbarung (Buch 4)

Wenn der Bad Boy keiner ist (Buch 5)

Ein Störenfried zum Verlieben (Buch 6)

Schicksalsbegegnungen (Buch 7)

Eine Romantische Chance (Buch 8)

Ein sündhafter Flirt (Buch 9)

Ein unbequemer Plan (Buch 10)

Eine Happy End Hochzeit (Buch 11)

Die Clover Park Reihe

Das Gegenteil von wild (Buch 1)

Daisy schafft alles (Buch 2)

In den Falschen verguckt (Buch 3)

Ein Weihnachtsmann zum Küssen (Buch 4)

Vermieter küsst man nicht (Buch 5)

Nicht mein Romeo (Buch 6)

Bring mich auf Touren (Buch 7)

Clover Park Braut (Buch 7.5)

Gewagte Verlobung (Buch 8)

Retter in der Not (Buch 9)

Eine verführerische Freundschaft (Buch 10)

Ein Geschenk zum Valentinstag (Buch 11)

Raus aus der Tretmühle (Buch 12)

Die Clover Park STUDS Reihe

Almost Over It (Book 1)

Almost Married (Book 2)

Almost Fate (Book 3)

Almost in Love (Book 4)

Almost Romance (Book 5)

Almost Hitched (Book 6)

Die Rourkes Reihe

Königlicher Fang (Buch 1)

Königlicher Hottie (Buch 2)

Königlicher Darling (Buch 3)

Königlicher Charmeur (Buch 4)

ÜBER DIE AUTORIN

Kylie Gilmore ist die USA Today Bestsellerautorin der Happy End Buchclub Reihe, der Clover Park Reihe, der Clover Park STUDS Reihe und der Rourke Reihe. Sie schreibt unterhaltsame Romanzen, die die LeserInnen zum Lachen und zum Weinen bringen und zu einem Glas Eiswasser greifen lassen.

Kylie lebt mit ihrer Familie, zwei Katzen und einem verrückten Hund in New York. Wenn sie nicht gerade schreibt, Kinder bändigt oder bei Autorenkonferenzen pflichtbewusst Notizen macht, findet man sie beim Stretching – bis ganz nach oben ins oberste Regal, um dort ihren geheimen Schokoladenvorrat zu erreichen.